ナチスの聖杯 上

LE CYCLE DU SOLEIL NOIR

LE TRIOMPHE DES TÉNÈBRES

Written by
Éric Giacometti
Jacques Ravenne

エリック・ジャコメッティ&ジャック・ラヴェンヌ

大林薫［監訳］
郷奈緒子／練合薫子［翻訳］

JN151198

竹書房文庫

LE CYCLE DU SOLEIL NOIR Volume 1) Le triomphe des ténèbres
by
Éric Giacometti and Jacques Ravenne
© 2018 by Editions JC Lattès

Japanese translation rights arranged with Editions Jean-Claude Lattès, Paris
through Tuttle-Mori Agency, Inc.,Tokyo

日本語版翻訳権独占
竹書房

われわれの読者と友人へ

わたしたちは、本書に登場する人物二人からメッセージを預かっています。好奇心旺盛な読者のみなさんのために、それを暗号化してみました。キーワードが暗号を解くヒントになります。

では、のちほどまたお会いしましょう。

エリック＆ジャック

TDHRUQAHYZHAYLDIX

GXQMAMNEIRKHHLZD

XLWYZHNZDQALLVQZY

OFHACPANIQ

キーワードは「アルビオンを統べる者」

DAGQQGXELYNNZ

GMHWECOMUAA

キーワードは「鉤十字を手にする者」

ナチスの聖杯　上

INTRODUCTION

二〇一六年三月、わたしたちは、フランス５のドキュメンタリー番組（注1）の撮影のため、モスクワにある公文書館に来ていた。番組の内容は、ナチスに略奪され、ロシアに回収されたフリーメイソンの古文書がたどった波乱に満ちた道のりを追うというものだった。ちなみに、わたしたちがはじめて手掛けたスリラー小説『ヒラムの儀式』（マルカス警視シリーズ第一作『ヒラムの儀式』上・下／吉田花子訳／講談社文庫）も、この古文書をめぐる数奇な物語から着想を得たものである。

わたしたちが訪れたのは、雪に覆われたいかめしい建物だった。建物内には薄暗い照明に照らされて保管庫がずらりと並び、さらにその中に迷路のようにスチール棚が置かれている。何千とある古い黄ばんだ書類箱の重みに耐えかねて、棚は今にも崩れそうだ。グレーの作業服を着た無愛想なロシア人が監視の目を光らせるなか、わたしたちは、何十年も開けられることのなかった段ボール箱の中に、十七世紀に書かれたフランスの錬金術の概説書を見つけた。フリーメイソンが賢者の石の秘密を握っていると確信したナチスによって盗まれたという貴重な資料である。わたしたちは驚きを禁じ得なかった。旧ＫＧＢ（現ＦＳＢ、ロシア連邦保安庁）の公文書センターに保管されていた謎めいた魔術の古文書――まさにインディ・ジョーンズの世界に放りこまれた気分だった。

悪の根源に遡る

パリ、ブリュッセル、ベルリンで調査を続けるうち、わたしたちのもとにはナチス・ドイツがおこなっていたオカルト研究についての膨大な情報が集まった。しかし、その情報すべてをドキュメンタリー番組に盛りこむわけにはいかなかった。なんとか別の形で発表できないものか。そう考えたときに、アイディアがひらめいたのである。よし、これで小説を書こう。収集した情報を次回作のモチーフとして使おう、と。それも、マルカス刑事シリーズではなく、別の作品だ。ストーリーは第二次世界大戦下の暗黒の時代を舞台に繰り広げられる。ナチスのオカルト小説を通して、悪の根源に迫るのだ。

魔女と悪魔

二週間後、パリで、友人のジャン＝ピエール・ドゥヴィエ監督が撮影フィルムの編集をしているさなかに、驚くべきニュースがもたらされた。研究者たちによって、ハインリッヒ・ヒムラーの個人蔵書がプラハで発見されたという。ヒムラーは一万三千冊にのぼる魔術、呪術、悪魔研究に関する書物を収集し、倉庫に隠していたらしい(注2)。

ヒムラーといえば、親衛隊や秘密警察ゲシュタポを統率し、ヒトラーに次ぐナチス・ドイツの権力者、ユダヤ人大虐殺の張本人と言われている男だ。そう、そのヒムラーがそこまでオカルティズムにのめりこんでいたのだ。一万三千冊とは、やはり常軌を逸している。これで心は決まった。わたしたちは、ドキュメンタリー番組を完成させ、執筆中の小説を書き終えると、すぐに新たな長編小説『ナチスの聖杯』に取りかかった。

黒い太陽

言うまでもなく、わたしたちにオカルト趣味はない。今、手に取っていただいている本はフィクションであるが、実に多くの驚くべき事実から着想を得ている。それらの事実については、下巻の付録にいくつか紹介してある。まさに事実は小説よりも奇なりということがおわかりいただけるだろう。

黒い太陽のシンボル

黒い太陽のシンボルは、ナチス親衛隊長官ハインリッヒ・ヒムラーが所有するヴェヴェルスブルク城の親衛隊大将《グルッペンフューラースアレ》の間の大理石の床に描かれている。

異教のシンボルとして案出されたものであり、太陽を意味する北欧ルーン文字（ゲルマン祖語の「sowilo」、古ノルド語の「sol」）を12個放射状に組み合わせることで、1年を通した太陽の運行を表している。

このルーン文字を2つ重ねたものが、忌まわしきＳＳのシンボルとなっている。

最後に、一番重要なことを述べたい。国家社会主義は、戦争を世界規模に拡張し、六千万の人々を死に追いやった。また、大人と子ども、男女あわせて六百万人——その多くはユダヤ人だ——を収容所に送りこみ、皆殺しにした。もちろん、その残虐性はオカルト思想にとり憑かれているがゆえのものなどと、安易に決めつけるべきではない。ナチズムが誕生した背景には何よりも、政治や経済の事情が絡んでいるのだ。それでもドイツ国内には、ヒトラーをめぐってほとんど宗教に近いような現象が起きた。ゲーテとベートーヴェンを生んだ国——当時もっとも文明が進んだ国の一つだ——は、ものの数年で、比類なき大量殺戮の狂気に陥った。一部のナチスの指導者たちは、その意識のどこか奥深くに、紛れもなく魔術的な思考と、血と〈人種〉の優位性——アーリア人至上主義を礎にした神秘思想を持っていた。わたしたちはこれを〈国家の秘教〉と呼んでいる。このなんとも奇々怪々としているあたりが、ナチズムがほかのヨーロッパの独裁体制——イタリアのファシズム、ソ連の共産主義、フランスのペタン体制——と一線を画している点である。

そして、それこそがこの秘教の世界に身を置いた者たちが〈黒い太陽〉と呼んでいるものなのだ……。

エリック&ジャック

《親衛隊の組織づくりにおいて、ヒムラーはイエズス会の規範に倣おうと考えた。イグナチウス・デ・ロヨラが定めた規律と霊性修行を手本とし、それを徹底的に真似ようとしていたのだ》

――ヴァルター・シェレンベルク（親衛隊少将・国家保安本部国外諜報局局長）

The Memoirs of Hitler's Spymaster, A. Deutsch, 1956（「ヒトラーのスパイマスターの回想録」）より

PROLOGUE

一九三八年十一月九日
ベルリン

ほの暗い室内では石炭ストーブが惜しみなく熱を放っていた。オットー・ノイマンは天井まである窓の前に立ち、外を見つめた。つやつやした木製の窓枠の向こうにベルリンの街明かりが広がっている。ベルリン——ノイマンが生まれ育った街だ。だから強い愛着がある。だが、ここで夜景を眺めるのもこれでおしまいだ。

ドイツで過ごす最後の夜か……。

ノイマンにはまだ実感が湧かなかった。これまでベルリンを離れたことのない自分が、明日の今頃はパリにいて、次の日には海の向こうのロンドンに飛ぶ。飛行機に乗るのも人生初の経験だ。けれども、ロンドンから電話をもらったとき、妻ははじめての飛行機に感激している様子だった。

「すてきよ。鳥になった気分」

愛妻のはしゃいだ声を聞いて、ノイマンは希望を持った。自分のときもきっとうまくいくはずだ。妻のアンナは先週のうちにベルリンを離れていた。疑われずに済むように観光ビザを用意して。こんどはノイマンの番だ。明日、テンペルホーフ空港に向かう。

それにしても、あの男は何を手間取っているのだろうか。ノイマンはやきもきしながら壁の振子時計に目をやった。時刻は十時半になろうとしている。それなのに、代理でビザを取りに行った友人はまだ姿を見せない。車を使えば、イギリス大使館まではほんの十五分ほどの距離なのだが。いや、途中でＳＡ（ナチスの突撃隊で、褐色のシャツが制服）の問答無用の検問に引っかかっているのかもしれない。だとすれば、話は別だ。もう何か月も前から交通取締まりという名目で、褐色のシャツ姿の連中が街で乱暴狼藉を働く姿が目立つようになっている。違反だなんだと難癖をつけてはユダヤ人を殴りつけ、車を強奪していくのだ。

「あのう、ノイマンさん、そろそろあがってもいいでしょうか？　箱のほうは片づけておきましたので。これからグレタとデートなんです」

　螺旋階段の下から手伝いの青年がおずおずと声をかけてきた。

「ああ、いいとも、アルベルト。店の入口の鍵はかけないでおいてくれ。このあと来客があるのでね」ノイマンは階下に向かって言った。「また来週、よろしく頼むよ」

　ドアベルが鳴り、青年が出ていく物音がした。青年には別れを告げることができなかった。

　ノイマンはがっくりと肩を落とし、しばらくぼんやりと考え事にふけった。あの青年にもう会うことはないだろう。表向きは一週間店を閉めてフランスで休暇を過ごすということにしているが、店にはもう戻れない。国外脱出がばれたら、ノイマンの店は経済の脱ユダヤ化を推進する当局に接収されるだろうから。

書店を経営するノイマンは、以前は大学で比較歴史社会学を教えていた。しかし、ナチスが政権を握ってからは、二分の一ユダヤ人、二分の一ドイツ人の第一級混血ユダヤ人《ミッシュリング》として扱われるようになり、教授職を剝奪された。〈アーリア〉か〈非アーリア〉かを確定する理不尽な法律によれば、ノイマンは〈高等人種〉と〈下等生物〉のミックスに相当し、結局のところは〝不浄の血〟が流れているということになるらしい。

五年前、この法律を盾に取ってハイデルベルク大学の学長はノイマンに解雇を言い渡した。この学長はナチスの熱烈な支持者で、かつてドイツ科学協会の会長を務めていた数学者でもある。当時、ノイマンは「〈高等〉プラス〈下等〉イコール、差し引きゼロになるではありませんか？　わたしは〈高等〉でも〈下等〉でもない、ごくふつうの人間です」と、数学的アプローチを試みながら直談判した。ユーモアをまじえて正論を吐いたつもりだったが、悲しいかな、頭の固い学長にはまったく通用せず、ノイマンの訴えは聞き入れられなかった。三か月後、大学に並々ならぬ貢献をしてきたノイマンは、趣味を活かし、古写本や古刊本を専門に扱う書店の経営者に転向することになった。

ノイマンは椅子から立ち上がると、断腸の思いで稀覯《きこう》本ばかりを詰めた箱の蓋を閉じた。

どれも手放したくはないのだが……。

店にある本をすべて持ち出すわけにはいかない。それで、ことに価値の高いとっておきの書物を箱に詰め、それだけでもスイスの同業者のもとへこっそり送ることにしたのだ。箱は全部で三つになった。残りの千冊あまりは店に置いていく。それらが単眼的で知識の浅い愛好家連中の手に渡ってしまうのかと思うと忌々しいが、背に腹は代えられない。

それでも、稀覯本のうち一冊だけはロンドンに持っていくつもりだった。しかし、大事をとって、今はまだ金庫にしまっておいてある。ナチスにその本の存在を嗅ぎつけられてはならないのだ。絶対に。もし、本がナチスの手に落ちるようなことがあったら……そんなことは想像するだに恐ろしい。

窓の外の街はいかにも静かで平穏そうに見えた。しかし、この都市は病んでいる。心臓に巣くった病原体が動脈に運ばれて全身を蝕んでいくように、悪が石畳の隙間にも人の魂にも染みこんで、吹き渡る風までが汚染されている。ノイマンはあえて右の方角には目をやらないようにしていた。そちらに顔を向けたら最後、ネオクラシック様式の建造物のシルエットがいやでも視界に入ってくるからだ。手前の建物の並びのその向こうにある、プリンツ・アルブレヒト通りのゲシュタポ本部。くっきりと鉤十字が染め抜かれた巨大な旗章が、一晩中投光器によって真下から照らし出されている。夜の闇に浮かび上がる邪悪なスワスティカ《鉤十字》。黒々としたその姿形は、肥えた四本の足で動き回る毒蜘蛛《ぐも》を思わせる。毒蜘蛛の旗印だ。

ノイマンには秘教のシンボルについての著作がある。もう二十年以上も前になるが、その中でこんなことを書いている。

《スワスティカ。太古の昔に遡る古いシンボルで、調和や安泰を意味する。アジア、とりわけ古代インドにおいて多く用いられた》

そう、元来、スワスティカは調和と安泰の記号だった。それが今やナチスのシンボルとして使われているとは……。

「皮肉なものだ」

元教授はため息まじりに呟いた。もっとも、調和と安泰を表わしているのは左回りのスワスティカ〈卍〉だ。ヒトラーは東洋の深遠なる思想を信奉しているわけではない。ヒトラーがナチスのシンボルにしたのは、回転方向が逆の右回りのスワスティカ〈卐〉である。いにしえよりアジアで普遍的に用いられてきた記号を、形ばかりかその意味までをも逆転させてしまったのだ。

ヒトラーはこの吉兆のシンボルの換骨奪胎を図り、おぞましい記号に仕立て上げた。少なくともユダヤ人をはじめ、第三帝国から〝下等〟の烙印を押された民族にとっては、不吉を意味する記号である。だが、ドイツは今、この禍々しい鉤十字に心酔し、熱狂している。

再びノイマンは壁の時計を見た。友人はまだ現れない。ノイマンは部屋を横切ると、壁に嵌めこまれた金庫の前に行った。膝をついて、すばやくダイヤルを回す。鋼鉄に覆われた扉を開けるのは久方ぶりのことだ。

金庫から目当てのものを取り出して朽葉色の革のショルダーバッグに滑りこませたとき、一階の店舗のドアベルが鳴った。ノイマンはほっと安堵の息をついた。やっと来たか。ショルダーバッグを机の上に置き、軽快に階段を下りる。

「おい、もう一時間は待ったぞ」

声を弾ませながら階段を下りきると、「いやあ、てっきり、きみが……」と言いかけて、ノイマンは心臓が飛び出しそうになった。

カウンターの前に男が三人立っていた。三人とも同じ格好をしている。髑髏《トーテンコップ》の徽章《きしょう》をつけた制帽、誂《あつら》えたように体にぴたりと合った黒の上下。右袖には鉤十字《ハーケンクロイツ》の腕章。ブーツはよく磨かれており、ベルトのホルスターには拳銃が収められている。SS《親衛隊》が何をしに……。思わず体をこわばらせると、三人のうち一番年かさの男が相好《そうごう》を崩した。頬からこめかみにかけて細い傷が走っている。

「こんばんは、教授」男はそう言って、頭を下げた。「お目にかかれて光栄です」

ひじょうに背の高い男だった。年の頃は四十から五十というところか。すらりとした体躯で、短く刈った髪は白く、肉の削げ落ちた顔からは知性がうかがえた。男は明るい眼差しでノイマンの目を捉え、じっと見据えた。

「大佐のヴァイストルトと申します。カール・ヴァイストルトです」

ノイマンは金縛りに遭ったようになって、すぐには言葉が出てこなかった。すると、あとの二人の隊員がカウンターを離れ、店の書棚を物色しはじめた。

「ようこそ……おいでくださいました……あの……せっかくなのですが、ちょうど店を閉めるところで……」

ノイマンがもごもごと断りの文句を口にすると、相手は困ったような顔をした。

「少しだけでもお時間をいただけませんか。教授とはぜひお会いしたく、はるばるミュンヘンからやって来たもので。実はお目にかけたいものがあるのです」

大佐は一冊の黄ばんだ本を取り出してカウンターの上に置いた。擦り切れた表紙に、玉座に座る髭面の王らしき人物が描かれている。

ノイマンは、ずり落ちた眼鏡を指で押し上げ、本を確認した。赤髭王《バルバロッサ》フリードリヒ一世の伝記。ノイマンの著書だ。

「珠玉の典籍です」と大佐は誉めそやした。「ケルン大学の学生だった頃、この本に出会いました。わたしの蔵書の中では、宗教的シンボルの本と並ぶ名著です。これを書かれた教授の博学多識には恐れ入るばかりです」

「それは恐縮です」ノイマンはひどくきまりが悪かった。

「いえ、恐縮なさることはありませんよ。ご存じとは思いますが、フューラー《総統》はこの非凡なる皇帝に並々ならぬ情熱を傾けておられるのです」

「それは存じ上げずに失礼を……」

「ただし、赤髭王《バルバロッサ》伝説についてのあなたの見解には賛同しかねます。伝説ではこう言われていますね。赤髭王《バルバロッサ》は死んではいない。神秘の山（ドイツとオーストリアの国境にまたがるベルヒテスガーデンにある山、ウンタースベルクを指すと思われる。ここでは数々の超常現象が報告されており、この山の不思議な力に魅せられたヒトラーは、近くに山荘を建設し、そこから観察を続けたと言われている）のどこかで体を横たえ、眠っているのだと。王がその眠りから目覚めるとき、ドイツ帝国が再建されるのです。永遠の存続を目指して」

ノイマンは困惑して眉をひそめた。大佐は人差し指で本の表紙をトントンと叩き、話を続けた。

「あなたは低俗な民間伝承くらいにしか考えておられないようですが、赤髭王《バルバロッサ》伝説は、計り知れないほど強大な力について述べています。全ドイツの民の魂を震わせる話として、これほど適した伝説はないでしょう。要するにイマジネーションなのですよ、教授。イマジネーションに働きかけるのです。人を思いのままに操る力の源、まさにそれがイマジネーションです。大衆のイマジネーションを支配する者は、十の軍隊を有する者よりはるかに強大な力を手にすることになります。しかし、あなたには半分ユダヤ人の血が流れている。話したところでしかたがないな……いや、あなたが責任を感じる必要はないのですが」

ノイマンは緊張した。心臓が早鐘のように打ちはじめる。そのとたん、大佐がカウンターにドンと両手をついた。

「ですから、みんなで信じれば、アドルフ・ヒトラーはフリードリヒ一世の再来ということになるのです。違いますか？　ヒトラーは民衆の目を覚まさせ、新たに千年の長きにわたる帝国を築こうとしています。神がヒトラーをこの世に遣わしたのです。あなたもそのように理解するべきだ。何千年も待っているのに、あなたがたユダヤ人の前に救世主《メシア》は現れていない。そうですよね？　それどころか、ほら、われわれドイツ人のほうが先に救世主を見つけてしまったではありませんか」

「ええ……そうかもしれません……」

大佐の目は興奮でぎらついていた。

「したがって、われわれは改めて選ばれし民族となり得たのです。人類に対し、重大な責任を負うことになったわけなのですよ！」

「お察しします……。ところで、ご用件のほうは？」努めて平静を保ちながら、ノイマンは尋ねた。

「これは失礼。つい興奮してしまいました。たまに熱く語りすぎてしまうことがあるもので……そうそう、肝心の用件ですが、こちらのご著書にサインをいただけたら、大変ありがたいのですが」やけに朗らかな口調で大佐は答えた。

　そのとき、ノイマンは二人の隊員がジュネーヴに送る荷物の梱包を解こうとしていることに気づいた。

「そちらの箱は売り物ではありません」

　あわてて止めようとすると、大佐がノイマンの著書でカウンターをトントンと叩いた。

「まあ、勘弁してやってください、教授。部下たちは好奇心が旺盛なもので。好奇心を持つことで鑑識眼が養われますから。さあ、サインをお願いします。書くものならここに」

　大佐が取り出した万年筆を、ノイマンはやきもきしながら見た。友人が来る前に、この三人にはさっさと帰ってもらわなければならない。でないと、厄介なことになる。

「サインだけでよろしいですか」ノイマンが尋ねると、

「お手間はとらせませんので」と、大佐は万年筆を差し出しながら、「これはヒムラー親衛隊長官からのプレゼントでして」と言い添えた。太い黒の万年筆には銀色のルーン文字で〈SS〉を表したマークがついていた。

　ノイマンは毒蛇にでも触るように、万年筆を受け取った。

「カールへ、と書いて、何か一言お願いできますか。それだけで御の字です」

　いかにも気を遣っているようなそぶりを見せていたが、大佐は振り返ると隊員たちに声をかけた。

「おい、第一級混血ユダヤ人《ミッシュリング》がこの万年筆を使ったことを知ったら、長官は卒倒するかもしれんな」

大佐の冗談に二人の隊員は笑い転げた。

ノイマンは口を固く結び、本の扉にペン先を走らせた。

「これでよろしいでしょうか。ほかには何か？」

すると、隊員の一人が腕いっぱいに本を抱えてきてカウンターの上に載せた。

「ご覧ください、どうやらこの店は稀覯本の宝庫のようです」

背の高いブロンドのその隊員は、丁寧に装丁を施した本を一冊一冊丹念に調べはじめた。

「いや、信じられない！　まさか、こんなところでトリテミウスの『ステガノグラフィア』の初版本にお目にかかれるとは。それだけではありませんよ。パラケルススが序文を寄せている『沈黙の書』まであります」

「こちらにも、ものすごいお宝が隠れていました。二冊も見つけましたよ」箱の中を漁っていたもう一人が声を上げた。「なんと、『魔女に与える鉄槌』の初版です！　一六三五年にハンブルグで焚書の憂き目を見た書物ですから、てっきり現存するものはないと思っていたのですが。もう一冊は、バイエルン宗教裁判所長の『デモニクス写本』です」

ノイマンは度肝を抜かれた。親衛隊員たちの鑑識眼は見事なものだった。いったい、この碩学《せきがく》の男たちはいかなる素性を持った人物なのだろう。粗暴でありながら文芸の造詣が深く、どうやら宗教的象徴にも強い関心を持っているようだ。ナチスの下っ端の連中なら、通常、巡視や党幹部の身辺警護といった、肉体労働的な任務についているものではないのか？

呆気に取られ、サインした本を差し出したまま隊員たちをまじまじと見ていると、大佐が注意を引くように本を取り上げて言った。

「わたしとしたことが、うっかりしていました。われわれの仕事について、あらかじめ話しておくべきでしたね。われわれはドイツ先史遺産研究所〈アーネンエルベ〉の職員です。わたしはそちらで所長を務めています。ＳＳの制服に惑わされないでいただきたい。われわれは知的エリート集団で、全員があなたと同じように大学で研究を重ねてきた教養人です。いや、同じといっても、ユダヤ人の血は一滴も混じっていませんがね」

ノイマンは眉をひそめた。知的エリート集団？　……ナチスが教養人とは聞いてあきれる。それでも、ノイマンは言葉に気をつけながら訊いてみた。

「そうでしたか……大学はどちらを？」

大佐はノイマンを見下ろした。

「わたしはケルン大学で民族学の博士号を取りました。部下は二人ともドレスデンの出身です。こちらの大尉はミュンヘン大学で文化人類学の教授資格を取得しています。あちらの中尉は中世文学研究会の会長を辞し、アーネンエルベで新たな職を得ました。現在、アーネンエルベの業務は多忙を極め、われわれは粉骨砕身《ふんこつさいしん》、次々と新たな取り組みに着手しているところです。なにしろ、ヒムラー長官より五十以上の研究部門の創設を言いつかっているものでしてね。体がいくつあっても足りないくらいなのですよ……」

カウンターの上で店を広げていた大尉が、本を一冊一冊慎重に積み重ねながら言った。

「これらは貴重な文献としてわが研究所の図書館が所蔵するにふさわしいものばかりです。しかしながら、悲しいかな、現在のわれわれのひじょうに限られた予算でそれを現実化するには厳しいものがあります。ですが、こちらの教授はものわかりのいいかたとお見受けします。きっとわれわれの窮状を察し、便宜を図ってくれるのではないでしょうか？」

ノイマンは黙って男たちを見つめた。どんな学位を持っていようが、結局この三人もナチスであることに変わりはない。常に恐怖で相手を支配して、その不安感に付けこむ。そうやってユダヤ人から搾取しようという魂胆だ。ノイマンは忙しく頭を働かせた。向こうの要求をのまなければ面倒なことになる。稀覯本がナチスの手に渡ってしまうのはなんとも無念だが、迷っている時間はない。ノイマンは心を決めた。

「お気に召されたのであれば、どうぞお持ちになってください。お代は結構ですので」

大佐は満足げに頷いた。

「親切なかただ。では、ご厚意に甘えるついでに、もう一つお願いを。実は『トゥーレ・ボレアリスの書』（トゥーレ・ボレアリスは〈極北の地〉の意。極北の地にゲルマン人の誕生した聖地があるという伝説がある）という希少な古文書を探しています。中世のテクストなのですが」

心臓がドクンと跳ね上がり、ノイマンは一瞬目の前が真っ白になった。

「そのようなものに心当たりはないのですが。在庫リストを調べてみましょう。タイトルが、ええと……」

「トゥーレ、ボレアリス、です」大佐は一つ一つ音を区切るようにして繰り返した。

ノイマンは片手であわただしく帳面をめくり、独り言を聞かせるように呟いた。

「やはり在庫にはないな。知り合いの同業者にあたったほうがよさそうだ……」

それを聞くと大佐はいかにも残念といった声を出した。

「ああ、そうですか、ノイマン教授。まさか見落としたりはしていないでしょうね？アーリア人の起源について記された歴史的神話的宗教的書物なのですが。いわば聖書のようなすばらしい文献で……」

「なるほど……それは実に興味深い文献ですね」ノイマンは、内心の動揺を見せないように慎重に答えた。

すると、大佐は部下たちのほうを向いて尋ねた。

「なあ、昨日われわれが尋問したあのユダヤ人はなんという名だったかな？」

「導師《ラビ》のランソノヴィッチです。愛想はないが、なかなか気骨のある人物でしたよ」と中尉が答えた。「まあ、少し絞り上げてやったら、音を上げてしまいましたがね」

ノイマンは全身の血が凍りついた。

「そうそう、ランソノヴィッチだった。いや、おかしいですな。そのランソノヴィッチという導師《ラビ》が、あなたのところにその写本があると教えてくれたのですが」

「申し訳ありませんが、わたしはその導師《ラビ》のことは知りません」ノイマンは呟くように言った。「よろしいようでしたら、そろそろ店を閉めたいのですが」

大佐は肩をすくめると、財布から紙幣を二枚取り出した。そして、「残念ですな。どうしても写本が見たかったのですが」と言って、カウンターの上に置いた。二百ライヒスマルクもある。ノイマンは目を剝いた。

「こんなにいただくわけにはいきません。本はさしあげると申し上げたはずですが……」

大佐が片手を挙げて制した。

「何か勘違いをしておられるようですな。こちらは、この店の代金としてお支払いするものです。わたしとしては、かなり色を付けたつもりです」

「み……店を売った覚えはありません。おかしなことをおっしゃる」

「ああ、教授。素直に『トゥーレ・ボレアリスの書』を差し出していれば、ややこしいことにはならなかった。わたしはあなたを尊敬しているのですよ。このわたしがユダヤ人に対して敬意を表するなど、めったにあることではない。ですから、あなたとは事を荒立てることなくお別れしたかった。あなたは粛清《しゅくせい》を避けられたはずなのに」

「粛清？」

大佐は部下たちに目配せをすると、ノイマンの肩を摑んだ。

「今にわかります。とりあえず、二階のあなたの書斎へ行きましょうか。本は金庫の中ですね。ご友人の導師《ラビ》は事切れる前に、わたしの耳もとでそう囁いてくれましたよ」

「金庫の鍵は」ぼそっとノイマンは言った。「レジスターの中です」

そして、腰をかがめてカウンターの下にあるバスケットの中を探り、目当てのものを摑んだ。

「急ぎましょう。時間は待ってくれませんからね」大佐が穏やかに促した。「こちらにも都合があるもので。たぶん、そろそろ……」

だが、ノイマンは相手に最後までしゃべらせなかった。素早く身を起こすと、手にしたモーゼル拳銃の銃口を大佐に向けた。

「出ていってもらおう。おまえたちに売るものなどない」

部下の二人がじりじりと後ずさりした。だが、大佐のほうは動じない。

「これは、教授、穏やかではありませんな……SSを銃で脅すとは。それだけで死罪ですよ。そもそも銃の扱いはご存じなのですか？」

ノイマンは闖入者《ちんにゅうしゃ》を前に、はじめて口もとを緩めた。

「わたしは先の大戦を経験している。ソンムの戦いでは鉄十字勲章をもらったし、おまえたちよりよほど大勢の人間を殺してきた。人間に銃を向けるなんてあまり愉快なものではないがね、今回ばかりは違う」

すると、大佐は急に及び腰になった。顔に不安の色が見てとれる。ぞくぞくした快感が波のようにノイマンに押し寄せてきた。ＳＳの将校が怖気づくところなど、めったに見られるものではない。この痛快な経験は一生の記念になりそうだ。だが、ノイマンにはわかっていた。たとえこの髑髏印のインテリどもが尻尾を巻いて逃げていったところで、一刻を争う事態であることに変わりはないのだ。連中は仲間を引き連れて再び乗りこんでくるに決まっている。とにかく、その前に店を出て本を隠さなければ……。

そのとき、中尉が腰のホルスターに手をかけるのが見えた。すかさず銃口を向け引き金を引く。弾は頭に命中し、中尉はうなり声を上げて後ろに倒れた。ノイマンは即座に銃を構えなおしたが、先に大佐のルガーが火を噴いた。銃弾は胸の上部から背中に抜けていった。鎖骨が砕け、ノイマンは床にくずおれた。シャツがみるみる血に染まっていく。

「愚かなことを」大佐が呟いた。

大佐はふっと息を吐くと、後ろの大尉に声をかけた。「教授を二階に連れていくぞ」

「でも、ヴィクトルが」大尉は床に横たわる仲間のほうを指さした。

「中尉はヴァルハラの戦死者の館に旅立った。今宵はヴォータン（北欧神話の主神オーディン）と饗宴をともにするのだ」

将校たちはそれぞれノイマンの腋《わき》と腰を支えながら階段を上がった。階段のステップに鮮血の帯が続いた。書斎にたどり着くと、二人はノイマンを窓に向いた肘掛け椅子に座らせた。

床に梱包用の麻縄のロールが転がっているのを見つけ、大佐は大尉に指示した。

「そいつで教授を椅子に縛りつけろ」

大尉がノイマンに縄をかけているあいだ、大佐は扉が開いたままになっている金庫の中をさらった。しかし、そこにあるのは現金のみだった。大佐は紙幣の束を床に叩きつけ、声を荒らげてノイマンを問い詰めた。

「本をどこへやった！」

「地獄へ堕ちろ！」意識は朦朧《もうろう》としていたが、ノイマンは必死に突っぱねた。

突然、辺りを見回していた大佐の視線がテーブルの上のショルダーバッグに留まった。

大佐はバッグを開け、中から赤い革表紙の薄い本を取り出して天にかざした。

「あったぞ！『トゥーレ・ボレアリスの書』だ！」

大佐は長椅子に腰かけると、慎重に本を開いた。ページをめくるうちにその目は驚きと感激で輝きを増していった。

「すばらしい……すばらしいの一語に尽きる」

「おまえたちにそんな権利は……」

ノイマンが嚙みつくと、大佐は窓の外を指さした。

「今宵、アーリア人はすべての権利を手にする。ユダヤ人にはなんの権利もない。あれを見なさい！」

　夜空が血の色と化していた。あちこちで炎が火柱となって、赤や黄色に光りながら町全体を呑みこんでいる。遠のきかけたノイマンの意識が引き戻された。

「何事だ？」

　火事の炎がまるで照明のように明々と辺りを照らし出している。

　大佐は本をテーブルに置くと、司祭のように両手を天に向けて広げた。

「粛清です。浄化です。あなたはラジオ放送でドクトル・ゲッベルスの演説を聞いておくべきだった。ゲッベルス宣伝大臣はパリで起きたドイツ大使館員暗殺事件(注1)を受け、今こそ街に出て示威行動を起こすべきときである、卑劣なユダヤ人どもに正当なる怒りの鉄槌を下すのだ、とドイツの民に呼びかけたのです」

　大佐が窓を大きく開け放った。叫び声や怒号がどっと部屋に流れこんできた。ガラスが次々と割られる音が聞こえる。

　大佐は手を後ろに組んで、南のほうのシナゴークの屋根が炎を吹き上げて燃えるのを眺めていた。

「いったい……警察は何を……」

「警察には介入するなとの指令が出ています。消防も出動はしません。ユダヤ人の所有する住居や商店に押し入って、中にいる者を追い出そうが、暴行を働こうが、ドイツ人であれば許されるのです。略奪、凌辱、殺人も認められています。なにしろ、浄化のためですから。今、この大衆による怒りの蜂起は怒濤の勢いでドイツ全土に広がっています。ベルリン、ミュンヘン、ケルン、ハンブルク、いたるところで血が流されるでしょう。不浄の血、ユダヤ人の血が。ユダヤ人をかばう者は民衆の敵と見なされます。今夜、有効な法律は唯一、ドイツ人の血と名誉を守るための法律です」

「悪魔……おまえたちは悪そのものだ……」

大佐はノイマンの砕けた肩を小突いた。

「善悪はどちらの側にいるかで決まるものでしょう。われわれ国家社会主義者にとって、あなたがたユダヤ人はわが帝国の体内に侵入した異物、病原体そのものですよ。病気をうつすように、わが帝国を、われわれドイツ人の血を汚染していった。悪はあなたがたのほうだ。ユダヤ人を排除することで、われわれは正義を貫くのです。ドイツ国民の正義です」

「いかれている」

「いえ、単純な話ですよ。多数派が正義で、少数派は不正義ということです」

「多数派が……正義に？　馬鹿げたことを……今に反乱が起きるぞ」

「さあ、どうでしょう。今夜、浄化に参加する律儀なドイツ人全員に罪の意識があるとでも？　いやいや、罪悪感などまったくないですよ。まあ、明日になれば、みんな自分のしたことを少しは恥じるかもしれない。浮かれて飲みすぎたビールの祭典《オクトーバーフェスト》の翌日のようにね。しかし、最終的には、自分たちは国を救済するために行動したのだという陶然《とうぜん》とした記憶だけが残るのです」

そう言って大佐は本をショルダーバッグにしまうと、ほかの窓も開け放った。群衆の叫びが大きなうねりとなって押し寄せてきた。あちこちで野太い笑い声が上がり、ナチスの党歌や愛国歌が歌われている。大佐は身を乗り出して下の通りを覗きこんだ。荒らされた洋装店の前で、ケピ帽を被った褐色のシャツの三人組が寝間着姿の老女を足蹴にして、大笑いしている。戸口の石段には老人が血を流して倒れていた。

「SAの能なしめ、なんと愚かな真似を……」ため息まじりに呟くと、大佐はノイマンのほうを振り返った。「ご安心ください。わたしは残虐な行為は非難します」

「その忌まわしい鉤十字に、おまえたちは魂がすっかり毒されてしまっている」

「違います。鉤十字によってわれわれは己を知り得たのです。鉤十字にはそれほどのパワーがあるのです。不思議な力を宿しているのです。ああ、教授、あなたが混血《ミッシュリング》であることが残念でなりませんよ。アーネンエルベでポストを用意してもよかったのに。なぜ、われわれは交誼《こうぎ》を深めることができなかったのでしょう……」

ノイマンは頭をもたげようとしたが、首が焼けるように激しく痛んだ。

「悪魔に……さらわれてしまえ」

大佐はからからと笑って、長椅子に腰を下ろした。

「生憎、秘教の神秘的な力は信じても、悪魔の存在は信じていないのでね。サタンなどユダヤ教・キリスト教が心の弱い人間のために生み出したものに過ぎません」

ノイマンには振り絞ろうにももう力が残っていなかった。頭の中で大佐の声が反響し続ける。ノイマンは涙で頬を濡らしていた。痛みのせいではない。怒りが流す涙だった。ノイマンは自分に対して腹を立てていた。

あの本は誰にも見つからない場所にしっかり隠しておくべきだったのだ。

やがて、大佐が腰を上げた。

「この男をどうしましょうか？」ノイマンを見下ろしながら、大尉が尋ねた。ノイマンの体からは血がすっかり抜けてしまったように見えた。

「このまま静かに死なせてやろう。今宵の値千金の眺めをほしいままにすればいい」

「店のほうは？　燃やしてしまいますか？」

「いや。明日の朝、トラックをよこしてくれ。店中の本を運び出して、ヴェヴェルスブルク城に持っていく。長官の書架に納めるのだ。ユダヤ人の凶弾に斃《たお》れた同志の亡骸もトラックに運ばせよう。危険を顧みず任務に忠実であった中尉には鉄十字勲章がふさわしい」

大佐はノイマンの上に身をかがめると、傷跡の走る顔を近づけて囁いた。

「さようなら、教授。あなたとこの本のおかげで、ついに正義が勝利を収めることになりそうです」

将校たちが立ち去り、ノイマンは独りになった。窓の向こうは、低く垂れこめた雲に燃え上がる街の赤い色が反射して、今にも血の雨を降らせるかに見えた。

椅子にぐったりともたれ、ノイマンの意識は深い闇の底に沈もうとしていた。その正面では、シナゴーグが太い火の束となって天を焦がしている。ノイマンにはわかっていた。あの大火がまだほんの序章に過ぎないことを。

今夜、ドイツは血と炎の色に染められた。明日は世界が同じ色に染まる。

一冊の書物の故に。

恐るべき書物の故に。

第一部

《現代のテクノロジーから中世の黒魔術、ピタゴラスの教えからファウストが用いた五芒星の魔力まで――人智でも、自然でも、霊的なものでも、権力の源となるものはすべて活用するべきである。最終勝利を目指して》

――ヴィルヘルム・ヴルフ（ヒムラー付き占星術師）

Zodiac and Swastika. Coward, McCann & Geoghegan, 1973（『ゾディアックとスワスティカ』）より

一

一九三九年一月
チベット
ヤルルン渓谷

激しかった雨は小降りになり、雷鳴も山のほうへ遠のいた。北側のヤルルン・ニャウ・ラの峠の上空ではまだ銀色の稲光が舞っている。

三日前から渓谷に身を切るような寒風が吹き荒ぶようになっていた。親衛隊のマンフレッド・ダルベルグ中尉は山岳師団用の白いつなぎに身を包み、洞窟の入口で風をよけながら、最後の閃光がヒマラヤの山々の頂を輝かせるのを見守った。雷を怖いとは思わない。むしろ、親しみを覚えるくらいだった。ベテラン登山家の父とバイエルンアルプスの切り立った岩壁でよくロッククライミングをしたものだが、雷とは登山中に幾度となく遭遇した。今でも激しい雷雨に見舞われるたびに、父の言葉が頭をよぎる。

雷を嫌うな。雷は大気を浄め、精神を強靱に鍛え上げてくれる。

しかしながら、チベット辺境の急峻な山々に囲まれたこの谷間には、その雷をもってしても浄化できない穢《けが》れのようなものがみなぎっていた。天候はまったく読めず、羅針盤が狂っているように予想はしばしば裏切られた。周りの山は深い新雪に埋もれているのに、天からは一片の雪も舞い降りてこない。目に見えない陰湿な力の法則の下に、森羅万象を司る強大な自然の力が組み伏されているかのようだ。

ダルベルグは谷を取り囲む支稜《しりょう》を睨むように見渡した。少年時代を過ごしたバイエルン地方の山々の壮麗さとはあまりにもかけ離れている。植物がまったく見られない灰色の不毛な地表。刃物のように鋭いギザギザした稜線《りょうせん》がこれでもかとばかりに続く……。人も動物も一切寄せつけない。それを唯一の目的にしているような景色だ。

〈泣き叫ぶしゃれこうべの郷〉

神々からも人間からも忘れられたこの場所は、チベットの人々からそう呼ばれている。さすがに骸骨の慟哭《どうこく》は聞かれないが、風が唸るように吹き荒れる。それがやけに癇《かん》に障《さわ》った。ダルベルグは帰国して武装部隊に戻ることをひたすら夢見た。

ダルベルグが防寒服の襟《えり》を立てたとき、右手から耳慣れた音が聞こえてきた。双眼鏡で確認すると、道路の代わりとなっている轍《わだち》の上を汚れた幌付きのトラックが一台、猛スピードで飛ばしてくる。車輪が砂塵《さじん》を巻き上げ、灰色の尾を引いている。

シェーファー隊長だ。

ダルベルグはほっと胸を撫で下ろした。約束どおり、隊長は事態の打開に駆けつけてきてくれたのだ。

フードを被ると、ダルベルグは荒涼とした山肌に作られた長い石段を大急ぎで駆け下りた。石段は車がつけた道沿いの境界標までうねうねと続いている。

《その忌まわしき穴に近づくことなかれ……》

ダルベルグたちがシェーファー探検隊の分遣隊として、ラサを発ってからほぼ二週間が経つ。分遣隊は親衛隊員のほか、考古学者二名と通訳を務める言語学者の研究チーム、六名のチベット族のポーター、三名のチベット僧で構成されていた。最初は万事が順調に運んだ。一行は経典が示す道筋を正確にたどった。経典によれば、先人の足跡を追っていくと、洞窟のある小さな禿山がある。その麓《ふもと》には深紅の仏塔《ストゥーパ》が二つ、結界を張るように建っている。ストゥーパはチベットの伝統的な仏塔で、ストゥーパのあるところにはたいていマニ車があるものだが、この二つのストゥーパにはマニ車は一切見られない。代わりに、角を生やした悪魔の彫刻が恐ろしい形相で睨みを利かせている。

すべてがチベット語訳の仏典、カンギュルの写本の絵と合致していた。

〈髑髏の国の門〉――つまり、この洞窟の奥深くに巨大墓地《ネクロポリス》があるのだ。

ところが、洞窟内にベースキャンプを設営したとたん、隊に災いが降りかかった。二人のポーターが原因不明の病に罹《かか》ったのだ。病人には激しい下血や吐血の症状が見られた。ダルベルグたちはたちまちドイツ人とチベット僧とのあいだに不穏な空気が漂うようになった。

の部下に〝糞坊主〟とののしられようが、僧侶たちは墓地に足を踏み入れるのを頑なに拒み、それどころか、ポーターに命じて墓地の入口を塞がせてしまった。以来、膠着《こうちゃく》状態が続いている。ダルベルグは切歯扼腕《せっしやくわん》の思いだった。もし自分に判断が委ねられていれば、銃を抜いて坊主どもを撃ち殺してやりたいところだ。といっても、ダルベルグはドイツとチベットの外交関係にひびが入るような真似をするつもりはなかった。結局、第三帝国にとってチベットは友好国なのだ。それに、対中国の軍事支援も要請してきている。

そこで、ダルベルグはラサに滞在している上官のエルンスト・シェーファー大尉に使いを送り、助けを求めた。シェーファーは〈アーリア人の起源を探索するためのチベット探検隊〉の隊長を務めている。シェーファーならば、ラサの有力人物、五世リンポチェ（高位僧の称号）から厚い信頼を得ていて、洞窟探索の話も通っているはずである。なにせ、リンポチェはカンギュルの写本百八巻分をドイツ側に提供してくれたくらいなのだ。

ダルベルグが石段を下りて道の手前まで来たときに、ちょうどトラックのほうも停まった。トラックはすっかり黄砂を被っていた。ストゥーパの前では、ポーターの一人がラバにつける馬具の泥を落としているところだった。ダルベルグはその小男に意地の悪い視線をくれた。小男の焼きリンゴのような皺《しわ》だらけの顔を見て、不思議に思う。ゴミみたいな連中だが、彼らはアーリア人種に属するのだと、シェーファーが主張しているのだ。ダルベルグにはいまだにそれが解せなかった。

トラックから白いアノラックを着た男が二人降りてきた。ダルベルグはピシッと背筋を伸ばして立ち、右腕を斜め前に突き出した。

「ハイル、ヒトラー！」

二人の男も同様に返礼する。重量級のボクサーのように体格ががっしりしたほうの男が髭を蓄えた口もとを緩めた。髭の男はダルベルグの手を力強く握って、興奮気味に言った。

「ダルベルグ君、ちょうどよかった」

そう言うと、シェーファーは後ろにいる連れの男を手で示して紹介した。

「こちらはカール・ヴァイストルト大佐でいらっしゃる。アーネンエルベの所長で、ヒムラー長官の参謀だ。ベルリンよりお越しくださったのだ」

紹介された男がダルベルグの前に進み出た。頬からこめかみに向かって細い傷が走っている。ダルベルグはその顔に見覚えがあった。プロイセン学生フェンシング連盟競技会の選手たちの中で見かけたことがある。その傷跡とは裏腹に、ヴァイストルトの顔には好意があふれているように見えた。親衛隊の上級将校には珍しいくらい愛想がよい。

ヴァイストルトはダルベルグの手を握り、にこやかに微笑んだ。

「でかしたぞ、ダルベルグ中尉。きみの知らせのとおりなら、われわれは今まさに華々しい発見を前にしているところだ。これで親衛隊におけるきみの将来は約束されたも同然だ」

ダルベルグは怪訝に思った。自分が書いた手紙は読んでもらえたのだろうか。

「光栄至極に存じます、大佐殿。しかしながら、手紙にも書きましたとおり、少々厄介なことになっておりまして」

ヴァイストルトがダルベルグの肩を摑んだ。

「どんな厄介なことかな?」

ダルベルグは洞窟の中を卑しむように見やった。

「洞窟の奥には大きな扉があります。錠前も何もついていません。扉の向こう側は聖域で、目的のものはそこにあると思われます。とりあえず、洞窟に入ることはできましたが、扉の先は僧侶たちの激しい抵抗に遭って、進むことができません。われわれを墓所に立ち入らせまいとしているのです。よそ者には聖域を荒らされたくないそうです」

ヴァイストルトは声を上げて笑った。いかにもおかしくてたまらないといった様子だ。

「よそ者?　それは違う。見た目にはわからなくても、われわれは彼らと血で繋がっているのだ」

そう言って、ヴァイストルトはストゥーパの前にいるポーターをじっと見つめた。馬具の手入れを終えたポーターは長いキセルで一服していた。

「よし、ではわれわれの〈親戚〉と話し合おうか」

三人は洞窟に続く石段を上りはじめた。

「ラサでのお仕事はどんな具合でしょうか?」ダルベルグはシェーファーに尋ねた。

「ああ、すこぶる順調だよ。撮影したフィルムはいずれ編集して記録映画にするつもりなんだ。学術的にも第一級の資料がたくさん集まったぞ。もうすぐベルリンに戻らなければならないのが残念でならない。とにかくこの国には本当に驚かされたよ。チベット人は優れた民族だ」

「お言葉ですが、大尉、そのご意見には賛成いたしかねます」ダルベルグは小鼻をふくらませた。

ヴァイストルトのほうは上機嫌らしく、弾むような足取りで石段を上がっていく。

「おいおい、中尉。もう少し前向きに考えたまえ。きみは優秀な親衛隊員ではないか。ところで、この場所だが、チベット人のあいだではなんと呼ばれているのかね?」

洞窟の入口はあと三十メートルほどのところに迫っていた。入口は岩ばかりの山肌をくり抜いて作った半円形の丸天井のようだった。

「泣き叫ぶしゃれこうべの郷です」ダルベルグは答えた。「僧侶たちに言わせると、死者の中にはまだ死んでいない者がいて、その魂はほかの肉体に宿ることができないのだそうです。彼らは地底をさまよいながら、新たな肉体を見つけられず、絶望を口にしている、扉を開けてしまったら、地上は阿鼻叫喚の地獄絵図になる、などとぬかすのです。とにかく、あの馬鹿でかい肘金を外すだけでも、十人くらいの人員が必要かと……」

ヴァイストルトはにやりとした。

「復活を待ち望んでさまよう亡者か。なるほど！　まるでわが国の民衆のようだ！　敗北と裏切りに絶望し、救世主アドルフ・ヒトラーを待っていたドイツ人そのものではないか！　フューラーはドイツに新たな肉体を与えたもうた。より強力でより強靭な肉体を。わたしはそういう祖先からの伝承が好きでね。伝承から、われわれは世界の隠れた意味を知ることになるのだ」

不意にけたたましい音がした。石段の上に転がっていた缶詰の空き缶がヴァイストルトのつま先にぶつかったのだ。脇にある岩の前がゴミ捨て場になっていて、そこから石段に転がりこんできたらしい。ヴァイストルトは立ち止まって空き缶を拾い上げると、ゴミの山に戻した。

「中尉、あそこのゴミはすぐにでも地中に埋めてもらいたい」

ダルベルグは驚いて目を見開いた。ヴァイストルトがすまなそうに頷きながら見つめ返す。

「自然を汚すのはいけないことだよ、中尉。大地は豊かな恵みをわれわれに提供してくれる。せめて大地には敬意を払うべきだ。親衛隊士官学校で生態学《エコロジー》を教わらなかったのかね？」

「いいえ、大佐殿」

「それはまずいな。いいか、覚えておきなさい。生態学《エコロジー》というのは、わが国の生物学者エルンスト・ヘッケルによる造語なのだ。ギリシャ語で住環境を意味するオイコスと、学問を意味するロゴスを組み合わせた言葉だ」

ゴミを埋めれば大地に敬意を払うことになるのだろうか……。ダルベルグは不思議に思ったが、黙っていた。すると、横からシェーファーまでが熱弁をふるいだした。

「そのヘッケルというのはわれわれの偉大な先駆者なんだよ。ヘッケル博士は、人間は人種ごとに知能や気質に差があると考え、人類の進化において白人種を最高位に位置づけた。まだ国家社会主義が産声を上げてもいない二十世紀初頭にドイツ民族衛生学会が誕生したが、博士はその創設メンバーの一人でもあるんだ」

「そうだ、『レーベンスヴンダー』(注1)はぜひとも読んでおくといい」ヴァイストルトは熱心に勧めた。「あとで貸してあげよう」

ひととおり講釈を終えると、ヴァイストルトは再び意気揚々と階段を上りはじめた。

その数分後、三人は洞窟に入った。

洞窟内はミュンヘンのビアホールのように広々としていた。中の壁は灰色で、渓谷の景色の色調と変わりない。その壁に沿って燭台が点々と並び、内部をぼんやりと照らし出している。奥のほうでは火が焚かれ、その前で男たちが身を横たえていた。煙の悪臭に混じって、脂が焼けるような臭いが漂ってくる。長身で金髪の若い男が三人の姿に気づき、急いで出迎えに来た。上官二人に若い隊員は緊張の面持ちを見せながらもたじろぐことなく敬礼し、それからダルベルグに向きなおった。

「中尉、ポーターがまた一人、具合が悪くなりました。嘔吐と吐血の症状が見られます」

ヴァイストルトとシェーファーは不安げにちらりと目を合わせた。

「これで三人目です……」隊員が言い添えた。「とりあえず別の部屋に隔離しておきました」

「どんな様子か、見せてくれないか」ヴァイストルトがそっと言った。

三人は若い隊員のあとに続き、洞窟の右手の引っ込んだ場所に向かった。小部屋のようになっているその場所からは弱い光が漏れていた。中には生贄台のような石の台があり、その前に何人かが座っている。台の上には赤く熾《おこ》った炭が載っていた。男が一人、地べたに寝かされていて、その周りで黄色の袈裟《けさ》を着た三人のチベット僧が蓮華座を組んでいる。擦り切れた布団の上で、病人は苦痛に身をよじっていた。顔からは汗がしたたり落ち、口から一筋血が流れている。

ヴァイストルトは僧侶たちに近づくと、お辞儀をし、言語学者に通訳するよう指示した。

「わたしはドイツの偉大なる上師《ラマ》、アドルフ・ヒトラーの使いです」

通訳はヴァイストルトの言葉を伝えたが、僧侶たちの反応は冷やかだった。ヴァイストルトはしゃがみこむと、病人の額に手を当てた。

「何が原因なのでしょうか？」

僧侶の一人が厳しい眼差しでヴァイストルトを見上げた。そして、一言ずつ区切るように言葉を投げつけた。

通訳は注意深くそれを聞き取ると、言いにくそうに小さな声で伝えた。

「このポーターはほかの二人と同じく、罰《ばち》が当たったのだ。聖域に踏みこんだからだ。この男は今晩死ぬ。向こう側から扉を叩いている死者たちの仲間入りをするのだ。ここから出ていかないと、われわれにも同じ運命が待っている」

ヴァイストルトはわかったというふうに頷いた。

「今から言うことを伝えろ――非常に残念です。われわれはあなたがたの祖先に敬意を表そうとしているだけです。わたしは、アーリア人のルーツであるこの地とあなたがたのしきたりに尊敬の念を抱いています。これまでキリスト教が軽んじてきた祖先への勤めをドイツで復活させるつもりです。ぜひ、死者への畏敬のしるしに奉納品と生贄を供えさせていただきたい」

通訳の言葉を聞くうちに、次第に僧侶の表情が険しくなった。僧侶は金切り声でまくしたて、地面に唾を吐いた。

通訳は目を丸くして、首を横に振った。

「ラサで高僧に祝福された山羊を連れてこい、その喉を切り裂いて供えろと言っています。しかし、生憎ここには山羊などいませんし……」

ヴァイストルトは口もとに笑みを浮かべた。それから、何も言わずにベルトの鞘から短剣を抜き、燠火《おきび》の淡い光にかざした。青い瞳に刃の冷たい煌《きら》めきが映り、ヴァイストルトの目が妖しく輝きだす。石の壁にヴァイストルトの声が反響した。

「この僧侶に言ってくれ。わたしはSSという神秘集団に所属しています。この短剣はわが師ハインリッヒ・ヒムラーから授与されたものです。短剣の刃にはスローガンが刻まれています。《忠義こそわが名誉》と」

そう述べると、ヴァイストルトは短剣を燠火の中に突っこんだ。刃が次第に赤くなっていく。

「チベットでは名誉という言葉が何を意味するのかは知りませんが、わたしの国では、名誉とは次の三つです。誇り、勇気、そして、誠意」

ヴァイストルトは短剣を抜き取り、笑みを湛えて一番年かさの僧侶に近づいた。短剣の刃は真っ赤に焼けている。これまで一言も口を利いていないその老僧の傍らに膝をつくと、ヴァイストルトはさらに柔らかく穏やかに語りかけた。

「みなさん、みなさんはわれわれに対して誠意を示そうとはなさらなかった」

そう言うなり、ヴァイストルトは短剣を老僧の喉に突き立てた。赤熱した刃をぐきりと食いこませ、ずぶずぶ横に引く。鮮血がほとばしり、白い防寒服に赤い飛沫を散らす。老僧は病人の脇に仰向けに倒れこんだ。両目をかっと見開いて、ウジ虫のようにのたうち回る。周囲に肉の焦げる臭いが広がった。

二人の僧侶は身じろぎもしなかった。依然として無表情を貫いている。

シェーファーがヴァイストルトに詰め寄った。

「正気の沙汰とは思えません、大佐！　ポーターの病は僧侶たちのせいではありませんよ」

ヴァイストルトは老僧の袈裟で刃の血のりを拭うと、もっともらしく答えた。

「エルンスト君。きみは、チベット僧のいかにも素朴なところが気に入っているのかもしれない。だが、話を聞いてほしい。この者たちの衣の裾を見てくれ。縁に細い赤のラインが入っているね？　これは彼らがガンピトラの僧であることを示すものだ。ガンピトラはチベット仏教の中でも非公開にされている教団で、出家者の共同体を護ることを使命としている。共同体を護るためならどんな犠牲も厭わない。必要とあらば掟を破り、殺人を犯しても許される。まさに羊の皮を被った狼だよ。仏僧だからといって、善良だとは限らない……実に現実的な話だろう？」

「わたしはそのような報告を受けておりませんので……」シェーファーは動かなくなった老僧のほうを見ないようにして答えた。

「ガンピトラは白兵を一切使用しない。卑俗だと言って刀剣の類には手を出さないのだ。使用するのは毒だ。それが教団の大きな特徴でもある。三十年前にポタラ宮（注2）に入ることを許されたイタリアの宣教師が書いた回想録がある。チベットに入る前にそれを読んできた。わたしは、僧侶たちがポーターに毒を盛ったのではないかと考えている。ポーターたちが呪いによって死んだのだと、われわれに思わせるためにね。そうすれば、われわれが尻尾を巻いて逃げていくと考えたのだろう」

　すると、僧侶の一人が言葉を発した。

「自分たちはブッダの弟子である、あなたがたも死も恐れない、と言っています。自分たちを殺しても無駄だ、ポーターもあなたたちには手を貸さない、泣き叫ぶ死者に立ち向かうくらいなら、殺されたほうがましだと思っているはずだ、と」

　ヴァイストルトは大きく頷くと、再び短剣を手にした。そして、すでに事切れている老僧の上にかがみこみ、額の皮膚を丸く切り取った。硬貨ほどの大きさで、鼻の付け根の真上――眉間の辺りの肉片である。

　ヴァイストルトはそれを戦利品のように振りかざし、熾火の中に投げこんでから、言語学者のほうを振り返った。

「すまないが、今一度通訳を頼む。今、おまえたちと同じ魔術を使って、仲間から第三の目を取り上げて火にくべた。これで、仲間の魂はわたしのものになった。仲間にはぞんぶんに苦痛を味わってもらおう。今から楽しみだ。仲間が涅槃《ニルヴァーナ》に行くことはない」

　すると、僧侶たちの顔色がさっと変わった。僧侶たちは怯えたように視線を交わした。

　再びヴァイストルトの声が響く。

「おまえたちにはこの魔術の意味がよくわかっているはずだ。なぜなら、おまえたち自身もリンポチェの敵を威嚇するためにこの魔術を使うことがあるからな。かつてヴァチカンから派遣されてきた神父がそのまやかしを目撃している。わたしは神父が残した記録を読んでよく知っているのだ。さあ、すぐにポーターに、聖域の扉を開けるように命じろ。さもないと、残念だが、おまえたちの魂もいただくことになる」

　ヴァイストルトの脅しは効果てきめんだった。僧侶たちは通訳の言葉を最後まで聞かずに慌てて立ち上がると、ポーターたちのいるほうへ矢のようにすっ飛んでいった。

　ヴァイストルトはほっとしたように短剣をしまった。

「これで、われわれが直接手を下さずに済みそうだ……」


　二時間後、聖域の入口は開放された。五百キロはあろうかと思われる青銅製の二枚扉は外され、入口の両脇に横たえられていた。正面には大きな穴がぽっかりと口を開けて待っている。中からえがらっぽいような甘ったるいような臭いが流れ出していた。

「死の甘美な香りがする」そう呟くと、ヴァイストルトは松明《たいまつ》を手に広い通路へと足を踏み入れた。シェーファーがサブマシンガンの引き金に指をかけたまま、そのあとに続く。

　探検隊のほかのメンバーは入口の外で待機している。ポーターに関しては、追い出すまでもなかった。みな恐れをなして、大声で祈りを唱えながら逃げてしまったのだ。残された僧侶たちのほうは、口を閉ざしたまま火の前に座りこんでいた。

ヴァイストルトとシェーファーは湿った地面をゆっくりと歩きだした。松明《たいまつ》の光がゆらゆらと揺れながら洞内の壁を照らし出す。青みを帯びた壁には無数に鉱脈が走っており、それが光を受けてキラキラと輝く。

「ここは、かつては銀鉱山だったのでしょう」シェーファーが囁いた。「チベットは貴金属の宝庫ですからね」

「われわれが今探し求めているものは、金や銀よりもはるかに価値があるぞ」ヴァイストルトが応じた。「それにしても、きみの勝手な行動は褒められたものではないが、チベット高僧と親交を結んで、仏典の翻訳を始めていたとはね。いいところに目を付けた」

先に進むにつれて通路は広がっていった。闇の底へと入りこむ地下道のような雰囲気だ。シェーファーはふと耳を澄ました。かすかだが、周りで何かを引っ掻くような音がする。

「大佐はまさか、あの言い伝えを信じてはいらっしゃいませんよね？」シェーファーは不安を押し殺すようにして声を出した。

「亡者のことか？　そんな話は毛の先ほども信じていない。例のものをここに隠した連中が、迷信で怖がらせて人を近づけないようにしただけだ。それにしても、このネズミどもはまったく……」

ヴァイストルトは足を止め、またそろそろと歩きだした。

「しっ、しっ！」

ヴァイストルトは松明を振り回しながら、ゆっくりと進んだ。

やがて、前方に黒い長方形の石碑のようなものが見えてきた。高さがあってどっしりとした石板で、東プロイセンの戦没者の慰霊碑にも似ている。しかし、慰霊碑と決定的に違うのは、この石板には真ん中辺りに何やら突起物があることだ。

それは彫像だった。

男が上半身を前に乗り出し、顔を歪めている。その表情は激しい苦痛をものがたっていた。下半身はあたかも石の中に閉じこめられているようで、両腕を前に突き出し、両手で金属の鉢を支えている。

石の男の足もとには、頭蓋骨が円を描くように積み上げられていた。

二人が鉢に近づくと、靴底で骨がパリパリと砕けた。鉢の中にあるものを見て、二人は息を呑んだ。一瞬にしてヴァイストルトの顔が輝く。

ヴァイストルトは懐から一冊の本を取り出した。赤い革表紙にゴシック文字で『Thule Borealis Kulten（トゥーレ・ボレアリスの書）』とある。

「まさに世紀を超え、国境を越えた宝探しの冒険に出かけた気分だ。なんとスリリングなゲームだろう」ヴァイストルトは興奮していた。「考えてもみたまえ。すべては一人のユダヤ人が所有していた、この中世の書物から始まったのだ……。わたしはこの本の一節にヒントが隠されていることを知った。東洋の密教の経典をあたれば……」

ヴァイストルトは栞《しおり》を挟んだページを開き、中の図をシェーファーに示した。

「この図のとおりの石像が見つかると！」

二人は石像ににじり寄った。鉢の中には探し求めていたものが置かれていた。松明の光を受け、燦然《さんぜん》と煌めくルビー色の物体。それはあのシンボルと同じ形にカットされていた。二人の親衛隊将校は胸が熱くなった。

スワスティカだ。

ヴァイストルトは松明をシェーファーに託すと、ルビーの鉤十字を両手でそっと取り上げて宣言した。その声は雷鳴のように轟いた。

「本日、第三帝国の第一年が幕を開けた」

二

一九三九年一月
カタルーニャ

フォードのトラックはでこぼこの道を突っ走っていた。

「ノー、パサラン！」（スペイン語で「奴らを通すな！」の意味。スペイン内戦でドイツのヒトラーに支援されたフランコ軍と戦った共和派を含む人民戦線政府のスローガン）

すれ違う共和派の民兵たちが鬨《とき》の声を上げる。前線に向かう部隊だ。トリスタンはトラックの荷台でのんびりと葉巻を弄んでいたが、一応拳を突き上げて民兵たちに応えておいた。今はまだ葉巻には火を点けない。葉巻は時間をかけて、ゆっくりと楽しむものだから。上等のコニャックと同じだ。まずは香りを堪能し、その鹿毛色の色合いを目で味わい……。つらつらとそんなことを考えていると、いきなり急ブレーキがかかり、トリスタンは現実に引きもどされた。川が増水して、道路が真っ黒な泥流《でいりゅう》に覆われている。

「全員、降りろ！」

ハイメのしゃがれ声が威圧的に響いた。ハイメはトリスタンの所属する国際義勇軍の部隊の隊長だ。背が低くがっちりした体格で、コンキスタドール（メキシコのアステカ王国を征服したコルテスや南米のインカ帝国を征服したピサロに代表される人々を指す）風に無造作に髭を伸ばしている。銃を手にトラックから飛び降りると、ハイメはトリスタンを睨みつけた。トリスタンは葉巻を注意深く懐にしまっていた。

「おい、そこのフランス人。ケツに根が生えちまったか。とっとと動け。日が暮れるぞ」

閲兵《えっぺい》を受けるときのように、十数人の義勇兵がハイメの前に整列する。襟の擦り切れた上着を着ている者、縄をズボンのベルト代わりにしている者。兵士たちが身につけているものは共和派の制服に似せてあったが、ボロボロだ。その中でただ一人、トリスタンだけがこれ見よがしに立派な上衣を着こんでいた。銀ボタンが冬の日差しを受けてキラキラと輝きを放っている。この上衣は野辺に斃れていた敵方の兵士から頂戴してきたものだ。ついでに言えば、葉巻もそのときに失敬してきたものだった。

「貴様は俺たちの足を引っ張る気か。そのろくでもないボタンが敵の格好の的になる」ハイメが咎めた。「月の光に照らされてみろ。目立ってしかたない。復活徹夜祭のロウソクかってんだ」

トリスタンはにやっと笑ってポケットから靴墨の丸い缶を取り出してみせた。

「わかってますって。いざとなったらこいつを塗りつけますから。そうすれば相手にも気づかれずに済むでしょう?」

ハイメは素早く口髭を引っ張った。この何があっても顔色一つ変えないフランス人のことがハイメは苦手だった。飢えに直面しようが、フランコ軍の銃撃にさらされようが動じない。命知らずとは、まさにこの男のようなことをいうのだろう。気に食わないのはそればかりでない。この男は何かにつけては口答えをする。それもにやにやしながらだから、なおのこと腹立たしい。しかも、平然と掟を破る。ここまで手を焼かせる部下は見たことがない。とにかく、上層部からは「今回の重要な任務には絶対に必要な要員だから」と言われている。「絶対に必要」と言うだけで、何に必要なのかは教えてくれなかったが、ハイメにしてみたらトリスタンを押しつけられた形だ。

「気をつけ！」ハイメは号令をかけた。

続いて捧げ銃の動作をとらせる。掌をピシッと銃床に添えたときの乾いた音が冷たい大気の中に響く。ハイメはこの音が聞くのが好きだった。

「銃点検！」

トリスタンの銃は錆止めの手入れが行き届いていた。おかげで遊底がスムーズに動く。やはり、銃はドイツ製がいい。モーゼルの優れた機構を知るトリスタンはそう思った。共和国軍の陣営では圧倒的に銃や弾薬が不足していた。そのため、戦場に転がる敵の死体を身ぐるみ剝がすことに躊躇《ちゅうちょ》する者はもういない。しかし、そうやって集められたモーゼル小銃は選ばれた者たちに優先的に与えられていた。

「何かが俺に囁くのさ。これは危険な任務だとね」隣に並ぶ赤毛の男が言う。春から国際義勇軍に参加しているアイルランド人だ。

ハイメが赤毛男を睨みつけた。ハイメにとって、ヨーロッパ各地から集まってきた義勇兵たちは我慢ならない存在だった。スペイン共和国を守るためになどと言っているが、英雄を気取っているだけで、ルールはことごとく無視するような連中だ。

「回れ右！」

一同の視線の先に、突如地平から生えたような趣の異形の山があった。おびただしい数の灰色の奇岩がギザギザとした稜線を描いている。まるで風が石と化して山肌に幾度となくぶつかるうちに、そのまま貼りついて硬化してしまったかのようだ。山の中腹には段丘めいた平坦なエリアがあり、そこに建つ鐘楼《しょうろう》が剣さながらの黒々としたシルエットを見せていた。ハイメがその方向に向かって力強く手を伸べた。

「あれがわれわれの目的地、モンセラート修道院だ」

一行は暗くなるのを待って、出発した。花崗岩の岩塊の合間をくねくねと狭く険しい道が続く。山に入る直前、慎重になるあまり、ハイメは全員にヘルメットを置いていくように命じた。ヘルメットに石ころ一つ当たるだけでも、その音はカリヨンさながらに全山に響きわたる、というのがその理由だ。ハイメは、この任務にあたって自分は念入りに準備をしてきたとばかりに、涼しい顔で登っていく。

「あの修道院はもぬけの殻らしいぜ」息をゼイゼイさせながら赤毛男が言った。「修道僧はほとんど殺されちまったって話だ。いったい、あんな高いところまで何を探しに行くのかね。廃墟とカラス以外、何もないだろうに」

「おおかた幽霊狩りってところじゃないかな」トリスタンは答えた。「戦いに勝つためなら、幽霊でも秘密の新兵器にして……」

「しっ、めったなことを言うもんじゃねえ。祟られたらどうするよ。アイルランドじゃ、幽霊に冗談は通じないんだ。それより見ろよ、あのにょきにょきと生えている岩。まるで悪魔に石にされちまった戦士じゃないか。そのうちあいつらが目を覚ましそうな気がするぜ……」

「全員、止まれ！」ハイメが命じた。

そこは張り出した崖の下に広がる平らな場所だった。天然の庇《ひさし》の下には清水が湧き出していて、月の光を受けて煌めいている。清水は岩盤の窪みに流れこんで池を作っていた。兵士たちは銃を置くと、湧き水で喉を潤した。それまでずっと険しい上り坂が続いていたのだ。ハイメがマッチを擦った。炎がハイメの顔を照らし出す。揺らぐ光のもとで、ハイメはいつもより青ざめて見えた。

「明かりをよこせ」

兵士の一人が急いでランタンを差し出す。ハイメが点火すると、ランタンは力強く輝き、暗闇の中に、崖を背にして建つ建物の壁面が浮かび上がった。入口を縁取るオジー・アーチ（葱花線繰形アーチ。ネギ坊主のような曲線を描くモールディング）のてっぺんには星をいただいた聖人像が立ち、祝福を授けている。ハイメは地べたに唾を吐いた。何より嫌いなのが聖職者という人種なのだ。スペインが内戦に突入したのも、カトリック教会のせいではないか。そもそも何世紀にもわたって民衆を無知の海に沈め、恐怖心を煽ってきたのは教会である。民衆は自由を知らず、地獄を恐れた。しかし、そんなスペインにも新しい風が吹いた。だが、風が吹けば、反乱の熾火《おきび》が炎を上げる。そして、スペインは戦火に包まれることになったのだ。

「おい、アイルランド人、おまえは生まれたときからカトリックか？」

ハイメの言葉に、なんでも宿命だと考えている赤毛男は首を縦に振った。

「それなら、これがわかるな？」

ハイメは修道院の見取り図を取り出し、上からランタンで照らした。回廊と聖堂が接する角に赤い点がマークされている。

「ここだ。ここに行きたい」

赤毛男は指で図面をたどって確認してから解説した。

「まず門番室を突破して、それからこの中央の広場を通り抜ける。そうすれば聖堂の前に出られます。でも、このルートだと身を隠す場所がないな。中に誰もいなければいいんですが、さもなければ……」

「もう何か月も前からあそこは無人状態に等しい。ただ、今でも修道院長と番人の二人だけは残っている。まあ、番人といっても、相手は司祭だ」

そこにトリスタンが首を突っこんできた。早くも葉巻をくゆらせている。

「さてどうですかね。その二人が黙ってわれわれの略奪行為を放っておくかどうか」

ハイメはぎくっとして目を剝いた。

「おい、誰が略奪だと言った！」

「その赤い点はちょうど修道院の写本室がある場所ですよね。中世の頃は、ここで古い文献の筆写がおこなわれていたんですよ。まあ、グーテンベルグ大先生の発明があってからは、写字生の仕事はなくなっちゃったんですけどね」

「貴様は何が言いたいのだ」ハイメは忌々しく思った。普段からこのフランス人のなれなれしい口の利き方が不愉快でならなかった。何かにつけて、人を小馬鹿にしたような態度をとる。まったく首を絞めてやりたいところだ。ハイメは歯ぎしりした。しかし、そんな隊長の表情など、トリスタンはまったく意に介していないようだった。

「かつて写本室だったこの部屋は、少なくとも四世紀前から修道院の財産の保管場所となっているんです。貴金属製の祭具とか、芸術作品とか……つまり、修道院が所蔵しているお宝ってわけなんですよ。だから、二人の司祭がわれわれを歓迎するとは思えないんですけどねえ……」

いつの間にか、ほかの兵士たちも周りでトリスタンの話にじっと聞き入っている。今回の特殊な任務にあたり、兵士たちは、モンセラート修道院は何世紀にもわたってスペイン中の崇敬を集めてきた巡礼地なのだと説明されていた。修道院はバルセロナを経由するセビーリャからブルゴスまでの巡礼ルートにあって、人々がこぞって霊験あらたかな聖母像を拝みに押し寄せてくる。つまり、この山には全スペインの敬虔な信仰心が脈打っているのだ。加えて、この場所にはただならぬ霊気が漂っていた。それが得体の知れないものに対する恐怖を呼び覚ます。兵士たちの中には、修道院の建物が並ぶ高台のほうをちらっと不安げに見やる者もいた。

これはまずい、とハイメは思った。このままでは部下たちの士気が下がってしまう。すぐに発破をかける必要があった。こうなったのも、ろくでもないフランス人が余計なことをぬかすからだ。

「いいか！　おまえたちはその勇気と能力によって選ばれたのだ。われわれの任務は、敵を打ち負かすためになくてはならない重要な任務だ。今宵、スペイン共和国の未来はおまえたちの手にかかっている。わかったな。よし、行くぞ！」

兵士たちは再び歩きだした。しかし、トリスタンだけはその場を動かない。目を凝らして聖堂の切妻壁《きりづまかべ》を見ている。そのとき、雲間から月がさっと光を投げ、聖堂の正面を濡らすように照らした。石壁から聖人像がぬっと浮き出た。その頭上には星が一つ、煌めくダイヤのように強い光を放っていた。

「おい、フランス人。いつまでもふざけたことをぬかしていると、そのうち痛い目に遭うからな」ハイメが吐き捨てるように言った。

　トリスタンは何も言わずに銃を取り上げた。そして、装塡数を確認すると、笑みを浮かべて歩きだした。最終的に隊長は自分が必要になる。それがわかっていたのだ。


　二つの岩壁のあいだに修道院の建物群のシルエットが静かに収まっている。そのたたずまいは眠りについた獣のようでもあるが、夢でも見ているのだろうか。それは悪夢なのかもしれない。ハイメは慎重になっていた。念には念を入れ、部隊を二手に分けて、一方がもう一方を援護する形をとらせながら、入口に向かわせる。これまでに組んだことのない隊形だったが、二手に分かれた兵士たちは入口の門の前で首尾よく合流した。鉄格子の門は大きく開け放たれていた。うっかり閉め忘れてしまったのか。案に相違して門が開いていたことに、兵士たちは不安を募らせた。目の前には中央広場が広がっている。内戦前は祭事のたびに大勢の信者がひしめいていたはずだが、今ではガランとしている。しかし、静かなわけではない。闇よりも黒々とした木々から散った枯れ葉が広場の上を寒風に運ばれていく。誰も広場に足を踏み入れようとしない。絶え間なく枯れ葉の擦れあう音が不安を煽る。ハイメですら身じろぎ一つしなかった。あえて口には出さないが、この神聖なる広場に一歩踏み出したら最後、もう後へは引けないとわかっているのだ。そのうえ、見えない敷居の存在も感じていた。おそらくそれは、神聖冒瀆に対する後ろめたさだろう。そのせいで、前に進もうとしても足が動かないのだ。ハイメは部下たちのほうを向いた。部下たちは全員闇と同化していた。

「われこそはと思う者はいないのか！」

誰も動く気配がない。

「番人と院長を探し出せ。命令だ！」

「これしかないでしょう……」

トリスタンが嘲るように言うなり、肩にかけていたモーゼル銃を下ろした。そして、おもむろに構えると、暗がりの中の一点を狙って引き金を引いた。次の瞬間、修道院の大鐘が大砲のような轟音で応えた。鐘の音は山の中へ次々とこだましていった。

「さあ、今に二人とも出てきますよ」

ハイメは両拳を握りしめて激昂した。トリスタンの顎を殴りつけてやりたいところを、ぐっとこらえた。もはやぐずぐずしている暇はない。

「おい、アイルランド人。おまえは扉の脇で待て。ほかの者は聖堂正面を包囲しろ。いいか、フランス人。貴様はいつか必ず罰を受ける」

聖堂の扉が軋みながら開いた。揺らめく光の後ろに人影が立っている。すかさず赤毛男が戸口に突進し、法衣姿の人物に銃口を向けた。法衣の胸もとで十字架がキラリと光った。修道院長だ。ハイメが駆け寄った。

「もう一人はどこだ。死にたくなければ、言え！」

答えを聞き出すまでもなかった。院長の背後に、跪《ひざまず》いて祈っている人物がいた。

「イエスよ、マリアよ、悪魔からわれらを守りたまえ！　イエスよ、マリア……」

祈りは天に届かなかった。ハイメに銃床で殴りつけられ、番人は唇を切って倒れた。

兵士たちは二人の司祭を聖堂の中に引きずっていくと、告解室に押しこんだ。それから、嵐のような勢いで写本室の扉に襲いかかった。そのさまを告解室から司祭たちは怯えたように見ていた。

修道院にたどり着くまでの暗く険しい道中、兵士たちはひたすら不安につきまとわれてきた。今、それを取り払うかのように暴れまわっている。罰あたりだと考えないようにするには、冒瀆の限りを尽くすしかない。すでに大理石の聖水盤が床に落とされて砕け散り、粉々に割れたステンドグラスと一緒くたになっていた。兵士の一人が銃剣を手に片っ端から聖人像に踊りかかる。聖人たちの鼻はそがれ、耳は切り落とされた。ハイメは部下たちにしたいようにさせておいた。破壊欲求が満たされれば、落ち着くことがわかっていたのだ。秩序を取り戻すのはそれからである。なぜなら、その先にこの任務の目的が待っているからだ。

古いオーク材の扉が身の毛もよだつような音を立てて壊された。赤毛男が先頭を切って写本室に乗りこんだ。写本室は黒い石造りの縦に長い部屋で、尖塔アーチが高い天井を支えている。窓はなく、開口部は唯一銃眼のような狭い孔があるだけで、そこから身を切るような冷たい風が入ってくる。入口付近の暖炉がなければ、この部屋は詣でる人もない打ち捨てられた墓所にも見える。といっても、がらんどうではない。壁沿いに、何やら長いオランダ布で覆われたものがずらりと並んでいる。それらの正体はわからないが、角張ったものであることは確かだ。

避暑地の金持ちの別荘のようだ、とトリスタンは思った。夏が終わり、冬のあいだ湿気から家具を守るために召使いたちがシーツをかけていったような、そんな趣だ。兵士たちのほうは用心深く、その経帷子《きょうかたびら》にも似た灰色の布を遠巻きに眺めていた。

「院長を連れてこい」ハイメが命じた。

修道院長が入ってくると、ハイメは靴の踵《かかと》を鳴らして姿勢を正し、公式通達を広げた。そして、その検印だらけの文書を院長の眼前に突き出し、冷然と言い放った。

「共和国の名において、自分はこの修道院が隠し持つ金銀財宝一式の徴発の命を受けている。これが当局より発行された正当なる命令書だ」

「そこにどんな正当性があるというのです！」院長が声を上げた。胸の銀の十字架を握りしめる手がわなわなと震えている。「正当であるのは、神のみですぞ！」

ハイメは赤毛男のほうを振り返った。

「その布を剝ぎ取って、中のものを見せろ！」

赤毛男が布を剝いだ。たちまち金や銀の光を放つ山が姿を現した。眩《まばゆ》いばかりの聖体器《ピックス》。飾り彫りを施した十字架。真珠が嵌めこまれた聖遺物箱。値打ちのありそうな絵画……。

そのあまりの数の多さに、さしものハイメも及び腰になった。

「これを全部運び出すのはどう転んでも無理ではないか！」

「だから、わたしがここにいるんです」トリスタンが豪語した。「わたしなら本物とまがい物を見分けることができます。聖書じゃありませんけど、よい麦と毒麦くらい選別してさしあげますよ……」

ハイメは呆気に取られてトリスタンを見返した。

「では訊くが、その燭台は？」

トリスタンは銀色に輝く大きな枝付き燭台を摑んだ。

「……確かに見栄えはいいですね。キラキラしていて華やかで……でも、これはただの合金ですよ。金メッキのつまらないものです」

そう言い捨てると、燭台を床に叩きつけて壊した。

「それに引き換え、こちらは見事だ。名品です……」

トリスタンは白鳥の首を思わせる形状の水色の壺にそっと指を伸ばした。

「……涙壺です。何世紀も前のものです。聖人が流す涙をここに溜めたのです。オークションに出品すれば、かなりの値がつきますよ。共和国軍のために武器を買うことができるくらいね」

すると、ほかの兵士たちは先を争うように宝の山に突進し、戦いに勝利した将軍さながらに次々と戦利品を手にしてはトリスタンのもとへ急ぎ、鑑定を仰いだ。トリスタンは持っていくか置いていくかをハンドサイン一つで指示し、不要と判定されたものは、兵士たちによって床に投げ捨てられた。写本室の床はカオスと化し、この世の終わりのような様相を呈していた。その中で修道院長が跪き、静かに祈りはじめた。番人のほうは口を血だらけにして、喉を割かれた獣のような唸り声を発していた。

ハイメは自分の手は汚さないようにした。一人、離れたところに立ち、部下たちの様子を冷ややかに見つめる。用意しておいた袋に部下たちが略奪品を臆面もなく詰めこんでいく。その横では、赤毛男がトリスタンの言葉を復唱しながら、戦果を一つ一つ手帳に書きつけている。

「銀の燭台が一点……ターコイズと宝石の象嵌《ぞうがん》細工の聖遺物箱が一点……」

写本室の壁に沿ってぶらぶらしていたトリスタンは、ふと埃を被った一揃いの小さな油絵に目を留めて立ち止まった。その一連の汚れた風景画は『十字架の道行』（キリストの死刑宣告から埋葬、復活に至るまでの各場面を十五の図で表したもの。信者はその一つ一つの場面を見て黙想する）の代用品として描かれたもののようだった。トリスタンはその中から額縁がひどくがたつく一枚を抜き出した。表面のニスがひび割れていたが、そこには、頂に建物を戴く山が描かれていた。山の上には星が一つ輝いている。トリスタンはその絵を自分の鞄にしまった。

「そいつには価値があるのか？」ハイメが近づいてきた。

　トリスタンは声を立てて笑った。

「駄作です。三文の値打ちもありませんよ。お土産にもらっておこうかなと思っただけです。この絵を見るたびに、きっと今夜のことを思い出すんだろうなあ」

　ハイメが乱暴にトリスタンの腕を摑んだ。

「貴様はいったい何者なのだ？　ここで何をしようとしている？」

　トリスタンは堂々と身分を明かした。

「わたしは画商です。傑作を求めて目を光らせ、どこまでも追っていく。そして、傑作に出会ったときは……ちょっと、あれを見てくださいよ！」

　兵士の一人が布にくるまれた等身大のキリストの磔刑像を引きずってきた。今度はトリスタンがハイメの腕を摑む番だった。

「十六世紀、バロック芸術のキリスト像です。黒檀の十字架に象牙のキリスト。これはまた類を見ない作品です」

ハイメはキリストのそばに寄ると、両足に打ちつけられた釘の辺りに顔を近づけた。

「こいつを十字架から外せないか?」

背後で番人のひきつれた叫びが上がった。しかし、兵士は意に介さず、銃剣を使って一本ずつ釘を抜いていく。赤毛男とトリスタンの二人に支えられ、キリストが十字架から外された。ハイメは床に横たえられたキリスト像をじっと見つめた。

「運ぶには重すぎるな。よし、こいつをバラそう。両腕、両足を抜いて、あとは砕いてしまえ。象牙は量り売りにすればいい」

トリスタンがキリストとハイメのあいだに立ちはだかった。

「いけない。バラすだなんて、もってのほか……」

しかし、トリスタンが最後まで言い終わらないうちに、番人が燭台を摑んでハイメの背中に突進した。

「地獄へ行け、悪魔め!」

番人は罵声を浴びせると、燭台を振り上げた。しかし、振り向いたハイメに攻撃をかわされ、勢い余って床に倒れて転がった。ハイメのぞっとするような笑い声が室内に響いた。

「おまえのキリストをそんなに助けたかったのか。よし、おまえがキリストとして死ねばいい。おい、その釘を使ってこいつを十字架にはりつけろ!」

一年半後――

一九四〇年の夏が終わる頃、ヨーロッパから民主主義の灯火が一つまた一つと消えていった。

生存圏の拡張を掲げるアドルフ・ヒトラーは各方面に貪欲に触手を伸ばした。その常軌を逸した侵略路線は次々と成果を上げ、ナチス・ドイツはヨーロッパ大陸において支配的な影響力を持つに至った。

ナチス・ドイツはまず東方に進出し、チェコスロヴァキアを解体に追いこんで実質的に支配し、ポーランドも占領下に置いた。北方ではノルウェー、デンマークを制圧。西部では、宣戦布告もなくオランダとベルギーに同時に侵攻。また、第一次大戦の戦勝国フランスには戦車部隊を投入、防御線を崩して侵攻し、国際社会の度肝を抜いた。一連の電光石火のごとき軍事行動とその奇跡的な勝利の数々にはドイツ国民さえも唖然とするほどであり、人々のあいだでは、総統は神より選ばれし人間である、などとまことしやかに囁かれるようになった。

一方、南ではイタリアのムッソリーニ率いるファシスト党がバルカン半島の地政学的要所を併合したうえで、ギリシャへ侵攻しようとしていた。

そのほかのヨーロッパの国々は、ドイツの脅威に怯えるものとドイツに迎合するものの二つに分かれることになる。たとえば、前者に属するスウェーデンは常に危機にさらされながら、なんとか中立政策を維持していた。かたや後者の多くが独裁体制を敷く国であり、バルカン半島ではハンガリー、ブルガリア、ルーマニアが、イベリア半島ではスペイン、ポルトガルが第三帝国との協調路線を歩んでいた。

実際には、前年の夏に、世界に大きな衝撃を与える出来事がすでに起きていた。〈赤〉と〈黒〉が手を結ぶ——つまり、スターリンとヒトラーのあいだに独ソ不可侵条約が取り交わされたのである。共産主義のスターリンはヒトラーの東方進出の野心を警戒していたが、最終的にはドイツのポーランド侵攻を許した。そして、ポーランドは分割され、西半分をドイツに、東半分をソ連に占領されたのだった。

一九四〇年の夏は終わろうとしていた。

スワスティカを手に入れたナチス・ドイツは勝利の美酒に酔いしれていた。

しかし、勝利に熱狂するドイツに唯一抵抗を続けている国があった。

イギリスである。

イギリスは、自らがとった宥和政策が結果としてドイツを増長させたことで屈辱を味わわされた。一九三九年、ドイツがポーランドを侵攻すると、イギリスは、フランスとともにドイツに宣戦布告した。翌一九四〇年の七月にはドイツ空軍《ルフトヴァッフェ》による激しい攻撃が始まる。夜昼なく執拗に繰り返される空襲によって、イギリスは大打撃を被り、今にもドイツ軍の本土進攻を許すかに思われた。

　この夏の数か月のあいだにナチス・ドイツが展開した異様な暴走は数え上げたらきりがないほどである。五月には〈奇妙な戦争〉と呼ばれる状態を終わらせて西方電撃戦を開始し、ひと月ほどでフランス、ベルギー、オランダを降伏させている。アウシュヴィッツ強制収容所が開所されたのもこの頃である。七月にはすでに触れたようにイギリス本土上陸作戦の準備として航空作戦を決行する。

　しかし、この鉤十字をシンボルマークに掲げる征服者は、これらの暴挙など比ではない、もっと恐ろしいことを画策していた。ドイツ民族のために追求した幸福と称して、悪をはびこらせようとしていたのだ。人類がそれまで経験したこともないような悪を――。

　一九四〇年の夏が終わろうとしていた。

三

一九四〇年九月末
ベルリン
総統官邸
国防閣僚会議

フューラーが拳でどんとテーブルを叩いた。

「頭の固いイギリス人どもが！　素直に和平に応じればよいものを。まだ抵抗を続ける気か。あとで泣きついてきても知らんからな」

楕円形のテーブルを囲む七人の男たちはみな口をつぐんでいた。テーブルの白い大理石に大きな赤いスワスティカがおどろおどろしく映えている。フューラーの発作的な癇癪《かんしゃく》には誰もが慣れていた。毎回火山の噴火はそれほど長くは続かない。数分もすれば溶岩流は急速に冷えていく。

アドルフ・ヒトラーは目の前の灰色のファイルを苛立たしげに開いた。そして、眼鏡をかけると、再び話しだした。

「諸君、ゼーレーヴェ作戦(注3)の計画書についてはしっかりと読んでおいてくれたことと思う」

そこまで言うと、ヒトラーは一同の顔を順に見回した。

「英仏海峡を越えて本土に上陸する」

計画書には全員が目を通していた。フューラーの左手から時計回りに、航空相のヘルマン・ゲーリング元帥、国民啓蒙・宣伝相のヨーゼフ・ゲッベルス、親衛隊長官のハインリッヒ・ヒムラー、建築家のアルベルト・シュペーア、国防軍《ヴェアマハト》最高司令部総長(注4)のヴィルヘルム・カイテル元帥が着席している。フューラーから一番遠い席には、ナチス副総統のルドルフ・ヘスと、ナチスの御用理論家で占領地の文化財押収部隊を率いるアルフレート・ローゼンベルクの二人が座っていた。

各人各様に冷酷かつ有能で、ヒトラーの台頭と一九三三年のナチスの政権獲得に尽力してきた面々だ。側近中の側近、鉄壁の守りを誇る取り巻きであり、全員がフューラーの言葉には忠実だった。側近たちは無条件にヒトラーに心酔しているという点では一致していたが、長年顔を突きあわせてきたせいで、互いに遠慮なく憎まれ口を叩きあうようになっていた。

一番奥の壁際にはこの中で唯一の女性がいた。ヒトラーの個人秘書で、トーピードのタイプライターの前で熱心にキーを叩いている。ナチス・ドイツにおいて、女性は夫を愛し、子をなすことが使命であって、母になることが最高の昇格であるとされていた。その一方で、職業婦人が指導的立場や重要な職務に就くことはなく、女性は下級職に追いやられていた。

不意に雷のような声が部屋に響きわたった。

「ただちに作戦を実行すべきです！」口火を切ったのはヘルマン・ゲーリングだった。「もはや形勢観望のときではありませんぞ。わが軍のハインケル爆撃機がすでに多数の都市や工場群を焼き払っています。今やイギリスは熟れすぎた果実も同然、地に落ちんとしています。即刻上陸作戦に踏み切りましょう！」

この堂々たる体格の空軍総司令官はプロイセン州の首相も務めていた。政権内ではヒトラーに次ぐナンバーツーで、その後継者に指名されている。貴族趣味で奢侈《しゃし》を好み、自然保護活動に熱心で、森林監督庁長官、狩猟局長官も兼任する。ゲーリングは福々しい顔に抜け目のない笑顔を作っていた。そのでっぷりと突き出た腹を包む派手派手しい軍服は、おおかたアメリカから伸縮性のある生地を取り寄せて仕立屋に作らせたものだろう。

ゲーリングの飽くなき美術品収集癖はつとに有名で、その貪欲さから〈魔王〉とあだ名されているほどであった。ナチスの政権掌握後は、ブランデンブルクにある瀟洒《しょうしゃ》な別荘を私設の美術館に改造し、ユダヤ人から強奪するか、あるいは二束三文で買い叩いた数々の絵画や彫刻であふれ返らせていた。

「わたくしも空軍総司令官の意見を全力で支持するものであります。相手は疲弊しています。わが軍が上陸すればひとたまりもないでしょう。われわれドイツ人がロンドンの街を闊歩するすばらしい光景が今から目に浮かぶようです」

　そう言ってのけたのは〈魔王〉の右隣でふんぞり返って腕を組むヨーゼフ・ゲッベルスである。痩《や》せて貧弱な体つきではあるが、政権下で辣腕《らつわん》を振るい、ゲーリングともども強烈な存在感を放つ男だ。黒々とした髪はチックでオールバックに固められ、同じく黒い瞳が口角を下げた薄い唇の上で光っている。プロパガンダの天才の異名をとるこの男は民衆を巧みに扇動し、壮大なパレードを取り仕切る一方で、文化や芸術を厳しく監視し、検閲を怠らなかった。何よりも得意としていたのが、自分やフューラーがおこなう大演説の原稿を作成することである。また、ラジオや映画、少し前からはテレビなど、新たな情報伝達のテクノロジーにもおおいに関心を寄せていた。さらには、外見にもこだわりを見せた。自身の肩幅よりかなり大きな上着を着用するのもそのこだわりの一つで、上着は肩幅に合わせたほうがよいとほのめかしたお抱えの仕立屋は、強制収容所送りにされている。その一方で、党内にも軍部にも政敵が大勢おり、彼らからは陰で〈小人〉と呼ばれていた。

「閣下、わたくしにはバッキンガム宮殿のバルコニーで英国王と肩を並べ、わが軍の閲兵に臨まれる閣下のお姿がはっきりと見えます」ゲッベルスが興奮気味にたたみかける。「ぜひレニ・リーフェンシュタール[注5]に記録映画を撮らせましょう。閲兵式の最後を飾るのは両手を後ろで縛られた捕虜たちによる行進です。先頭を歩くのは悪名高きフリーメイソンの会員、ウィンストン・チャーチルです。これでアメリカはわれわれへの宣戦布告に二の足を踏むことになりましょう」

ヒトラーが苛ついた表情を見せた。映画にかぶれたゲッベルスの妄想なんぞに耳を貸す気はないとでも言いたげである。ヒトラーは、唯一の職業軍人であるヴィルヘルム・カイテル元帥のほうを向いた。

「元帥はどう考えるかね」

指名されたカイテルは姿勢を正した。一見傲岸《ごうがん》そうに見える風貌だが、その下には意志の弱さが隠されている。ヒトラーより最高司令部総長に任命されたのも、カイテルが驚くほど従順で命令を軍に伝える役に向いていたからだ。党幹部や上級将校たちは、そんなカイテルを揶揄して〈おべっか使いのラカイテル〉[注6]などと呼んでいた。

「計画書を細部までじっくり拝見しましたが、すべてにおいて完璧であると思われます。ただ、わたしには懸念していることがあります。それは英国海軍の存在です。相手は世界一を誇る艦隊を有しています。攻撃を仕掛けるにしても様子を見てからのほうがよろしいのではないかと」

アルベルト・シュペーアが人差し指を立てて発言の許可を求めた。シュペーアはヒトラーが頷くのを待って口を開いた。

「兵站の確保が追いつきません。まずはベルギー・フランスとの戦いで消耗した弾薬や燃料の補給をするべきです。作戦の発動は少し待っていただきたい」

シュペーアはヒトラーに気に入られて党の主任建築家となり、国粋主義的な大建築の数々を設計してきた。ヒトラーの執務室にはシュペーアが設計・建設総指揮を任された世界首都〈ゲルマニア〉(注7)の立派な模型が飾られている。日和見主義でイデオロギーとは無縁のシュペーアは、自分に任された仕事に専心し、党内の派閥争いに巻きこまれることも、政権内の足の引っ張り合いに参加することもなかった。シュペーアからすれば、この国防閣僚会議の場は蛇の棲む穴に等しい。いや、それ以上に危険な場であるのだ。

シュペーアはカイテルのほうを見た。カイテルはシュペーアと目が合うと、自信を得たように言い添えた。

「加えて申し上げますと、われわれの軍隊のほうも少し休ませないことには……」

ゲーリングがテーブルに拳を振り下ろした。

「休みたいですと？　相も変わらず生ぬるいことをおっしゃる。国防軍《ヴェアマハト》が甘えを見せてどうするのです！　われわれが貴殿のたわごとに耳を貸していたら、フランスを黙らせることはできなかったでしょうな」

ゲーリングの物言いに、カイテルは頰を上気させていきりたった。

「何を失敬な！」

コツ、コツ、とヒトラーが眼鏡のツルでグラスの縁を叩いた。

「静粛に。親衛隊長官の意見をまだ聞いていない」

メタルフレームの丸眼鏡をかけた男が軽く頭を下げた。細身の体を親衛隊のぴっちりとした黒い制服で包んでいる。制服はヒューゴ・ボスという若いが腕のいい仕立屋に作らせたものだ。この男、ハインリッヒ・ヒムラーはテーブルの前に居並ぶ蛇たちの中でもとりわけ高次元の進化を遂げた毒蛇のような存在だった。大勢の人間を死に追いやる猛毒を持つ蛇である。親衛隊長官および全ドイツ警察長官。党内の地位を一気に駆け上がり、二つのポストを手にしたことが、ヒムラーを危険極まりない人物にしていた。親衛隊は優生思想に基づいた国内屈指のエリート集団で、発足から数年のうちにナチスにおいて突出した組織となった。独自の警察部隊や軍事組織である武装親衛隊を有し、経済活動もおこない、第三帝国内部における独立した国家を目指している。全ドイツ警察長官に就任したのは一九三六年のことであり、それによってヒムラーはゲシュタポをはじめとする国内すべての警察権を握ることになった。ヒムラーの手もとには会議のメンバー全員の情報をまとめたファイルがある。そこにはそれぞれが犯した規律違反や逸脱した行為が記録されており、ファイルに目を通すたび、ヒムラーは一人悦に入っていた。高級官僚ではあるが、ヒムラー自身は修道騎士のつもりでいた。ヒムラーにとって親衛隊とは、二十世紀に誕生した〈ドイツ騎士団〉なのだ。この組織は、アーリア人の純血性こそ最高であるという信条のもとに成り立っている集団だった。

冷徹な顔つきに、側頭部から後頭部までぐるりとこめかみの高さまで剃り上げた頭髪。ヒムラーのあだ名は〈魔術師〉だったが、若い頃に養鶏場を営んでいたこともあり、ゲーリングからは〈コールド・チキン〉などと揶揄されていた。〈魔術師〉は目を細め、眼鏡をずり上げた。そして、いつもの調子で意図的にゆっくりと話しだした。

「こんなことを申しましたら、みなさん、さぞかし驚かれるでしょうが、実はわたしはイギリス人のことが嫌いではないのです」

ゲーリングがふくよかな顔を怒りで朱に染め、一方でゲッベルスが険しい表情を浮かべる。だが、ヒムラーは平然と続けた。

「イギリス人はわれわれアーリア人の親戚です。ヨーロッパにはまだ数千万のユダヤ人や下等人種がはびこっているのに、今ここでイギリス人に血を流させるようなことをすれば、わたしのプライドが許しはしないでしょう。なぜ、そんなに事を急ごうとするのですか？」

穏やかで、熱のこもった声である。ヒムラーはいったん息をつき、場を和ませようとするかのようにかすかに笑みを浮かべた。

すると、ルドルフ・ヘスが拍手して賛意を表した。

「ブラーヴォ！　わたしも親衛隊長官とまったく同じ考えです。わたしはイギリスの上流社会に多くの知己《ちき》を得ております。彼らに言わせればチャーチルは非常識であると。彼らはチャーチルの強引なやり口に失望しているのです」

ヘスは興奮を抑えきれない様子だった。跳ね橋を跳ね上げたようなゲジゲジ眉のその下に笑いを浮かべた顔がいかにも残虐そうである。古くからヒトラーに付き添ってきた男だが、陰では「カジモド《できそこない》（ヴィクトル・ユゴー作『ノートルダム・ド・パリ』の障害を持った主人公の名前）に似ている」と囁かれ、また、過去に心気症を患い心身の異常を訴えていたことから〈ご乱心〉などとも呼ばれていた。

「まったく、どうでもいいことを」ゲーリングはそう呟いてから、声を上げた。「それこそ、こちらの思う壺でしょう」

それを受けてヒムラーが言った。

「ヘルマン同志、おっしゃるとおりです。チャーチルなど、牙も爪も失って怯えてギャンギャン吠えているだけのブルドックにすぎません。確かに英国陸軍はダンケルクからの撤退（第二次大戦中、ドイツ軍に追い詰められた英仏連合軍が一九四〇年五月二十八日から六月四日までの八日間にわたってフランス北部のダンケルクの海岸からイギリス本土へと撤退した作戦）で疲弊しきっています。しかし、われわれの情報部によれば、敵は艦隊を大西洋から本国の港へと帰還させているとの由。英国海軍の戦力を無視するわけにはいきません。したがって、新たな戦線を開き、イギリスの防衛力を弱体化させるまでは、本土上陸計画は延期すべきものと考えます」

ほかのメンバーたちは驚いたように顔を見合わせた。ゲッベルスは腕組みをしてヒムラーの進言を聞いていた。ダブダブの上着が腕の細さをより際立たせていたが、その腕をほどくと、ゲッベルスはテーブルに身を乗り出した。

「やはり、ソ連に兵を向けようという考えなのかね？　ソ連とは不可侵条約を結んでいるんだぞ」

　ヒムラーは口もとを緩ませた。

「誰がソ連の話などしましたか、ヨーゼフ同志。わたしはスペインに接近すべきだと考えているのです」

　すると、ゲーリングが大声で笑い、天に向かって祈るように両手を広げてみせた。

「ほう、スペインときたか！　なるほど、スペインね。ハインリッヒ同志がスペインに目をつけた理由はどうやら別にありそうだ……。諸兄もご存じのとおり、こちらの親衛隊長官殿は神話を信じて民族のルーツ探しに世界各地へ探検隊を派遣しておられる。さては、闘牛はアーリアの儀式に由来するとか、フラメンコは北方系ゲルマン人によって生みだされたとか、そんな妄想の証拠集めにでも行くおつもりですかな？」

　かねてより、親衛隊はゲーリングにとって目障りな存在だった。そのあまりに強大な力に脅威さえ覚えていた。そのうえで、ゲーリングは事あるごとに〈魔術師〉のオカルト的な思想を冷やかしていた。

　ヒムラーは、テーブルの端にいるルドルフ・ヘスとアルフレート・ローゼンベルクのほうをちらりと見た。この二人だけはゲーリングの毒舌にニコリともしていない。両名とも個人的にヒムラーを支持しており、その神秘思想にも共鳴しているのだ。

さっそくアルフレート・ローゼンベルクがヒムラーの援護に出た。ローゼンベルクは〈魔王〉のことを忌み嫌っていた。文字どおり、次々と美術品を強奪してはわがものにしていくその強欲さには虫唾《むしず》が走るのだ。

「元帥殿は親衛隊長官が申されたことを何か勘違いしておられるのではありませんか？長官は、フランコ将軍に対イギリス戦への参戦を呼びかけるお考えなのですよ」

ヒムラーは礼を言う代わりにローゼンベルクに頷いてみせた。

「そのとおりです。カウディーリョ（フランコの称号で、総帥の意）にはわれわれに借りがあります。われわれは大量の兵器と軍隊を送りこんで反乱軍を助けたのですから。コンドル軍団（ドイツ空軍の名称。スペイン内戦に派遣された遠征軍で、都市無差別爆撃をおこなった）を派遣しなければ、彼は内戦で勝利することはできなかったはずです」

「具体的にどうしようというのだ？」ヒトラーが問いかけた。

「フランコ将軍との会談を公式に要請してください」ヒムラーは答えた。「なるべくなら、会談はスペインでおやりになるのがよろしいでしょう。そして、イギリスへの宣戦布告を迫るのです。スペインはいやとは言えないはずです」

「四年間の内戦でスペインは国力が低下している。にもかかわらず、この話に乗るのだとしたら、それなりの理由があるからだ。そういうことだね？」ずるそうな声でゲッベルスが探りを入れた。

ヒムラーは軽蔑の色を見せないように努め、慇懃に答えた。

「スペインはジブラルタルを手に入れたくてたまらないのですよ、ヨーゼフ同志。ジブラルタルは二百年以上も前からイギリス領となっています。スペインにとってはまさに目の上のたん瘤のようなもの。なにしろジブラルタルはアンダルシア地方の南、イベリア半島の先端に位置していますからね。フラメンコの踊り手がイギリスの舞踏靴を履くわけにはいかないでしょう。もしスペインが参戦に踏みきれば、チャーチルは艦隊の一部を差し向けて、ジブラルタルの基地から兵を撤退させるはず。少なくとも、チャーチルにわれわれが上陸作戦を諦めたものと信じこませれば、相手はそう動くはずです」

ヒムラーが言い終えると、ヒトラーが目を閉じた。しばらくして再び目を開けたとき、ヒトラーは晴れやかな表情になっていた。口もとには笑みすら浮かべている。

「すばらしい考えだよ、ハインリッヒ同志。ほかに意見のある者は？」

誰からも発言はない。ゲーリングとゲッベルスの二人はよくわかっていた。言うまでもない。〈魔術師〉はまたもやフューラーを魔法にかけてしまったのだ。

「よろしい。ハインリッヒ同志の言うとおりにしよう。ゼーレーヴェ作戦は延期する。だが、ロンドンの爆撃は続行しろ。手を緩めるな。フランコには明日、要請書を送る。わたしが留守のあいだ、総統職はゲーリングが代行する。これで会議は終わりだ」

ヒムラーは眼鏡をかけ直すと、ヒトラーにすり寄った。

「閣下、どうかスペインまでお供させていただけないでしょうか。スペイン軍の戦力がどれほどのものかを確認する必要がありますので。助言を誤るようなことは絶対に避けたいのです」

すでに腰を上げていたヒトラーは無頓着に手を振って言った。

「ああ、よろしく頼む。では、諸君、わたしは先に休ませてもらう。今夜はよく眠れそうだ。いい傾向だよ」

七人の男たちは起立すると、うやうやしく敬礼をしてヒトラーの背中を見送った。

ヒムラーは資料をまとめてファイルにしまい、会議のメンバー全員に丁寧に挨拶した。

その間もずっと〈魔王〉と〈小人〉からは目を離さなかった。

「わたくしの提案に、お二人ががっかりされていないとよいのですが。イギリス本土上陸作戦はもちろん、延期になっただけです。あとひと月かふた月で作戦は実行されます」

すると、ゲーリングがからかうように挑発した。

「がっかりなどしていないよ、ハインリッヒ。作戦決行の日取りは、おたくのお抱えの専門家がルーン文字(注8)を使って占ってくれるのだろう?」

ヒムラーの返事を待たずに、ゲーリングはヘスのほうを向いた。

「それから、ルドルフ同志。フランコが果たして無敵艦隊《アルマダ》をイギリスに向かわせるかどうか、タロットで占ってみてくれないか」

喉に引っかかるような笑い声を上げながら、ゲーリングは二人の反応をうかがった。へスは肩をすくめ、敬礼もせずに部屋を出ていこうとした。ローゼンベルクとヒムラーも両脇に付き従う。ヒムラーはいつの間にかピケ帽を被っていた。三人が部屋を後にするのを見て、ゲッベルスがゲーリングの耳もとで囁いた。

「なぜあの男はフューラーについて、スペインに行くのだろうか？　間違いなくあの男には別の目的がある」

ゲーリングは傷んだソーセージを食べでもしたかのような渋面を作った。

「ヒムラーが何を企んでいるのかはわからん。ただ、フューラーが判断を大きく誤ったことは間違いない。イギリス上陸作戦を即時決行しないとは、痛恨の極みだ」

ゲーリングは体重が百三十キロもあるとは思えないような身のこなしですっと立ち上がった。そして、純白の上衣の上からつけた革のクロスストラップを調節すると、こわばった声で付け加えた。

「われわれは絶好の機会を摑み損ねた。このような好機が訪れることは二度とないだろう。いずれわれわれはイギリスからしっぺ返しを食らうことになる。それも、ひじょうに痛いしっぺ返しだ」

四

一九四〇年十月
カタルーニャ
カステリョー・ダンプリアス

入館者のいない博物館の片隅で、ラジオだけがしゃべっている。雑音の混じるニュースを聴いていると、突然、しゃがれたアナウンサーの声が消え、代わりに軍のマーチが流れてきた。政府から重大な発表があるようだ。トリスタンは作業の手を休め、耳を澄ました。今月末、フランコ将軍がアドルフ・ヒトラーと会見をするらしい。ラジオの声は高揚して、マドリッドからの声明をさらに伝える。

「西独両国の首脳がヨーロッパの将来を見据え、政治・外交の両面において本格的な交渉に入ろうとしています。スペインを共産主義や無政府主義から救った英雄が、今やヨーロッパの支配者となった人物と対等に渡りあうことになるのであります！」

トリスタンは苦々しく笑った。つまり、こういうことだ。数十万の死者を出した内戦のあと、地に落ちたスペインの威信を復活させたい。何よりも、疲弊しきった国民にはスペインがついに大国として再生したと思わせたい。それがカウディーリョ《総帥》の本心だ。ラジオが高らかにスペイン国歌を歌いだす。トリスタンはスイッチを切った。カウディーリョとフューラーの会談はアンダイエ（フランス南西部、スペインとの国境近くにある町）でおこなわれるという。よりによって開催地にフランスを選ぶとは。トリスタンは屈辱で胸が引き絞られるようだった。六月以来、フランスはスイスの国境とスペインの国境を結ぶラインの北西側、国土のほぼ半分をドイツに占領されている。ナチスの軍靴に踏みにじられた町でおこなわれるというこの会談は、フランスの失墜を意味するものでもあった。

やりきれなさをふり払うように、トリスタンは窓の外を眺めた。大聖堂の前の広場は人影がない。ミサの時刻になると、喪に服した女たちの姿をたまに見かけるくらいだ。警察による手入れ、問答無用の逮捕、裁判抜きの路上処刑。共和国軍側についていたカステリョー・ダンプリアスの住民の半数は恐怖に怯えながら暮らしている。フランキストたち（フランシスコ・フランコを信奉するフランコ主義者）は勝ち誇り、毎週のように意気揚々と通りを練り歩く。そのたびに、彼らを支持する残りの半数の住民からは歓声が上がった。

不思議なことに、フランキストたちが博物館に乗りこんでくることはなかった。歴史など興味がないのだろう。正面に展示してある古代ローマのモザイク装飾を馬鹿にしたように見るだけで、ファランヘ党（一九三七年、フランコが独裁者としての支持基盤を確立するため、右派政党のファランヘ党と王党派を統合して作った「新ファランヘ党」を指す）の党歌『太陽に《カーラ・》顔向けて《アル・ソル》』を歌いながら、舗道に靴音を響かせて素通りしていく。

もっとも、トリスタンには連中が無関心でいてくれたほうが都合がよかった。

トリスタンはこの町でファン・ラビオとして暮らしていた。それ以前は、人民戦線政府の拠点だったバルセロナの博物館で学芸員の仕事をしていたのだが、町がフランコ軍の攻撃に遭い、このカステリョー・ダンプリアスまで逃げてきたのである。トリスタンのスペイン語には軽い訛りがあったが、彫刻や絵画の話題になると、訛りは鳴りを潜め、弁舌爽やかに語りだす。愛想がよく、献身的で、専門知識も豊富だった。

トリスタンは管理する者がいなくなった町の博物館に住みこんで、所蔵品を略奪から守り、それまで誰も手をつけようとしなかったコレクションの整理や分類を無償で始めた。フランコ政権のもと、町に赴任してきた行政担当者がこの奇特な青年の存在に目をつけたのは至極当然のなりゆきであった。さらに、すずめの涙ほどの給与で博物館の学芸員として雇い入れたはいいが、そのまま等閑にしてしまったのも、当然といえば当然のなりゆきだった。

自分の名を騙る男がカステリョー・ダンプリアスで博物館の学芸員に収まっていると知ったら、当のファン・ラビオはさぞかし驚くに違いない。といっても、気にするほどのことではない。本物のファン・ラビオは、バルセロナの崩れた建物の下敷きになって、静かに朽ちていったからだ。肝心なのは、死んだ人間の身分証がうまい具合に手に入ったということである。確かに、身分証の写真は目と口の辺りが剥げかかってはいたが、黒髪の下の秀でた額や高い頬骨、がっしりした顎が似ていたおかげで、身分証の所有者が本人ではないことを疑う者は皆無だった。こうしてトリスタンがフアン・ラビオになりすましてから一年以上が経っていた。町でのフアン・ラビオ青年の評判はおおむね良好で、中でもルシアという娘はフアンに首ったけだった。

毎週日曜日、ミサの始まる時間に合わせ、ルシアは教会の広場に続く道を通っている。ある日、ルシアは広場の前にある博物館に見かけない顔の青年がいることに気づいた。青年は事務所の窓辺で煙草をくゆらせながら、ニヒルな表情で外を眺めていた。煙草はおそらく密輸品だろう。ルシアはさっそく市場に出かけると、噂好きの女たちのおしゃべりに耳を傾け、何週間かかけて新参者の青年に関する情報を仕入れた。

青年の評判は上々で、ルシアは青年に好意を抱いた。あとは博物館に行って青年に近づく口実を見つけるだけだ。青年が所蔵コレクションの分類に取りかかっていると聞き、ルシアは祖父が宗教画を何点か博物館に寄贈していたことを思い出した。そこで、家族に黙って調べてみると、祖父が当時の学芸員と交わした書簡が何通か見つかった。その古い書簡を携えて、ルシアは博物館の敷居をまたいだ。

博物館に人が入ってくることなどめったにない。それが女性となればなおさらだ。突然の若い女性の来訪に、トリスタンはぽかんとしてしまった。女性はたっぷりとしたスカートの裾を優美に翻しながら近づいてくると、事務机の上に黄ばんだ手紙を差し出した。トリスタンは心から礼を言った。さらに勢いこんで、詳しく調べたいので何日かお預かりしたいとも頼んだ。もちろん、このチャーミングな女性にまたお目にかかりたいという気持ちを言外ににおわせていたことは言うまでもない。女性はあっさり了承し、次の週に再び姿を見せた。この日もまた美しい服をまとっており、トリスタンはうっとりと見とれた。するとと、女性は館内を案内してほしいとせがんだ。

博物館は中世の館を転用したもので、一階と二階が展示室になっていた。一階部分にはカタルーニャ地方の遺物史料が収蔵されている。代々、マニアが持ち寄った石器や鏃《やじり》や骨であふれ返り、オモチャ箱をひっくり返したようなありさまである。それまで博物館を訪れたことのなかったルシアは、古道具屋――とりあえずありふれた火打石でも買って、骨董の壺のほうは値引いてくれるまで粘ろうなどと、客が考えそうな店――に入りこんだような印象を受けた。青年が骨董市でガラクタを売っているシーンを想像して、ルシアは吹き出しそうになったが、笑いをこらえて階段を上がり、絵画の展示コーナーを見せてもらった。そこはもはやガラクタを扱う店などではなく、本物の古美術商のような雰囲気を醸し出していた。数十点の絵画が斜めに傾いて壁に掛かっていたり、床に置かれたまま埃を被っていたりして、日の目を見るのを待っていた。

しかし、宗教画だけは扱いが別格だった。作品が引き立つように青年がガラスのケースに入れて展示しておいたのである。祖父が寄付した絵画が大切に保護されて飾られているのを見て、ルシアは嬉しくなった。そこで、青年に笑顔で報いて、「よかったら週に一回、お仕事のお手伝いに来ましょうか」と申し出た。

そんなわけで、ルシアはトリスタンを手伝って博物館が収集した膨大な数のコレクションの仕分けをすることになり、トリスタンのほうも毎週、ルシアがやって来るのを窓辺で待つようになったのである。

作業に手をつけたときはまだ春だった。二人はまず、倉庫に山積みになっている古代ローマの史料の分類から始めた。フクロウや牡牛など動物を描いたモザイク装飾にルシアはたちまち夢中になった。一方、トリスタンはといえば、さっそく新しい協力者の装いの妖しい魅力の虜になっていった。ルシアはとても小粋に服を着こなしていた。ことに、からかうようにスカートの裾から膝をのぞかせたりするしぐさに、トリスタンの胸はときめいた。晴れて陽光がさんさんと降り注ぐような日は下着のレースの縁飾りがちらちら見えるほどスカートをたくし上げ、地平線に雲が現れたときには踝《くるぶし》まで裾を下ろす。こうした茶目っ気のある無邪気ないたずらほど嬉しいものはない。時おりトリスタンを苦しめていた過去の秘密や将来に対する不安は、風が運び去ったかのように一気に消し飛んだ。

初夏を迎え、二人は中世のコレクションに取りかかった。浮彫装飾《うきぼりそうしょく》の施された兜《かぶと》や錆びた剣に一つ一つラベルを付けていく。紋章付きの盾の上で、互いの手がかすかに触れあうこともあったが、そんなときいつも先に頬を赤らめるのはルシアではなかった。気温が上がり、暑さが耐えがたくなると、ルシアは襟ぐりの深い薄手のブラウスを着てきた。髪は編みこんで、額とうなじをすっきりさせる。それでも滲み出る汗が玉をなして胸もとに光った。

ある午後のこと、古文書の分類をしていたトリスタンは、ふとルシアの胸もとに視線を走らせた。褐色の肌の上を汗の粒がゆっくりと軌跡を描いて流れていく。トリスタンは夢中で見つめた。デコルテがしっとりと濡れ、鏡のように輝いている。思わずトリスタンは唇を寄せ、鎖骨の辺りに口づけた。ルシアの胸がビクンと震えた。唇に移した塩気をトリスタンはうっとりと味わった。それから、この得も言われぬひとときを台無しにしないようにゆっくりとルシアから離れ、再び作業に戻った。ところが、資料に目を通そうとしても文字が躍ってなかなか頭に入ってこない。ルシアがどんな表情をしているのかが気になった。それでも視線を上げられなかった。

トリスタンはモンセラート修道院の夜を頭に思い浮かべてみた。日が落ちるのを待ってからの登攀《とうはん》、美術品の略奪……。これまでどんな場面におかれても物怖じすることはなかった。しかし、今回ばかりは相手の目を見ることもできない。ルシアが軽く咳をした。そして、資料を取ろうと手を伸ばすと、トリスタンはこらえきれず、その手を摑んで自分の左胸に押し当てた。早鐘を打つ鼓動を知ってほしかったのだ。

「ルシア……」

ルシアが人差し指でそっとトリスタンの唇を押さえる。ルシアもまた魔法がとけてしまわないことを願っている……。トリスタンは喜びで舞い上がった。その瞬間、トリスタンを縛りつけていたくびきが外れた。両肩が軽くなったように感じられた。それまでの過去や過ち、さすらいの日々……そんなものはすべてどこかへ行ってしまったような気がした。トリスタンは頬を緩めた。そうだ、これからは毎日、幸せが続く。毎日ルシアと会える。


二階の窓辺で肘をつき、トリスタンは通りの曲がり角に目を凝らした。そろそろルシアが現れる頃だった。不意に軍歌が聞こえ、トリスタンはギクッとした。広場の隅に青シャツ姿の集団が姿を見せた。ファランへ党の党員だ。乗馬ズボンにピカピカのブーツを履いている。イタリアの黒シャツ隊《カミーチェ・ネーレ》(注9)を意識しているのだろうが、ただの猿真似に過ぎない。かなり酒が入っているらしく、熱狂的にカウディーリョを称え、「スペインよ永遠《とわ》に」などと大声でスローガンを叫ぶ。

嫌な予感がした。再び曲がり角に視線を戻すと、すでにルシアが快活なヒールの音を響かせながらこちらに向かってきている。トリスタンはすぐさま部屋を飛び出し、階段を駆け下りた。入口は開けっ放しになっていた。最初にヒューッとからかうような口笛が耳に飛びこんできた。続いてどっと笑い声が上がる。男たちの一人があからさまにルシアの腰つきを真似、くねくねと尻を横に振った。またもや粘りつくような笑いの渦が起こる。ルシアは迂回しようとしたが、野太い声で騒ぎたてる男たちに囲まれてしまった。

「お嬢ちゃん、一人でお散歩ですかい？」

「女の一人歩きはよくねえなあ。ここはおうちのお庭じゃないんだぜ」

「男を漁りに来たんだろ？」

「よう、この女の服を見ろよ。明らかに誘っているじゃないか」

一人がルシアの腕を摑んだ。

「あんたみたいな商売女《ラ・プータ》は俺たちに任せろって。悪いようにはしねぇからよ」

トリスタンはその背中に声をかけた。

「野郎どもが寄ってたかって、悪いようにはしないだと？」

ぎょっとしたように男が振り返った。だが、トリスタンの顔を見ると、蔑むような笑いを浮かべた。

「ほう、インテリ坊やのお出ましかい。なあ、こちらはケンカの相手をお探しのようだぜ。ちょうどいい。稽古をつけてやろうじゃないか」

黒い革手袋をはめ直すと、男はいきなり殴りかかってきた。が、一瞬早くトリスタンのパンチが男の顔面に炸裂する。身の毛のよだつような音がして顎が割れた。男は「グワッ」と声を漏らしたきり失神してしまった。壁まで押しやられていたルシアが思い切り悲鳴を上げる。それが引き金となったかのように、党員たちが一斉にトリスタンに飛びかかった。恋人に容赦なく殴る蹴るの暴行が加えられるのをルシアは呆然と見つめていた。

「くそったれ《イホ・デ・プータ》！　殺してやる！」

「殺れるものなら殺ってみろよ、売国奴！」

　トリスタンは男たちをルシアから引き離すように後ろに下がった。顔から大量に血を滴らせながらも、ルシアに向かって大きなジェスチャーで逃げるように合図する。ルシアが恐怖に駆られた目で見返す。そして、迷った末に駆けだした。最後にスカートの裾が翻り、踝が覗くのが見えた。一瞬、ヒールの音が舗道に響くのが聞こえた気がして、急に視界が真っ暗になった。

　うなじに警棒の一撃を受け、トリスタンは地面に倒れた。

五

一九四〇年十月二十五日
カタルーニャ

半ば廃墟と化した町にコンボイを組んだ公用車の列が猛スピードで入ってくる。スペイン軍機動隊のバイクに先導されているのは、スカラベのように光沢のある黒塗りのメルセデスの装甲車だ。フロントの両脇には白地に黒の鉤十字が染め抜かれた小旗が、埃を舞い上げる風にはためいている。

機動隊の一人が、メルセデスの運転手に減速するように合図を送り、一行はゆっくりと市庁舎前の広場に入った。周りには痛手を負ったプラタナスの木々や半壊した建物が残っている。広場の中ではファランヘ党の党員で構成された群衆が待ち構え、熱狂して腕を斜め前に突き出していた。党員らの後ろには痩せこけて粗末ななりをした市民が三十人ばかり集められ、ドイツの国旗を振っている。

セダンの後部座席にいたヒムラーは窓を下ろすと、灰色の石造りの建物のファサードに掛かっている肖像画をじっと眺めた。あれがカトリック国家スペインを救ったとされる男か。巨大な肖像画ではあるが、市庁舎の壁面の天然痘のような無数の銃弾の痕は隠しきれていない。フランコ将軍はつやのない顔色に丸々とした頬、いかにも疑ぐり深そうな眉をしてこちらを見ていた。

ヒムラーは嘆息し、助手席に座る通訳からハンカチを受け取った。通訳として同行しているのは、非の打ちどころのないくらい見事な金髪の若い大尉である。

「カウディーリョにはアーリア人の血は流れていないな……。おそらく先祖にユダヤ人がいる。別に驚くにはあたらないが」

ハンカチで洟《はな》をかむと、ヒムラーは疑わしげに続けた。

「カタルーニャ地方の為政者たちは大変好意的だ。これまで通ってきたどの村からも歓迎を受けている。通知が徹底していたからだろう。しかし、われわれに敬礼をしていた民衆は本物の住民なのだろうか。歓迎ムードを表すために金で雇われたサクラではないのか」

大尉がかぶりを振った。

「新生スペインは、共産主義者やフリーメイソンなどの病原体を排除しました。長官殿の前にいるのは、正真正銘のスペイン人たちです。誇り高く、熱き血潮の流れるスペイン人です」

ヒムラーは渋い表情を見せた。

「そして、抜け目のないスペイン人だ……。一四九二年、スペインがユダヤ教徒追放令を発したせいで、イベリア半島のユダヤ人がヨーロッパ全土に流れ出た。今日、その後始末をしているのがわれわれだ……。その点で、フランコは信用できない。反ユダヤ主義ではなさそうだ」

「とにかくフランコ将軍は共産主義とフリーメイソンに対しては激しい敵愾心《てきがいしん》を抱いています。それだけは信じていただいてよろしいかと」

ヒムラーの通訳を務めるこの大尉は、三年前に連絡将校としてドイツ国防軍《ヴェアマハト》から在マドリッド大使館に派遣され、内戦中は国家主義者たちとの連絡係を担当していた。そして、この三年のあいだにスペインにもスペイン人にも——少なくともカウディーリョ派の国民だが——すっかり好意を寄せるようになっていた。

大尉は熱っぽく続けた。

「自分はフランコ軍の側について共産主義者たちと戦ってきました。フランコ将軍がドイツの友人であることは断言できます」

ヒムラーが騒々しい音を立てて鼻をすすった。

「バルセロナを発つ直前、アンダイエにおられるフューラーと電話で話した。きみの言う〈お友だち〉との交渉は、気づけば二時間が経過していたそうだ」

「これから協定の調印ですか？　スペインは参戦するのですか？」

メルセデスは市庁舎前の広場を離れ、でこぼこの路面をじりじりするほど遅いスピードで走りだしていた。

ヒムラーは頭を左右に振り、憐れむような目で大尉を見た。

「いや、それはないだろう……。フューラーは『あんな男とまた交渉するくらいなら、歯を三本抜かれるほうがまだましだ』と言われていた。きみの将軍が過大な要求を提示してきたそうだ。フューラーはご立腹の様子だった。つまり、チャーチルは枕を高くして眠れるということだ。ジブラルタルがきみのお友だちの領土となることもない」

車の隊列は町を出るとスピードを上げ、山沿いにうねうねと続いている道に入っていた。

「信じられません。フランコ将軍の敵を叩きのめしたのはドイツです。ドイツがヨーロッパの未来を示しているというのに」

ヒムラーは薄ら笑いを浮かべた。

「四年にわたる内戦で荒廃したこの国を訪れて四日が経つ。フランコはわれわれに対し、踵を打ち鳴らして少しだけフラメンコを踊ってみせた。マドリッドでは、装備の整った軍隊を行進させ、プラド美術館を披露し、豪勢な晩餐会で貴族や選りすぐった国家主義者たちを紹介した。なるほど、新体制のスペインの表の顔はきらびやかに見えるかもしれない。しかし、現実は違う。むしろ、われわれが通ってきた荒れ果てた村々の姿に近い。この国は疲弊している。国民はへとへとで、軍隊はよろよろだ。それを承知のうえで、あのいかれた狂信者はスペインを唾棄《だき》すべきカトリック国家に仕立て上げようとしているのだ。どこへ行っても司祭や司教がうようよしている。あんなに大勢の坊主は見たことがない。まったく虫唾が走るよ」

車は牧草地沿いの上り坂を走っていた。大尉はめげずに友人の擁護を続けた。

「それでも、フランコ将軍なりのやり方でスペインからは危険分子が一掃されました。そのように感じられませんでしたか？　国内の牢獄はどこも満杯です。反対勢力の生存者は捕まって再教育されるか、処刑されています。収容所で裁きを待つ者は十万を下らないでしょう。それに囚人のほうも、少なくとも飢えや渇きはしのげています」

道端では、あばらの浮き出た牝牛の群れが細々と草を食んでいた。

ヒムラーは大尉のほうを向いた。

「スペイン人は野蛮人の集まりだ！　激しい苦痛を味わわせて、その分喜びを覚える。よくもそんなことができるものだ」

大尉は驚いて目を見開いた。

そういうあなたはどうなのか？　思わずそう言い返したくなった。

あなたこそゲシュタポによる拷問を合法化させた張本人ではないか？

一万人あまりの反ナチ派の同胞があなたによって次々と収容所送りにされているではないか？

「おっしゃる意味がよくわからないのですが」

大尉が口ごもるように呟くと、ヒムラーは窓外の牝牛の群れを悲しげに見つめた。

「闘牛のことだよ。あれほど下劣な見世物はない！」

前日の晩、二人はマドリッドのラス・ヴェンタス闘牛場に招待されていた。〈ドイツとスペインの永遠の友情〉を祝して、という名目で特別に席が設けられたのだ。日は落ちていたが、場内には鉛のような重苦しい暑さが澱《よど》んでいた。ヒムラーはじっとりと汗をかき、胸をむかむかさせながら二時間の長きにわたって観覧席で辛抱し続けた。マドリッド市長から闘牛士と引き合わせるためにアリーナの地下に招かれたときには、横たえられていたまだ温かい牡牛の死体から思わず目を逸らしそうになった。地下の部屋には、苛め抜かれて死に至った獣の骸《むくろ》のべたついたひどい悪臭が広がっていた。フューラーと同じく、ヒムラーもまた動物好きで、動物への虐待行為が我慢ならないのだった。

カーブに差し掛かるたびにメルセデスは車体を振動させた。カーブは次から次へと果てしなく続く。太陽が山に沈もうとしていた。厚い雲が茜に染まりつつある。

ヒムラーはSSルーンが刻印された指輪の角で窓ガラスをコツコツと叩いた。

「イベリア半島の人間は残虐なものを見ると血が騒ぐらしい。多分にムーア人の血が流れているのだろう」

「まさか」

驚きの声を上げる大尉に、ヒムラーは焦れったそうな顔をした。

「どうやらわたしとは意見が合わんようだな。きみはこの国を離れたほうがよさそうだ。きみにぴったりの配属先を見つけてやろう。実はダッハウ強制収容所の幹部スタッフに欠員が出ていてね……」

助手席の大尉は、うなじに親衛隊長官の視線が突き刺さるのを感じた。一気に心拍数が上がる。

「確かにおっしゃるとおり、闘牛は胸糞が悪くなる見世物であります」

ヒムラーはしばらく探るように大尉の様子を見ていたが、やがて笑いだした。笑いは止まらず、ほとんど爆笑に近くなった。ヒムラーは嫌味っぽく全身を引きつらせながら、耳障りな声で笑い続けた。

「いやいや、冗談だよ、ウィルフレッドくん。安心したまえ。わたしは寛容なほうだ。部下の頭の中まで束縛するつもりはない。闘牛が好きだというなら、それはそれで結構。誠心誠意尽くしてくれる限りは、きみの自由だ」

車は速度を落とし、谷間の大きなカーブを抜ける。

疲労のにじむ一行の視線の先に、鋸の歯のようにギザギザした稜線を持つ山が姿を現した。指をぴんと伸ばしたような形の険しい岩山が何本もそそり立つその中腹に、一塊の四角い建物が貼りついている。

「あれか……」ヒムラーが呟いた。「あれがモンセラート修道院か」

「大使から伺ったのですが、今回、旅の日程を一日延長し、わざわざこの地まで足を延ばされたのは、その……聖杯を探すためであると……。本当でしょうか？」

ヒムラーが不審げな顔をした。メタルフレームの眼鏡の奥の目が細くなり、二本の皸《あかぎれ》のようになる。

「大使は口の軽い男だな。まあ、しかたない。きみはワーグナーの『パルジファル』（リヒャルト・ワーグナーが一八六五年にバイエルン国王のために書いた舞台神聖祝祭劇で、聖杯を題材として扱っている）を知っているかね？　ヴォルフラム・フォン・エッシェンバッハ（中世ドイツの詩人。聖杯伝説をテーマにした叙事詩『パルチヴァール』などで知られる）の聖杯伝説をテーマにした作品を読んだことは？」

内戦中はオペラを観に行く余裕などなく、読書をする暇さえなかったのだが、大尉は馬鹿正直に答えるのは差し控えた。

「はい。だいぶ前のことですが」

車は猛スピードで目的地に近づいた。道が広くなったところで、両側に二台のガントラックが停まっていた。修道院の入口まで来たのだ。折からの夕陽に建物の石壁が柔らかなバラ色に照り映えていた。

ヒムラーは盛装《せいそう》用の黒い手袋を外した。

「モンサルヴァートという山の中腹に城があり、そこに聖杯が保管されている。その神秘的な山はピレネー山脈にある。そうエッシェンバッハは語っている。音の響きが近いことからも、モンサルヴァートがモンセラートのことを指している可能性はおおいにある」

大尉はじっと耳を傾けていた。

「聖杯は……わたしのために用意されていたのだ！」

突然、ヒムラーは顔を輝かせ、極度の興奮状態に入った。熱に浮かされたように両手が震えている。まるでそこに聖杯があって、今まさに摑もうとしているかのようだ。

「しかし、聖杯は伝説上のものではないのですか？」

「きみは物事の表層しか見ていない。内側にみなぎる強烈なエネルギーが見えていないのだ。実際の聖杯はまったく別のものだ。そう、それはアーリア民族の黒い太陽なのだ」

大尉は表情を変えずに聞いていたが、内心ではひどく驚いていた。

ドイツ国内でフューラーに次いで二番目に有力な人物が奇妙なことを口走っている。

黒い太陽？

親衛隊長官はどうかしてしまったのだ。

しかし、大尉は賢明にも口をつぐんでいた。

一行を乗せた車は次々と門を通り抜け、敷地内に入っていった。松とボダイジュが縁どる並木道を進むと、つきあたりに広大な前庭が広がり、軍服姿の男たちが建物の前に並んでいた。スペイン軍が出迎えの者をよこしたのだろう。腹の突き出た将官が数人の士官を従えている。黒い法衣を着用した聖職者らの姿も見えた。その頭上の壁面にはスペインとドイツの巨大な国旗が掲げられている。そして、スペイン人の集団の横に、花崗岩でてきた十字架のキリスト像を背にして長身瘦軀の男が立っていた。白っぽい服をまとっており、肌の色もそれに負けず劣らず白い。男はパナマ帽を軽く斜めに傾けて被っていた。

シートにもたれていたヒムラーはぐいと身を起こした。先ほどの恍惚とした表情は消えている。

「まったく、出迎えは無用と言っておいたのだが。しかし、ヴァイストルト大佐が待っていてくれたとは心強い。彼はたいした探検家で、実に多くの異国の地に赴いている。シェーファー探検隊に同行してチベットにも行ってきた。その探検については〈フェルキッシャー・ベオバハター〉（ナチスの中央機関紙。ドイツ語で「民族的観察者」の意）でも報告されている」

パナマ帽の男を指さし、ヒムラーは説明した。顔に傷のあるその男は、くわえていた煙草を地面に落として踏みつけると、ヒムラーたちのほうを見た。それから、頭を下げて小さく挨拶した。

「ヴァイストルト大佐は知っているかね？」ヒムラーが大尉に尋ねた。

「はい、お噂はかねがね聞いております」

大尉は驚きを表に出さないように、淡々と答えた。大使館の情報局から親衛隊の大幹部が来ることは知らされていなかった。あるいは、情報局のほうでも情報を摑んでいなかったのかもしれない。ヴァイストルト大佐のことは、三年前に親衛隊に入隊した弟から聞いていた。ヒムラー長官の側近中の側近であり、親衛隊士官学校では教官として非常に厳しい教育を施しているそうだ。また、黒い騎士団として怪しげな儀式を執りおこなっているという噂もある。キリスト教を忌み嫌い、ユダヤ人迫害を非難したケルン司教の頰を張ったことがあるとも聞く。ヒムラー長官に対しても大きな影響力を持ち、そのため首脳部の中には大佐を敵視する者も少なくないらしい。

「なぜヴァイストルト大佐は親衛隊の制服を着用されていないのでしょうか？」大尉はヒムラーに質問した。

「ルールは彼のような人間のために作られるわけではない」と言って、ヒムラーは汗ばんだ額の上に制帽のつばを引き下ろした。

車が歓迎団の前で停まると、間髪を容れず、歓迎団の全員が一糸乱れぬ敬礼をする。スペイン人の下士官が急いで駆け寄り、メルセデスのドアを開けた。ヒムラーが降り、大尉もそれに続いた。ヒムラーはスペイン人たちに向かって機械的にファシスト式の返礼をした。そして、何を言っているのかはわからないが、将官の挨拶に丁寧に耳を傾けた。ついで、うやうやしく頭を下げる司祭たちのほうを向くと、そのうちの一人が早口でしゃべった。さっそく大尉が通訳に入る。

「こちらのアンドリュー司祭が、長官をお迎えできて光栄だと言っています。修道院長は現在ジローナにいて、不在の非礼をお詫びしたいという言伝を預かっているとのことです。ジローナに発ってから、長官訪問の知らせを受けたそうです」

ヒムラーは気にしないでくれとでもいうように手を振り、大尉の耳もとで囁いた。

「誰にも邪魔されずに見学したい、と伝えてくれ」

すると、背後から低い声がした。

「ご心配なく」

二人は驚いて振り返った。ヴァイストルトがそこに立っていた。

「ハイル、ヒトラー」ヴァイストルトはヒムラーに向かって敬礼をした。「われわれだけで見学させてもらえるよう、アリアガス将官に了解をとってあります。将官には、ドイツを発つ前から長官がどうしても黒いマリア像を拝みたいと話していた、と伝えておきました」

「このわたしが黒いマリア像を拝むのか……ずいぶんおもしろいことを言ってくれるじゃないか、カール」

ヴァイストルトは相好を崩した。ヒムラーはヴァイストルトを促し、二人きりになった。

「きみがいてくれてありがたい。さあ、じらさずに教えてくれ。『トゥーレ・ボレアリスの書』が示すとおり、二つ目のスワスティカはあったのか？」

ヴァイストルトは相変わらず笑顔のままでいた。

「あの本には、スワスティカはモンセグ（Montseg）という名の場所にあると書かれています。モンセラート（Montserrat）はかつてモンセグと呼ばれていたのではないか、と推測できます」

「もうこの中は探したのか？」

「いえ、長官。わたしがここに着いたのはつい一時間ほど前です。飛行機が故障してトゥールーズで緊急着陸したため、そこからは夜どおし車を走らせてきました。まあ、インドやチベットを横断してきたわたしですから、そんなことは苦にも思いませんでしたが……。失礼、話を戻しますと、独房で修道僧がわれわれを待っています。通訳が必要ですが」

ヴァイストルトはヒムラーの肩越しに、アリアガス将官と話している大尉のことを見やった。

「彼がその通訳ですか」

「ああ。臨時の通訳だ。最初に決まっていた通訳は、食中毒か何かで土壇場で来られなくなってね。ただ、わたしが見る限りではこちらの男のほうが頭の回転が速い。少しスペインかぶれの嫌いがあるがね」

「国防軍《ヴェアマハト》の人間ですか……」

「言いたいことはわかる。だが、食中毒の男以外、スペイン語を話せる親衛隊員が派遣団にいなかったのだ」

ヒムラーが合図すると、通訳の大尉は石段を駆け上がってきて二人の前に立ち、ヴァイストルトのほうを向いてさっと敬礼した。実に鮮やかな身のこなしだった。ヴァイストルトは大尉をしげしげと眺めた。

「大尉、きみの助けが必要だ。力を貸してくれ」

「了解しました」大尉は言下に応じたが、ヴァイストルトにじっと見られ、気まずそうにした。


修道院の中心の建物に入ると、ひんやりとした薄暗いホールに甘いオレンジの花の香りが漂っていた。三人は飾りのない白い壁に沿って回廊を渡った。ヒムラーはヴァイストルトを急かすように足早に歩いた。少し距離を置いて大尉が二人のあとをついていく。

ヒムラーが低い声で呟いた。

「この旅の目的が達成できるかどうかは、坊主次第か」

三人は瀟洒な造りの図書室を抜け、礼拝堂の入口を通りすぎ、やがていくつもの独房が連なる前で立ち止まった。ずらりと並ぶ扉の一つが大きく開け放たれている。中を覗くと、隣室から漏れてくる光でなんとなく人影が見えたが、すぐに暗がりに紛れた。

ヒムラーは戸口に立ち、あとの二人が独房に入った。中では剃髪《ていはつ》の男が背のまっすぐな椅子に腰かけていた。目を凝らすと、顔には黒く細かい皺が無数に刻まれている。男はオリーブの実ほどもあるロザリオの珠を爪繰りながら、ぶつぶつと祈りの文句を唱えていた。身にまとっている粗末な毛織物の服は汚れていて黴《かび》臭い。

ヴァイストルトは侮蔑の念を隠そうともせず、修道僧の背後の壁の十字架を見やった。十字架の上では、痩せ細った鉛色のキリストが両足と額から血を流していた。

独房に入ってきた二人を見ると、修道僧はお辞儀をしたが、ことさら敬意を払うふうでもなく、眼差しは虚ろなままだった。

ヴァイストルトは大尉の肩に手を置いた。

「城の上に星が一つ輝いている絵の話を知らないか、訊いてみてくれ」

大尉は驚いて眉を上げた。

「長官はてっきり聖杯をお探しかと思っておりましたが」

「おとなしく言われたとおりに伝えろ」ヴァイストルトは叱りつけた。

急いで大尉がヴァイストルトの言葉を伝えると、修道僧は首を縦に振って口を開いた。

「この修道院は二年ほど前に共和国軍の兵士たちの略奪に遭ったそうです。絵のことは覚えていて、写本室に隠してあったものだと言っています」

ヴァイストルトは表情を変えずに、ヒューと軽く口笛を鳴らした。

「そのときのことを詳しく思い出せないか？　兵士の名前とか？」

修道僧はヴァイストルトを生気のない目で見つめながら、大尉に耳打ちした。大尉は大きく頷きながら聞き取った。

「全員共産主義者で、野蛮で、悪魔のようだったと言っています。彼らは司祭の一人を十字架に磔にしました。窃盗団の頭《かしら》はハイメという名で、ほかにフランス人が一人いたそうです。問題の絵は、そのフランス人が持ち去っていったと。それ以上のことはわからないそうです」

それを聞くと、ヴァイストルトは拳を壁に叩きつけた。花崗岩の壁に顔までのめりこみそうな勢いだった。戸口で一部始終を聞いていたヒムラーは失望を隠さなかった。

「二年前か……畜生。窃盗団の連中はもう死んでいるか、フランスに逃げたかのどちらかだろう。これでは骨折り損のくたびれ儲けではないか。ここに来るために、フューラーに強情者のフランコとの会談を決意させたというのに」

三人はのろのろとした足取りで独房を出た。

「これ以上スペインにいてもしかたがない」苦りきった表情でヒムラーが言った。「ヴァイストルト大佐、きみは絵の行方を追いたまえ。今すぐにだ。なんとしても絵を手に入れたい」

ヴァイストルトは踵を鳴らして気をつけの姿勢をとった。

「承知しました！」

そこへ隣の独房から法衣をまとった司祭がぬっと現れた。額の広い、がっしりとした大男である。

「親衛隊長官殿、お目にかかれて光栄でございます」司祭は澱みのないドイツ語で挨拶し、手を差し出した。

ヒムラーは思わず後ずさった。潔癖症のため、握手を求められても、うかつに相手の手を握れないのだ。

ヴァイストルトがあいだに割って入った。

「貴殿は？」

司祭は破顔一笑した。

「マテウスと申します。バルセロナの駐屯部隊の従軍司祭でございます。こちらの修道院にはたまに骨休めで来ております」

「ドイツ語に堪能でおられますね」ヴァイストルトが指摘した。

司祭は髭の剃り残しをなぞるように、フライパンさながらの大きな手を顎にやった。

「内戦中、スペイン教会の派遣団の一員として半年ほどミュンヘンにおりました。わたくしは、あなたがたの国のフューラーを敬愛しております。わが国のカウディーリョほどミサには参加されないと聞きましたが、それでも熱烈に支持しております」

司祭は三人が出てきた独房にちらりと視線をやった。

「実は、先ほどみなさまのお話が聞こえてしまいました。どうかご容赦ください……」

ややためらってから、司祭は続けた。

「わたくしは仕事の一環で国内の刑務所をたびたび訪問しております。そこでは迷える魂を導き、ときには死刑執行前の囚人に秘跡を授けることもあります」

好奇心に駆られ、ヒムラーは司祭のことをじろじろ眺めた。

「そんなわけで、何人かの囚人と顔見知りになりました。監房の中に入って彼らと語らうこともありますし、救済されるべき人には救済を試みます。そもそも、ローマ法王ピウス十二世が最初に……」

ヴァイストルトが片手を挙げて、話を遮った。

「われわれにはあまり時間がないのです。単刀直入にお話しくださいませんか」

司祭は再び顎を撫でまわした。

「ええ、おっしゃるとおりで……失礼いたしました。二週間前、わたくしはトリスタンとかいう囚人と会いました。スペインでは聞きなれない名前です。名前のほうはともかく、この囚人のことはよく覚えています。フランス人で、教養にあふれ、聖書に関する知識も完璧でした。共産主義者には珍しいタイプです。彼はわが国で暴れまわったあのならず者の集団、国際義勇軍に所属していました。おそらく……」

ヴァイストルトが顔を輝かせ、急きこむように言った。

「有力な情報がこんなところにあった！　司祭、その男はどちらの刑務所に収容されているのですか？」

「さあ。拘置所に空きが出るまでは、ほかの囚人たちとともに離れた場所に留置されることになっています。内戦終結後、逮捕・拘束された人間が大勢出ました。しかし、新政府は彼らを収容できるだけの施設を用意していなかったのでしょう。そのため、処刑される囚人が後を絶たず……」

処刑という言葉を口にしたとき、司祭はいかにも悲しげな様子を見せた。

「ほかに手掛かりは?」

「それ以上は何も。それでも、お役には立てたのではないかと存じます。そこでと言ってはなんなのですが、少々お願いしたいことがございまして」

ヴァイストルトは怪訝な顔をしながらも、慎重に頷いた。すると、司祭は哀れっぽい声で訴えた。

「ミュンヘンにおりましたとき、わたしは一度だけ快楽に溺れました……。タンネンベルクのビールです。あの味はいまだに忘れられません。そのビールなのですが、ドイツ大使館がレセプション用に取り寄せていると聞いております。できましたら、一ケースか二ケース、こちらに回していただくわけにはまいりませんか」

ヴァイストルトは笑顔を作った。

「喜んで。十ケース手配しておきますよ」

まるで法悦《ほうえつ》に浸っているかのような大男を残し、三人は独房の通路を後にした。ヒムラーはほっとしたような様子を見せた。

「わたしがまだカトリック信者だったら、あの馬鹿正直のことをまさに《神の恵みだ》と言っていたところだろう。そのトリスタンという男だが、とにかく銃殺刑にされてしまわないうちに見つけだすしかない。こちらの通訳をきみにつけようか？」

ヴァイストルトは無意識に顔の傷跡をいじりながら、忠犬のようにつき従う大尉をちらりと見た。

「少しお待ちいただけますか？　礼拝堂の祭壇画でもご覧になっていてください。そのあいだにちょっと大尉と話してきます」

ヒムラーは肩をすくめると、礼拝堂に向かった。ヴァイストルトは大尉を呼んだ。

「一緒に来てくれ。きみに見せたいものがある」

ヴァイストルトは大尉を伴い、会議室に入った。会議室のつきあたりは広々としたバルコニーになっていた。ヴァイストルトはすたすたと部屋を横切ると、バルコニーに出て外の空気を吸いこんだ。モンセラート山の岩肌が迫力をもって眼前に迫っていた。下を向けば、目もくらむような断崖絶壁である。

バルコニーの手すりはちょうど両足を乗せられるくらいの幅があった。ヴァイストルトはひょいとその上に乗っかると、勝ち誇ったように眺望を楽しんだ。

「大尉、きみもここに来たまえ」

大尉は渋々従った。幼少時から高所は苦手だったのだが、上官の前で不甲斐のない姿を見せるわけにはいかない。大尉は手すりに足をかけて立ち上がると、ヴァイストルトの横に並んだ。それでも、さすがに足もとを見ることはできなかった。頭の中がぐるぐるしてきたが、しかし、そんなことはおくびにも出さずにいた。

一方、山を眺めていたヴァイストルトは、山に挨拶をするかのように両手を広げた。

「わたしは山が好きだ。誰一人、山を欺くことはできない。山は親衛隊員と同じではないか？　人間を超越した存在である。そう思わないか？」

「その、とおりです……大佐殿。しかし、自分は、親衛隊員では、ありません」

足が震えているのがわかり、大尉は必死で手すりを踏みしめようとした。急崖直下の谷底まで、三百メートルはあるだろうか。

ヴァイストルトは穏やかに話しかけた。

「長官は、通訳としてきみをよこした。しかし、わたしはきみが信用できる人間かどうかが知りたい。わかるね？」

「わかります。おそばで、任務に励むことができれば、嬉しく思います」

ヴァイストルトは大尉の肩に腕を回した。

「よし、いいだろう……そんなに硬くなるなよ。景色を見てリラックスしたまえ。きみを取り巻く山のこの壮麗な眺めを鑑賞するのだ。まさに、自然は荘厳なる寺院だ（シャルル・ボードレールの詩『交感』の一節）。この自然が破壊されるようなことがあってはいけない」

「はい……」

「すばらしいよ！　山は……。美と調和の権化だ。われわれ国家社会主義者の活動も同じではないか。フューラーご自身もベルクホーフの山荘（ドイツ南東部のオーバーザルツベルクにあったヒトラーの別荘）に司令部を置かれている。霊感を高めるのにふさわしい風光明媚な場所だよ。伝説では、彼の地に赤髭王《バルバロッサ》フリードリヒ一世が眠り、目覚めの時を待っているという」

そこまで語ると、ヴァイストルトは足下の懸崖《けんがい》を見下ろした。

「最後に言わせてくれ。死の直前に目にするものは美しいものであるべきだ」

そう言うや、ヴァイストルトは大尉の背中をどんと空中に押し出した。とっさに大尉は飛ぶのが下手な鳥のように両腕をばたつかせたが、次の瞬間、尾を引く叫びを残し、険しい崖谷へと落下していった。途中、岩にぶつかると大尉の体は布製の人形のようにバウンドし、谷底に着地するまでそれを何度か繰り返した。

ヴァイストルトは最後まで見届けると、満足して手すりから下りた。そして、すみやかにヒムラーのもとに戻った。ヒムラーは礼拝堂の入口で待っていた。

「大尉はどうした？」

「不運な落下事故に見舞われました。優秀なドイツ人の血が失われたことに憂いを覚えます」

「何があった？」

ヴァイストルトは表情を引き締めて言った。

「彼に対してはなんの恨みも敵意も持っていません。しかし、証拠を握る人間には消えてもらう必要があります。われわれが探し求めているものはそれほどまでに重要なものですから」

「なるほど。だが、例のフランス人を探すには通訳が必要だろう」

ヴァイストルトは頭を横に振った。

「問題ありません。《ノ・エス・ウン・プロブレマ》アーリア人の言語ではありませんが、スペイン語を話すことは厭いま《メ・グスタ・アブラル・エン・エスパニョール・アウンケ・ノ・エス・ウン・イディオマ・アリア》せん」

ヒムラーはにやりとした。

「そうだった、カール、きみは語学に堪能だったね。まあ、わたしとしては、人はドイツ語だけ話せればよいと思っているのだが」

六

半年後
一九四一年三月
バルセロナ
モンジュイック刑務所

バルセロナはすっかり春の陽気だった。というより、春先とは思えないほど強烈な日差しが容赦なく降り注いでいた。並木通り《ランブラス》から葉脈のように広がる路地裏にはほとんど日陰がなく、住民の姿もまばらである。町にはいまだに崩れかけた建物が並んでいた。砲弾で屋根には大きな穴が開き、壁面は一面に弾痕が散っている。石や漆喰のくずが山をなし、窓の高さまで達していた。旧市街では、人間よりもネズミのほうが多く目につく。それでも、瓦礫の中で生き残った人々には、絶望のどん底にあっても、最後に慰めが残されていた。人々は、自分たちを見捨てた神にではなく、黒々とした要塞の不吉な姿に慰めを求めた。町を見下ろすモンジュイックの丘の上には、かつて要塞だった刑務所が威容を誇っている。

乳飲み子を抱える母親は、子どもにミルクをやれなくても、丘の頂上にそびえる要塞を眺めるだけで、自らの境遇に感謝した。一度入ったら二度と出られないというあの塀の中に閉じこめられるより、空腹を耐え忍ぶほうがどれだけましなことか。

丘の上では、何百何千という共和国派の囚人たちが露天の牢獄にぎゅうぎゅう詰めにされ、苛烈な日差しにひからび、所内に渦巻く乾いた風に打たれていた。

この刑務所の底辺にある地下牢に、トリスタンはハイメや赤毛男とともに拘留されていた。

いつもの朝のようにティエロス判事はモンジュイックの丘の麓でバスを待っていた。この陽気にもかかわらず、黒い法衣を着こんでいる。判事がモンジュイックに返り咲いたのは、人民戦線政府の拠点だったこの町がフランコ軍の猛攻によって陥落してからのことである。ティエロス判事には際どい案件の審理が任された。大量の共和国軍の捕虜の中から筋金入りの共産主義者や熱狂的なアナーキストをあぶり出して排除するのだ。捕らわれている者たちを次から次へと机の前に来させては、一人一人徹底的に取り調べる。それを一年半以上も続けてきた。執務室の窓の下には、毎週のように地面を掘り返してできた土の山がいくつも出現する。週末になると、判事はそれらを眺め、その週の仕事の成果を確認するのだった。

しかし、次々と銃殺刑が執行されれば、さすがに共産主義者の数も減る。最近ではめったにお目にかかることもなく、アナーキストに至っては品枯れ状態となっていた。そこで、判事には違う分野の案件が回ってきた。

バスを降り、刑務所を取り巻く堀に架けられた橋を渡ると、判事は揉み手をした。新規の仕事を前に気持ちもおのずと昂ぶる。今回は政治犯を葬り去るのではない。窃盗団を掃討するのだ。バルセロナが陥落する少し前、共和国軍の特殊部隊がモンセラート修道院に押し入って、盗みを働いたという。そればかりか、盗人どもは司祭の一人に襲いかかり、十字架に磔にしてから逃げていった。被害に遭った司祭はその後死亡している。判事は額に筋を立てて憤慨した。

神聖な場所を荒らしまわり、しかも、神に仕える人間に乱暴狼藉を働くとは。けしからん。

この案件が判事の手に委ねられたことは正解だったと言える。ティエロス判事が仕事の手を緩めることはないのだ。

執務室に入ると、禿頭《とくとう》の書記官がファイルを差し出した。判事はファイルを開きもせず、いつもどおり書記官から直接詳細な情報を聞き出そうとした。

「犯人特定に至った経緯は？」

書記官は丁寧な仕事をする男だった。審理中の案件については、常に微に入り細を穿《うが》つ報告を上げてくる。

「修道院を襲った武装集団は十四名の男たちで構成されていました。十二名はスペイン人、残り二名は外国人義勇兵です。修道院長の証言と共和国軍の資料を照合して突きとめました。資料の中に特殊部隊の構成員のリストがあったのです。構成員のほとんどは犯行後に戦死していました。十四名中九名の死亡が確認できています。また、二名が行方不明です。ピレネー山脈を越えてフランスに入っていることも考えられます」

判事は顔をしかめ、嫌悪感を露わにした。聞くところによれば、五十万人以上の共和国派がフランスに逃げこんでいるらしい。

臆病で卑怯な裏切り者どもめ！

判事は怒りを滾《たぎ》らせた。書記官はいったん口をつぐみ、判事が落ち着くのを待って再び口を開いた。

「残りの三人の生存者がこちらに収容されています。一人目はハイメ・エチュヴェリア。バスク人です。ジローナ近郊で武器を所持していたために拘束されました。二人目はコールマン・フランダース。こちらはアイルランド人です。フランスに行くために銀の聖体器を売ろうとしていたところを逮捕されています」

「ふん、外国人の窃盗犯で、盗品は隠匿ときたか……」さもありなんという様子で判事は呟いた。

「三人目はフランス人でした」

「どこで逮捕したのか？」

「カステリョー・ダンプリアスの公立博物館です」

「ほう、文化財めぐりでもしていたのかね？」判事は皮肉った。

「いいえ、学芸員になりすましていました。町の体制が混乱していて、誰も注意を払わなかったようです。この男はスペイン語を巧みに操り、館内のコレクションにも精通していました……。町長も町議会も役人も全員が逃げ出す中で、この男だけが町に残って公務に就き、周囲からは模範的人物と見られていたとのことです」

「そんな馬鹿な」判事は声を張り上げた。

「本当です、判事。男はファランヘ党の党員たちと乱闘騒ぎを起こして捕まりました。とにかく、これまでに数種の偽造身分証を使い分け、どんな相手も手玉にとってきた男です。カメレオンのような男です」

「まあ、任せておけ。偽装だろうがなんだろうが、二度と馬鹿な真似ができないようにしてやろう。ところで、最後に一つ確認したいのだが、盗品の行方はどうなっている？」

書記官は敗北を認めるように、禿げ上がった頭の上に両手を挙げた。

「その辺りが不明なのです。調書によると、連中は略奪してきたものを共和国軍の上層部に差し出したようですが、その先は……」

「その先は、業突く張りのイヌどもがポッポに入れたということだろうが。それくらいわかりそうなものだがね。金の聖遺物箱をくわえるイヌがいれば、銀の燭台をくすねるイヌもいる。そうやってちょろまかしたものはどれも怪しげな鋳造所に持ちこまれて、最後には延べ棒にされてしまうのだ。盗品は見つかるわけがない。しかし……きみはアイルランド人の男が聖体器を売ろうとしていたと言ったね」

「そのとおりです、判事」

「もう一人、けんかっ早いフランス人のほうも何か隠しているかもしれん……。よし、アイルランド人は治安警察《グアルディア・シビル》の手を借りて吐かせよう。明朝、その男をここに連れてくるように憲兵に伝えてくれ。まだ生きていたらの話だがね……」

「あとの二人はどうなさいます？」

　判事は窓の外に広がる古い庭に目を向けた。地面には新たに四か所、こんもりと土が盛られている。同僚たちが仕事にあぶれることもなく、きちんと成果を上げている証だ。それに比べると、自分は後れを取っている感がある。判事は焦りを覚えた。同僚の後塵を拝するなどもってのほかだった。

「バスク人のほうは……司祭を殺めているからな。しかも、残虐な方法で。神聖冒瀆以外の何物でもない。こいつは見せしめにするべきだろう。このあと、十一時に新しい入所者が到着するな？　いつもどおり、新入りは屋上を通る。そうだな？」

「そのとおりです、判事。二百人ほどがスペイン中からやって来ます。一癖も二癖もある強者ばかりです」

「ならば、ぐうの音も出ないようにしてやろうじゃないか。新入りどもが屋上に着いたら、連中を一列に並ばせろ。憲兵にそう伝えておけ。連中には特別に人が処刑されるところを真上から見せてやれ。いいな?」

　書記官はぶるっと身を震わせながら答えた。

「承知いたしました、判事」


　ティエロス判事は揉み手をすると、午前の業務に取りかかった。

「では、フランス人をここに連れてくるように」

　部屋に入ってきたトリスタンを、判事は待ってましたとばかりに見据えた。相手の眉間の上の一点を射るように凝視する。そうやって執拗に見つめられると相手が動揺することを、判事は経験から知っていた。囚人たちは判事が自分の背後にあるものを見ているような気がして、幾度となく後ろを振り返る。不審に思い、不安を覚え、次々と繰り出される質問を浴びるうちに自分を見失っていく。判事、そして妄想――この二つの敵と囚人たちは闘い、その前に屈してしまう。これまでの囚人たちは、みなそうやって落ちていった。

　ところが、今度ばかりは勝手が違った。この男は終始笑みを浮かべているのだ。ひょっとして、自分たちの前にいるのは鏡に映った像なのではないか？――判事も書記官も錯覚を起こしかけた。髪はぼさぼさ、髭も伸び放題で隠者のような風貌になっても、この男は自分を見失わずにいる。囚人の多くは精気を抜かれ、痩せこけ、劣悪な環境で衰弱しきって、その瞳からは光まで失われている。しかし、この男は別だ。判事は鏡像の男に一瞥をくれた。

「さてはファン、案山子《かかし》か幽霊にでもなったつもりかね？」

「幽霊ですよ」トリスタンは答えた。「扉でも壁でも通り抜けられますからね。こちらでもそうさせていただきます」

判事は相手の挑発に乗らなかった。誰もこのモンジュイックの刑務所から出られはしないのだ。生きてここを出た者はいない。死んでからも出られないのだ。

「幽霊ならば、ほかにも能力があるだろう。幽霊は自分の過去を完璧に記憶しているものだ。ところが、おまえはそうではない。そもそも逮捕されたときに、おまえはファン・ラビオと名乗っていたが、フランス人にしてはずいぶんスペイン風の名前ではないか」

トリスタンは動じるふうでもなく、黙って聞いている。

「おまえが別の名を名乗っていたことはわかっている。トリスタン・デストレだ。まあ、それも嘘かもしれんがな。名前だけではない。われわれは共和国軍の記録資料の中からおまえに関する報告も入手しているのだ」

そう言うと、判事は口の端を吊り上げ、歯を剝いて笑った。相手をやりこめるときは、きまってこの肉食獣のような表情を見せるのだ。

「おまえはパリで美術史の勉強をしていたようだな……そのあとは、絵画愛好家でもある国際金融財閥のブロッホ一族のもとで仕事をしていたとあるが……」

「美術品のコレクションを築こうとしていたので、蒐集《しゅうしゅう》のお手伝いをしていました」

「それで、ロンドン、ミラノと回って……マドリッドにやって来た。内戦が始まる直前のことだ。マドリッドでは何をしていた？」

「雇い主が個人所蔵の絵画を欲しがっていたので、その鑑定を」

「ほう。ヴァルデモーサ侯爵のコレクションのことか。ヴァルデモーサは共和国派を支持していたが、生憎だったな。侯爵が死んで、絵画は国が召し上げた」

「侯爵はヴェラスケスの傑作をお持ちでしたので」トリスタンは簡潔に説明した。

「一九三九年の秋、おまえがバルセロナにいたことは確認できている。絵画の蒐集には関係なさそうな場所だが？　一時はアナーキストがのさばっていたような町だ……」

「ヴァルデモーサ侯爵はバルセロナ近郊に土地をお持ちで、コレクションの一部をそこで保管していました。わたしは侯爵からコレクションをフランスに確実に運ぶよう依頼されたのです」

判事は皮肉たっぷりにトリスタンを見た。

「いわば保険をかけたというわけか……。おまえも自分に保険をかけておけばよかったのにな。一九三九年一月十二日の夜、どこで何をしていた?」

トリスタンは顔を窓のほうに向けた。外から奇妙な匂いが流れこんでくる。それも二種類の匂いだ。一つは掘り返した土から立ち上る湿り気を帯びた心地よい香り。もう一つはなんだろうか。特定できないが、くらくらするような強い芳香である。トリスタンは目を閉じると、深く空気を吸いこんだ。

「思い出せないのか? ならば、思い出させてやろう。その夜、おまえは十三名の仲間たちとモンセラートの修道院を襲って略奪を働いた。そうだ、人も一人殺しているぞ」

通例では、殺人の容疑をかけられると、被疑者はまず「やっていない」と否認する。判事はその辺りの心理をよく心得ていた。しかし、トリスタンは眉一つ動かすでもない。まるで、何があったのか一切関知していないかのような顔をしている。

「もっと詳しく聞かせてやろうか。おまえは司祭を磔にして、死に至らしめたのだ。したがって、おまえの罪状は、修道院への不法侵入、修道院の所有物の窃盗、司祭の殺害だ……」

判事はまだ判決は下さないでおいた。殺人に関しては、この男の犯行でないことはわかっている。わかったうえで、わざと殺人容疑をかけたのだ。このままでは死刑にされてしまうと思えば、たいていの人間は口を開くようになるものだ。それが判事の狙いだった。

「この香り、モクセイソウみたいだなあ」トリスタンの口からゆっくりと言葉が流れた。風が窓から芳香を運んでくる。

判事は怒りで唇を噛みしめた。取り調べでは、猫がネズミを小突き回すように相手をいたぶりながら尋問するのが何より楽しいのに……。相手に恐怖心を抱かせることほどおもしろいことはないのだ。不安の色を濃くした顔が恐怖に歪む。あるいは、恐怖のあまり仲間を裏切り、恥を晒して口を割る。そんな場面を目の当たりにすると、嬉しくてぞくぞくしてくるのだ。その愉しみをこんな若造ごときに奪われるとは……。

そちらがその手で来るなら、こちらにも考えがある！

判事は口を開いた。

「書記官、今何時だ？」

「そろそろ十一時になります、判事」

「わたしの指示は伝えておいてくれたな？」

「はい、判事。バスク人の男はすでに所定の位置におります」

判事は立ち上がると、トリスタンの手錠を確認した。手錠はしっかりとかかっている。これなら窓を飛び越えて逃げ出すことはできまい。判事はトリスタンに命じた。

「こっちへ来い」

トリスタンは窓のそばに近寄った。庭では憲兵二人に挟まれるようにして、ハイメがふらつく足で立っていた。両足に深い傷を負っていて、ザクロのような赤い肉が覗いている。

「治安警察《グアルディア・シビル》の取り調べには独自のやり方があってね。傷口に塩をなぶるのだ。それはもう耐え難い痛みだと聞くが、実際そのとおりらしいな。なにせ、おまえのお友だちはいろいろと話してくれたからね。司祭を十字架に磔にしたのはおまえだとも言っていたよ」

トリスタンは黙っていた。

「言っておくが、あの男の言うことは信用していない。モンセラートの修道院長からすでに信用に足る証言を得ているものでね。司祭を殺害したのはあの男、ハイメ・エチュヴェリアだ。ハイメは取り返しのつかないことをした。当然、その報いは受けてもらう」

判事は外に向かって二回頷いてみせた。ハイメの脇の憲兵の一人が身をかがめた。トリスタンはそこではじめて地面にシートが敷かれていることに気づいた。憲兵がシートを引きはがす。

下から真っ黒な穴が現れた。

「掘りたてのホヤホヤだ」判事が説明をつけ加えた。

そのとき、執務室の真上を大勢の集団がどやどやと歩く足音がした。

「新入りの入所者が到着したところだ。連中にはこれから始まるショーを特別に見てもらう。通常、見せしめにする場合は街なかで公開銃殺刑に処し、死体は敷地内に埋めている。だが、おまえのお友だちには特別な舞台を用意してやることにした」

窓の下では、憲兵がハイメの拘束具の具合を順繰りに確認していた。首にはめられた鉄環、両手を縛るロープの結び目、足枷《あしかせ》の鎖。

「よし、放りこめ」

絶叫しながらハイメの体が穴の中に転がり落ち、底でうつ伏せになった。

「仰向けにしろ」判事が命じる。「自分が死ぬところを見せてやるのだ」

判事はトリスタンのほうを振り返った。

「この庭からどんな臭いが立ち上ってくるか想像できるか?」

スコップで土が投下される。

「処刑の方法によって臭いはまったく違う。銃殺刑の場合、体からはえがらっぽい不快な臭いがする。だが、それもしばらくすると消える。絞首刑のときは垂れ流した糞《くそ》がにおう……」

すでにハイメの両足は腐植土《ふしょくど》のようにどす黒くなっていた。もう咆哮も聞かれない。飛び出した眼球が、なぜ俺がとでも言いたげに蒼穹《そうきゅう》の一点を見つめている。

「それに引き換え、生き埋めにするとすえた臭いが立ち上る。恐怖がにおうのだ……どうだ、そろそろにおってきたか?」

地面には黒々とした土に縁どられて、ハイメの顔だけが消え残っていた。その両脇で、二人の憲兵がスコップを手に判事の最後の指示を待っている。判事が大きく頷いた。ハイメの顔の上にドサッと土が落とされる。

「おまえが処刑されるときは、どんな臭いがするだろうな」判事が言った。

続いてもう一杯、さらに山盛りの土がかけられる。

「トリスタン・デストレ、とりあえず、今はそう呼んでおこう。おまえは血だまりの中で死ぬ。おまえ自身の血の海で」

七

一九四一年五月
東プロイセン
ショルフハイデの森

喉が焼けつくように痛んだ。血液が奔流のような勢いで全身を駆けめぐっている。体が悲鳴を上げていた。老いた体がこれほど枷になるとは。ブレノ神父は走るのを諦めて歩きだし、やがて苔むした岩を見つけると倒れこむようにもたれかかった。

呼吸を整えようと大きく息をする。だが、ひんやりとした夜気《やき》がわずかに肺に届くばかりだ。神父は森の向こうに広がる草深い下り斜面を見つめた。その先にハイゼンベルクの町の灯が瞬いている。町まではせいぜい二キロか三キロといったところだろう。とにかく、あそこまで行けばなんとかなる。

神よ、感謝いたします。

希望が湧いてきて、神父は痛む太ももをさすった。しっかりするのだ。この程度のことで音を上げてはいけない。それにしても、こんなふうに全力で走ったことがこれまでの人生であっただろうか。そうだ、一度だけある。あれは、ケルンの中等神学校時代、礼拝堂にあった銀のキリストの十字架像を盗んだ不届き者を追いかけたときだった。だが、それはもう三十年以上も前の話。聖職に就いてからは、足を使うといっても、ミサをあげ、婚姻の儀式や葬儀の司式を務め、教区を回って病に伏す信徒に塗油《とゆ》を施すときくらいだ。その程度の活動で足腰が鍛えられるわけなどない。

頭がくらくらし、両目がしくしくした。ふと気になり、後ろに視線を走らせる。しかし、周りでは鬱蒼と茂った木々がさわさわと揺れているだけだ。追われてさえいなければ、この場に佇み、目の前のすばらしい眺めを堪能することもできただろう。この森は美しい。美しくて、残酷だ。その懐に追跡者たちを忍ばせている。神父は心の奥で感じていた。神はここでは歓迎されない。神に仕える人間なら、なおのことそうだろう。もはや全ドイツで歓迎されていないのだ。それどころか、全ヨーロッパから。

神父はかさついた頬を伝う涙をぬぐった。

三日前、司祭館にやって来た三人のゲシュタポの警官に出頭を求められたとき、神父は驚きもしなかった。警官らは紳士のように振る舞った。しかし、「署までご同行願います。少しお話を伺うだけですので」というその言葉を、神父は鵜呑みにしなかった。連行される理由がわかっていたからだ。

その前の週の出来事だった。自転車に乗って、ある農夫のもとに終油《しゅうゆ》の秘跡を授けに行った帰り、神父は踏切で立ち往生している貨物列車を見かけた。どうやら機関車が故障しているらしかった。その少し先にも別の列車が停車していて、親衛隊の隊員らが二つの列車のあいだを忙しく行き来している。

下手をしたら、スパイ行為を働いているとも誤解されかねない。神父は急いで近くの茂みに身を潜めた。しばらくすると貨物室の扉が開かれた。扉の軋む音に交じって泣き声が聞こえる。中に積みこまれていたのは大勢の人間だった。その人々は雪崩を打つように貨物室から線路に飛び降りた。男、女、子どももいる。それを親衛隊員たちが大声でどやしつけながら、もう一方の列車へと引き立てていく。ナチスの鬼畜の所業を目の当たりにしたのはそれがはじめてだった。むろん、神父は多くのドイツ人と同様、ユダヤ人が〈強制収容所〉に移送されていることは知っていた。しかし、現実に目の前で繰り広げられていた光景は、理解をはるかに超えるものだった。

その場では殺人もおこなわれた。年老いた夫婦が線路に着地したとたんに転び、なかなか起き上がれずにいると、そこに一人の将校が近づき、二人の頭を次々と撃ち抜いたのだ。茂みの陰から神父は呆然として将校の顔を見つめた。将校は大きな顔でニマニマと笑っていた。夫婦の死体は二人の兵士によってゴミのように線路脇に放り投げられた。

乗り換え用の貨物列車が地獄に向けて夕陽の中を遠ざかっていくまで、神父は恐れおののきながら一時間以上も隠れていた。黄昏時の冷え冷えとした風に吹かれつつ、神父は二つのことを悟った。

地上には悪魔が存在する。その悪魔とはドイツ人である。

教会に戻ると、神父は祭壇の前に跪き、気の毒な人々のために祈りを捧げた。しかし、祈ったところで気持ちが収まるものでもない。神父は良心の呵責に苛まれた。十字架に架けられたキリストをなすすべもなく遠巻きにしていた群衆も、これと同じような気持ちだったのではないだろうか。このままでいいわけがない。神父は自分を奮い立たせた。

それから三日後、説教壇に立った神父は怒りの声を上げた。かつてないほど声を張り上げ、自分が目撃したことを教区の人々に話して聞かせた。話に耳を傾けていた信徒たちはみるみる顔をこわばらせていった。ミサが終わる頃には、ほとんどの者が怖気づいて姿を消していた。そして、その中に密告者に転じた臆病者がいたのだ。

神父が連行されたのは警察署ではなく、厖大《ぼうだい》な森の中にひっそりと佇む山荘のような趣の建物だった。広大な敷地は石を積み上げた高い塀に囲まれていた。神父は「フューラーを裏切った」と激しく罵倒されたが、どういうわけか暴行は受けなかった。さらには食事が提供され、新しい衣服まで支給された。囚人はほかにも二人いて、両隣の独房にそれぞれ監禁されていたのだが、やがて一人また一人と姿が消えた。

そして、今晩のこと。狩猟服を着た看守がこっそりと独房に入ってきて耳打ちした。

「神父さま。明日の朝、あなたはダッハウの収容所に移送されることになっています。そこは、祖国に楯突いた神父や牧師が次々と送りこまれている場所です。(注10) まさに地獄の一丁目のようなところです。自分が逃がしてさしあげます」

「どうしてあなたが？」

「自分はナチ党の党員です。ですが、その前に敬虔なカトリック信者です。神にお仕えになるかたを見殺しにすることはできません。今すぐお逃げください。自分はあなたに殴られて気絶したことにします」

　看守は森を抜けてハイゼンベルクまで行く道を教えてくれた。神父は逃げる前にここがどこなのかを尋ねた。すると、看守は謎めいたことを言った。

「ここは魔王の棲み処です。魔王は一切獲物に情けをかけません。走ってお逃げなさい。悪魔が追いかけてきます。走ってください」

　それからもう一時間は経っているだろうか。神父は努めて何度もゆっくりと大きく息を吸っては吐いた。呼吸を整えて、恐怖を追いやろうとした。だが、恐怖は消え去らない。

　不意に木々の向こうからしゃがれたような呻き声が聞こえた。別の唸り声も上がる。続いて三つ目の声。

　神父はぎょっとして身を起こした。

　人の声ではない。犬だ。あのブルドッグたちだ。獲物を追い回し、最後に食らいついてずたずたに引き裂くように調教された犬たち。何日か前に見たおぞましい光景が脳裏をよぎった。看守らがおもしろがって生きたままのウサギを檻の中に放りこみ、ブルドッグたちが肉を食いちぎり、むしゃぶりついていた。しかし、主《あるじ》が剝き出した獣性は犬以上に凄まじかった。まさに看守のほうこそ野蛮な獣《けだもの》だった。しかも猟奇趣味に満ちていた。今になって神父は気づいた。自分は偽りの希望をちらつかされていた。あの看守に騙されていたのだ。

自分は追われて牙に裂かれる獲物に過ぎない。獲物以外の何ものでもない。

ラッパの音が森中に響きわたった。あちこちで照明の光がちらちらと動いている。

犬たちがしびれを切らしたように一斉に吠えだす。

ブレノ神父は首に下げていた十字架をぐっと握りしめ、かすれた声で祈りはじめた。

遠くで誰かが叫んでいた。馬のいななきや湿った土を踏みしめる蹄の音まで聞こえてくる。

犬たちの鳴き声は嬉々としていた。

もうハイゼンベルクまでは行けない。神父は悟った。キリストは自らのもとに自分を呼び寄せるのに、この喧々《けんけん》たる夜を選ばれたのだ。

神父は目を赤くして月の輝く澄んだ空を見上げた。

恐怖が次第に消え去っていった。

二千年前にキリストがそうしたように、敢然と死刑執行人に立ち向かおう。自分の進むべき道が、今はっきりと示されたのだ。

死は天より与えられしもの。蒙昧《もうまい》や妥協や我執にまみれた日々をあがなうために、創造主が下されたものなのだ。

神父は落ちていた枝を拾うと、膝で二つにへし折った。それから、首にかけていた十字架の鎖を引きちぎり、それで十字に組んだ二本の枝を結びつけた。横木がぐらぐらして両端のねじれた不格好な十字架ができあがった。けれども、神父の目にはそれが見たこともないほど美しい十字架として映った。

その十字架を岩の窪みに差しこんで、神父はにわか作りの祭壇の前に跪いた。

天におられるわたしたちの父よ、御名が聖とされますように。御国が来ますように……。

主の祈りを最後まで唱える時間は残っていなかった。犬の鳴き声が低い唸り声に変わった。唸り声はすぐそこまで来ていた。

神父はゆっくりと振り返った。五頭のブルドッグが周りを固めていた。ずんぐりとした体格、半開きの目、垂れ下がった唇。むき出した牙が月の光を受けてきらりと光る。

今にも飛びかからんばかりの気迫には凄みがある。

だが、五頭の獰猛《どうもう》なモンスターは石のように身じろぎもしない。主《あるじ》の合図があるまでは、決して攻撃しないのだろう。

このモンスターたちの主が、魔王……。

神父はピンと来た。猟犬、広大な敷地を持つ山荘、狩猟服を着た男たち……。魔王の正体は第三帝国の森林監督庁長官であり狩猟局長官であるヘルマン・ゲーリング元帥だったのだ。

犬たちの背後では、暗闇を切り裂くように懐中電灯の光が幾筋も伸びていた。狩人たちの興奮した声も今でははっきりと聞き取れる。

神父は立ち上がると腕を組み、揺るぎない意志を示した。許しは乞わず、怯えも見せない。けれども相手を赦した。

そのとき、木々のあいだから馬に乗った二つの人影が現れた。

一人は、乗っている馬が気の毒なほど小さく見える巨体の持ち主だ。鞍の前後左右から肉塊が大きくはみ出している。巨漢は銃を頬にあてて構えた。

馬上の魔王。

神父は口もとが緩んだ。目の前にいるのは、ロバにまたがるドン・キホーテの太った従者サンチョ・パンサだ……。

魔王と轡《くつわ》を並べるもう一人の騎士は、もっと細身の体型で、馬のサイズともバランスがとれている。馬の姿は幽霊さながら、闇の中に白くぼんやりと浮かんでいた。騎士の右手にはクロスボウが握られている。

来るべき時が来たのだ。

神父は片手を上げ、死刑執行人たちに祝福を与えた。

「彼らをお赦しください。彼らは何をしているのか自分でわからない……」

最後まで言い終えないうちに銃口が火を噴き、神父は背後の岩まで吹っ飛んだ。そして、岩に体を預けたままずるずると地面にくずおれた。右の脇腹に焼けつくような痛みがあった。シャツの表面に血がじんわりと丸い形に滲み出す。その上に手をあてがうと、べっとりとした円形がみるみる広がっていくのがわかった。

撃ち損じたか？　いや、わざと外したのか。じわじわといたぶるつもりで……。

「かかれ《アングリッフ》！」

魔王の声が夜の森に轟いた。犬たちが一斉に飛び出し、蹄の音が入り乱れてそれに続く。手足の震えが止まらず、神父は固く目をつむった。

神よ、早く終わらせてください。わたしは殉教者ほど強くはないのです……。

神父の祈りは天に届いたようだった。

クロスボウが神父の左胸を狙う。放たれた矢は心臓の真下に突き刺さった。次の瞬間、群れの先陣を切って二頭の犬が神父の脚に襲いかかった。二頭の牙が皮膚を切り裂き肉に食いこむ。

「攻撃やめ《レーク・ディッヒ》、伏せ《シュラーフェン》！」

神父は魔王の声を頭上に聞いた。そのとたん、嘘のように犬たちが攻撃をやめた。犬たちは獲物から離れると、血だらけの顎を前脚に乗せて地面に伏せた。馬上では騎士がクロスボウをサドルバッグにしまっていた。魔王は騎士に怒りをぶつけた。

「エリカ・フォン・エスリンク。これからがおおいに盛り上がるところだったんだぞ。よくも犬たちから楽しみを奪ってくれたな。せっかくの余興が台無しだ」

薄れゆく意識の中で、神父は白馬の騎士の顔を見た。ブロンドの髪にアーモンド形の目。たいそう美しい女性だ……。

澄みきった冷やかな眼差しで、女性はアマゾネスさながらに馬上から神父の最期を見守った。


その夜、カリンハルは大勢の招待客であふれていた。カリンハルは、ベルリンから車で一時間ほどのところにある、ゲーリングの贅を尽くした狩猟用の別荘である。狩猟局長官のゲーリングは毎年のように狩猟シーズンが終わる頃、その締めくくりとして盛大なパーティーを催す。とてつもなく広い迎賓ホールの壁は、多種多様なハンティング・トロフィーのコレクションで埋め尽くされている。雄のアカシカ、ダマシカ、クマ、イノシシ……。そのホールに二百人以上の特権階級の人々や、ハンターとその配偶者らが集い、楽団の演奏するワルツが流れる中で談笑していた。楽団員は革のズボンに房飾りのついた帽子という伝統的な衣装に身を包んでいる。会場を満たす幸福感に客たちは酔いしれていた。参加者のうち、屈強な男性の多くは戦争でドイツの勝利に貢献した者たちである。

公式開催の夜会とは違い、ナチスの高官であれば誰もがこの場に招待されるというわけではなかった。このパーティーでは奇妙なくらい多彩な顔触れが揃う。ブルジョワ階級、貴族、影響力を持つ官僚、国防軍《ヴェアマハト》の将校。それだけでない。農民階級出身の愛好家もいる。しばしば国内の射撃の名手も参加した。第三帝国において、狩猟とは紛れもなく、作法と掟の備わった機構なのである。狩猟地区ではいたるところで交流の場が持たれていた。イギリスの追走猟に比べるとオープンで、強力なネットワークだと言えよう。

しかしながら、猟銃の使い手の中でもエリートが羨望の的になるという点では、ドイツもイギリスと変わらない。重要なポストに登用されたり、目をかけてもらったりするには、ナチスにおいて実績が重要視されるのと同様、確固たる狩猟実績、つまりどれだけの戦果を上げてきたかがものを言うのである。ドイツでは、ヒトラーがこの世に誕生するずっと前から、表面に現れずとも狩猟は確実に社会的影響力を発揮してきたのだ。

そんなわけで、たとえフューラーが狩猟や肉食に嫌悪感を示しても、ゲーリングは己の利益のために狩猟に情熱を注いでいた。そして、この狩猟愛好家同士の交流においては、甘い汁をたっぷり吸いつつ、自身のモーゼル製競技用ライフルに勝るとも劣らないほど強力な主導権を発揮してきた。そのうえ、狩猟のスローガンまで作り、それを金の文字で書かせたものをベルリンの執務室に掲げている。
《狩猟とは、上流社会における血のスポーツであり、芸術である》

突然、それまで流れていた『美しく青きドナウ』の演奏が中断された。ホスト入場の合図があったのだ。改めて指揮者がタクトを振り上げる。煙草の煙が充満する会場に『交響曲第三番エロイカ』の冒頭の強烈な主和音が鳴り響き、パーティーのホストが白い大理石の大階段の上に姿を現した。グレーのシルクのメスジャケットに白いカマーバンド、深いブーツに革のズボンを合わせている。夜会の席でこれほどエキセントリックなファッションを得意げに披露する人間は魔王を措いてほかにいないだろう。

ゲーリングが壇上のマイクの前に立つと、ホールに割れんばかりの拍手がわき起こった。ヨハン・シュトラウスに続いてベートーヴェンにも待ったがかかる。耳を聾《ろう》するほどのゲーリングの声が場内に響きわたる。

「紳士淑女のみなさん、狩猟と享楽の殿堂カリンハルにようこそおいでくださいました。今年の宴では、特別にわたしがしとめた極上のジビエ料理をご提供します。なにしろこれだけの人数分を用意するわけですからね、みなさんのためにこのわたしが一肌脱ぎました。なにとぞ、フューラーにはご内密に願いますよ。空軍《ルフトヴァッフェ》のボスは狩りにうつつを抜かしてイギリス空爆の手を抜いた、などと思われてはかないませんのでね」

招待客がどっと笑う中で、ゲーリングは貪婪《どんらん》な眼差しで舌なめずりをするように会場を見まわした。ナチス上層部でただ一人、どんな状況でもユーモアを忘れないのがこのゲーリングという男なのだ。

「この中に、自分はベジタリアンだという奇特なかたはおられませんかな？　そのようななかたは来週開催されるヒムラー親衛隊長官の晩餐会に行かれるといい。アーリア民族のキュウリとカボチャでもてなしてくれますよ」

会場はまたもや爆笑の渦に包まれた。招待されていた将校やSS狩猟隊員までもが思わず吹き出す。

「わが親愛なる同好の士よ。ここに狩猟期間の閉幕を宣言します。それでは、祝賀会とまいりましょう」

演壇を降りると、ディナールームに向かう客たちが自然と左右に分かれて道を作る。その真ん中を歩きながら、ゲーリングは一人一人と熱烈な握手を交わした。腸詰を連想させるずんぐりとしたその指には大ぶりの宝石がいくつも燦然と輝いている。なにしろ、十九世紀の高級娼婦ではないが、大の宝石好きでもある。魔王の道楽は狩り、アヘン、ファッション、絵画だけにとどまらなかったのだ。

ゲーリングは会場の片隅に狩りの女神ダイアナさながらに凜と佇む、日焼けしたブロンドの若い女性の姿を認めた。先ほどゲーリングから獲物を横取りした女性である。大勢の客がひしめく中でエリカ・フォン・エスリンクのことを見つけるのは造作なかった。ズボンにブーツという出で立ちで夜会に臨む女性など彼女くらいのものだろう。挑発的行為とも受け取れるが、ゲーリングはいつだって大胆で一風変わったものを歓迎した。そういった趣味も政権内のほかの有力者たちとはおおいに違うところなのだ。

ゲーリングは、エリカのことを昔からよく知っていた。父親のフォン・エスリンク伯爵とは無二の親友だった。ライン地方に土地を所有する伯爵家は男の跡継ぎに恵まれず、伯爵は一人娘のエリカに男子のような教育を施した。そして、上流社会の女性が身につけることのない技術、狩猟やフェンシング、射撃も習得させたのだった。美しいからとか、アーリア民族の人口増加に貢献しているからといった理由で女性が称賛されがちな社会において、エリカは異色の存在だった。だが、あえてそう振る舞っていたとも言える。

伯爵家は多くの製鋼所や軍需工場を所有していたが、どこもフル稼働で操業していた。主に製造していたのは、砲弾、装甲鋼板、爆弾などである。時代が変わり、世襲貴族の権力が衰退していくなか、伯爵家は没落という言葉とは無縁だった。ヒトラーが反共産主義を掲げて表舞台に登場したとき、多くの実業家同様、フォン・エスリンク伯爵も政権獲得を目指すヒトラーに資金援助をした。しかし、伯爵がナチス政権の誕生を目にすることはなかった。ヒトラーがドイツの首相に就任する前夜、狩猟中の事故で落命したのである。以降、事業の経営は未亡人となった伯爵夫人が担い、ベルリンに居ながらにして指揮を執っている。エリカのほうは考古学の世界にのめり込み、学界内では並みいる男性陣を抑えて名声をほしいままにしていた。

ゲーリングは部屋の隅に一人でいるエリカに近づいた。エリカは壁に掛かる巨大な絵画を魅入られたように眺めていた。絵にはソファに座った女性が描かれている。若さの盛りを過ぎた女性の顔は穏やかで、雅な雰囲気が漂っている。

「礼儀をわきまえたご婦人ならば、第三帝国内ではイブニングドレスを着て然るべきだがね」ゲーリングはエリカの乗馬服をじろじろ見ながら声をかけた。

エリカは振り返ろうともせず、絵を見つめたまま答えた。

「無作法な人間なものですから」

ゲーリングはエリカと並んで一緒に絵画を眺めた。肉付きのよい顔に悲しみの色が広がった。目にはうっすらと涙まで浮かべている。

「この女《ひと》のことは知っているね……。カリン、一九三一年に亡くなった最初の妻だ。心から愛していたし、今でも愛している。彼女もしきたりにとらわれるのを嫌っていたよ。今のわたしがあるのもカリンのおかげだ……。この館をカリンハルと名づけたのも彼女との思い出を大切にしたかったからなんだ。誰もそうは言ってくれないが、こう見えてわたしはとても愛情深い人間なんでね」

「すてきな奥さまだったのですね。ところで、エミー夫人はお元気ですか？」

「ああ、元気だ。今頃、バーデン＝バーデンで温泉につかっているよ。エミーにはハンティングについてきてほしくないのでね」

そう言うと、ゲーリングはエリカの腕をぐいと摑んだ。

「エリカ・フォン・エスリンク。先ほどあなたがとった行動は感心できないね。なぜさっさと止めを刺してしまったのか？　あなたはありがたくもシーズン山場のプライベート・ハンティングのゲストとして迎えられたのだ。人間狩りに参加できるのはごく少数のゲストと決まっているんだぞ。名誉なことだと思ってもらいたいものだ」

エリカは落ち着きはらった様子でゲーリングのほうを向いた。

「人間を狩るとは聞いていませんでした。愛情深いかたがそんなことをなさるとは、少々驚きですけど」

「それはまた別の話だ。人間すべて等価値とは限らない。それに、わたしは人を驚かせることが好きでね。あなたはハンティングをし、自分が数多の男の羨望の的となる場面を見事に描いてみせる。この国でそんな女性にはめったにお目にかかれない。だからわたしはあなたを喜ばせようと思ったのだ。だが、あなたはまだわたしの質問には答えていないね」

エリカは巨漢の目をじっと見据えた。

「プロテスタントの教育を受けてきたせいでしょうね。あの気の毒な神父を黙って見ているわけにはいきませんでした。どうしてあのかたをあのような目に？」

ゲーリングは頬の肉を揺らして笑った。分厚い脂肪の下に水でも蓄えているのか、顔中の肉がたぷたぷと波打っている。

「あの神父が何をしたかは知らんよ。わたしは最期の瞬間に立ち会っただけだ。毎年、コールド・チキンが、失敬、ヒムラー長官が獲物用の囚人を三人選んでよこしてくれるのだ。いつもならユダヤ人か共産主義者なんだが、今年はその中に坊主が一人交じっていた。ヒムラーなりにユーモアを込めたのだろう」

エリカは冷やかな目で見返した。

「森の中で獲物代わりの人間を追い回して殺す。それのどこがおもしろいのでしょう」

ゲーリングはギョロッとした目を細めた。

「そんなことより……あなたは獲物が長く苦しまないように一気に片をつけた。あの鮮やかな手さばきからすると、人を殺すのはあれがはじめてではないな。わたしにはそれが驚きだよ。まあ、今後止めを刺す役はわたしに任せてくれるね。これまで、いざ引き金を引く段になって怖気づくゲストがどれほど多かったことか。その数を知ったら、それこそ驚くだろうよ」

エリカは黙っていた。ナチスの政権下では感情を表に出さないほうがいいことをすでに学んでいたのだ。だが、それにしても、このゲーリングという男は一筋縄ではいかない相手だ。まるで百面相のようにころころと表情を変える。あるときは亡き妻の肖像画を前にして涙ぐむ。しかも、演技ではない。その一方で、追走猟の真似事をして、人間を獲物に見立てて処刑するという残忍な一面を持ちあわせている。結局のところ、情け容赦のないところは父の伯爵と変わらない。だから二人は親友になれたのだろう。類は友を呼ぶとはこのことだ。

そんなエリカの思いを知ってか知らずか、ゲーリングはエリカの肩に腕を回し、声色を変えてさも優しそうに語りかけた。

「聞くところによると、ヒムラーの研究機関アーネンエルべに就職するそうだが、本当かね？」

「わたしよりよほどご存じのようですね。わたしにわかっていることは、ヒムラー長官からヴェヴェルスブルク城に招かれていることだけです。近日中に伺うことになっています」

するとゲーリングは急に真顔になった。

「エリカ・フォン・エスリンク。新しい職場では気をつけたまえ。国家社会主義によってドイツは劇的に生まれ変わった。国家社会主義は人類の歴史に大変革をもたらす。わたしはこの思想を強く支持する一人だ。フューラーもわたしも、国家社会主義を輝ける一つの星だと考えている。世界をあまねく照らす光となるべき星だ。その過程で光を浴びるに値しない人間は黒焦げになる。だが、世界中に光が届くようにするためにはしかたのないことなのだ。しかし、もっと過激な方向に向かってしまった者たちもいる。ヒムラーと、奴に盲従する親衛隊――狂信的な僧兵軍団だ。ヒムラーは完全に異次元の存在と化している。奴が口にするのは奇怪で非論理的な話ばかりだ。困ったことにヒムラーの帝国は拡張し続けている」

エリカは眉を上げた。

「どういうことですか?」

「親衛隊を銀河にたとえたら、アーネンエルベは黒い太陽だ」

八

一九四一年五月
スペイン
モンジュイック刑務所

午前十時、いつものように一〇八号房に看守たちが見回りに来た。看守たちは代わるがわる扉の覗き穴から中の様子をうかがった。かつての要塞の最下層部にある独房の内部は暗く、銃眼《じゅうがん》からかろうじて光が入ってくるだけだ。

「うへっ、ひどい臭いだ。鼻がひん曲がりそうだよ。中に入るのだけはごめんだぜ。どうせくたばりかけているんだろう?」

看守の一人がぼやいた。

独房の中では、床に広げた汚い藁の上に男が体を丸めて横になっている。身動き一つしない。

「このフランス人、なんでも司祭を手にかけたそうじゃないか……おまえ、そんな悪党の世話なんてしたいと思うか?」

「ティエロス判事が特別な刑を用意すると言っていたんだ。処刑前に死なせるわけにはいかない」

「こいつがここにぶち込まれて三週間以上になるんだ。判事はこいつのことなんてとっくに忘れているよ。自分が死刑にしてきた人間のことだって全部忘れてしまっているさ。ほら、忘れるしかないだろう？　それは俺たちも同じだ。さあ、水とスープを入れてやれよ。それで、明日また見にこよう。もし食事に手が付けられていなかったら、そのときは……」

「……袋に入れる」

「何より、俺たちにはお片づけが待っているんだ！　この中を徹底的に掃除するとなると、問題はこの悪臭だ。ここまで臭いと、そう簡単には……。もうこいつにはウジが湧いていて、腸《はらわた》が食われているんじゃないか？」


カチリと音がして覗き穴が閉じた。看守たちの足音が通路の奥に遠ざかっていく。すると、一〇八号房の男の片手がピクリと動いた。その手は体に沿ってそろそろと移動し、胸の下に潜りこんで床を探った。房内には耐えがたい臭気が充満している。壁際に動物の腐乱死体が転がっていた。

男が六日前に殺したネズミである。

六日前の朝――。トリスタンは独房の一番暗い隅っこで膝を抱えていた。床の中央には、扉の下から差し入れられたスープのボウルが置いてある。しばらくすると、一匹目のネズミが出てきた。薄っぺらい体型で、尻尾をパタパタと床に打ちつけている。偵察役だ。偵察役のネズミはボウルには近づかず、壁に沿って走った。続いてもう一匹が頭を出すが、すぐに引っこむ。が、間もなく偵察役に倣ってこそこそと出てくると、ボウルのそばに陣取った。そして、そのまま麻痺したかのようにぱたりと動かなくなった。見張り役だ。

ああやって周囲と同化して、危険がないことがわかるまでじっと待つつもりだな。よし、こうなったら根競べだ。

どのくらい待っただろうか。やがて見張り役の尻尾が震え、床の上をくねくねと這った。しめた。ついに奴が動いたのだ。見張り役がボウルに近づく。しかし、スープに手を出そうとはしない。鼻先だけをボウルに突っこんで、中の匂いをじっくりと気の済むまで嗅いだあげく、引き返して姿を消した。

藁の下の穴からゆっくりとゲストのように登場したのは驚くほど巨大なネズミだった。ボスだ。ボスはまず手下をボウルに近づかせた。そうしてなんでもないことがわかると、すっかり安心しきって食事にありついた。トリスタンはにやりとした。

よう、おまえさん、何かを忘れていないかい？

ボスはドロドロしたスープをたらふく腹に詰めこんだ。スープはいつになくドロリとしている。いつものスープは、水みたいに薄い汁に傷んだパンの端っこを浸したものだが、今回は違う。もっと濃厚だ……。

生憎だったな。おまえさんが忘れていたのは毒味役だよ。

突然、ボスが狂ったように激しくのたうち回る音がしたかと思うと、ぱったりやんだ。トリスタンは立ち上がった。薄闇のなか、ボスが麻痺したように目を見開いている。体のほうはもう自由が利かないらしい。あらゆるライバルたちを打ち倒してのし上がり、メスたちの背に血が滲むまで歯を突き立ててきた暴君は、もう二度と配下のネズミたちをこき使うことができずにいた。やがて、自分をこんな目に遭わせたのが何者なのかも知らないまま、ボスの両目から光が消えていった。ボスを死に追いやったのは硝石だった。トリスタンが独房の湿った壁を削りとって、ネズミの一匹や二匹は簡単に殺せるくらいの量をスープに混ぜこんでおいたのだ。もちろん、ボスの巨大な体でも効果はてきめんだった。

ややあって、死臭をかぎつけてきたネズミたちがかつてのボスの死骸に群がった。ネズミたちは飢えていた。そして、積年の恨みを晴らすかのようにボスの肉を貪りつくしていった……。

こうしてネズミは駆除されたが、果たして、トリスタンのもくろみはこれだけにとどまらなかった。

二、三日もすると、巨大ネズミの死骸は腐敗しきって独房内におぞましい臭気が立ちこめた。トリスタンはこの腐臭を利用して、自分は独房の隅の一番暗いところに縮こまった。なにしろ日々増え続ける大量の囚人に看守たちはお手上げ状態で、構内の巡視は駆け足でおこなわれているのだ。独房で変な臭いがして、中の囚人が動かなければ、看守たちは待つだろう。要領がよくて杓子定規な役人ならば、そうするはずだ。朝の見回りが終われば、あと二十四時間はトリスタンの好きにできる。次の朝までは、覗き穴が開いて中を覗かれることはないのだ。ネズミの死臭のおかげで独房の中まで入ってこようとする者はなく、トリスタンは一人きりの時間を確保できた。

この独房に移されてから、トリスタンは房内の高さや幅を測り、天井の構造を調べ、壁の厚さを見積もって、あらゆる脱獄の可能性を探り、幾度となくチャンスをうかがってきた。しかし、中世の優れた建築技術を前にして、チャンスはいつもあっけなく打ち砕かれた。

それでも、少し気になることがあった。毎日同じ時刻に、銃眼の周辺から水が流れる音が聞こえてくるのだ。最初、トリスタンは銃眼の上辺りに水道があるのだと推測した。だが、蛇口をひねれば多少なりとも水がはねるはずなのに、銃眼の細長い開口部から指を出して外壁に触れてみても湿り気はまったく感じられなかった。では、いったい水はどこを流れているのだろう。やがてトリスタンは、壁の中に空洞があって、水の音はそれを伝ってくるのかもしれないと思い至った。つまり、この中世の要塞には分厚い壁の中を通るダストシュートのような設備があるということだ。おそらくこの下はゴミの集積場になっているのではないだろうか。だとすれば、ダストシュートの内部の空間にはかなりの広さがあるはずだ。なぜなら、ダストシュートにはありとあらゆる廃棄物が投げこまれるからだ。

ネズミを駆除してから六日目のこの日、トリスタンはダストシュートが刑務所の厨房に通じていることに気づいた。水の流れる音は、いつも決まって昼食と夕食の時間のあとに聞こえてくるのだ。つまり、ダストシュートは夜間には使用されないということだ。

銃眼の内側の壁は斜めに切りこまれていた。その斜面を足場にして、トリスタンは開口部から入ってくるわずかな光をたよりに壁の側面の石を探った。手のひらにじめじめした海綿のような感触がある。石の継ぎ目を侵食した苔だろう。トリスタンは床に飛び降りると、藁の中を漁って湾曲した金属片を取り出した。

それは収監されたときに履いていた軍用靴のつま先部分の金具だった。錐《きり》の代わりに使えるかもしれないと、指をすりむきながらその半月型にカーブした金具を剝がしとっていたのだ。

石の継ぎ目の漆喰は穴だらけだった。トリスタンは二時間かけてブロック一つ分の漆喰を取り除いた。それでも石は容易には取り出せない。少しずつ、少しずつ引いて動かしながら、やっとのことで引き抜いた。ぽっかりと開いた穴の向こうは、きっとダストシュートに通じているはずだ。だが、周りが暗くて確かめられない。トリスタンは再び床に下り、腐乱した巨大ネズミの死骸に近づいた。ネズミはものすごい臭気を放っていたが、構わず尻尾をつまんで拾い上げた。そして、ブロックを外してできた穴にそれを放りこみ、耳を澄ました。壁の向こうの縦穴の中でビチャッという音が反響し、やがて静まり返った。かつてのボスは中世のダストシュートの底できっと跡形もなく散ったのだ。

「よし」とトリスタンは笑みを浮かべた。

間違いない。壁の向こうはダストシュートだ。だが、ブロック一つ分の穴では人が通り抜けるには狭すぎる。さらにもう一つ石を外す必要があった。

一時間もしないうちに、二つ目が取り除かれた。穴は広がり、人間が通れるくらいの大きさになった。

ダストシュートは思った以上に広かった。中は暗かったが、一定の間隔で長方形の明かりが上に向かって続いているのが見える。たぶん換気孔だろう。足掛かりとしても使えそうだ。せめて上の階までは行きたいものだ。トリスタンは壁にもたれて思案していたが、やがて意を決し、穴の中に体を滑りこませた。左右の壁に足を突っ張って体勢を維持しながら、手当たり次第にブロックのでっぱりを探す。すると、風化によって隙間のできた継ぎ目が手に触れた。それを取っ掛かりにして最初の通風孔までよじ登る。通風孔まで来たら、今度はそこに右足を掛け、再び登りはじめる。トリスタンは垂直な壁を這って進んでいるような錯覚を覚えた。自分の息遣いが壁の中で反響している。下は見ないようにした。底なし井戸が飢えた目でこちらを見上げているかもしれないのだ。もっとも、上で何が待ち受けているかは知らない。だが、下に落ちるよりはましに決まっている。腹の底からせり上がってくるような恐怖に駆られ、トリスタンは登るスピードを速めた。落下の不安から逃れたい。その一心だった。

ついにダストシュートのへりに手がかかったとき、十本の指はすでに血だらけになっていた。へりの上まで来ると、壁に直面した。壁には孔を開けてパイプを通しただけの簡易な作りの排出口がある。触って確かめると、目地のセメントはボロボロだった。どうやらやっつけで作ったらしい煉瓦を積み上げただけの仕切り壁のようだ。たぶん最近作られたものだろう。トリスタンは息を整え、しばらく様子をうかがった。仕切り壁の向こうはしんと静まり返っている。

もう迷っている場合ではない。手足がプルプル痙攣《けいれん》していたが、仕切り壁の正面まで登ると、渾身の力を込めて踵で蹴った。煉瓦が向こう側に飛んでいく。続いてもう一蹴り。二つ目も抜ける。数分で仕切り壁は中央の煉瓦がすっかり抜けてぽっかりと口を開けた。トリスタンはその中へと身を滑らせ、床に散らばった煉瓦の破片の上を転がった。シャツが破れ、胸に血が滲んだ。仕切り壁の内側はパイプが何本も通る狭い配管室になっていた。トリスタンは閉ざされている扉をそっと開けてみた。

厨房が闇の中に沈んでいた。トリスタンは足音を忍ばせて中を横切り、窓から外の様子をうかがった。十メートルほど下に中庭が見えた。窓から脱出するのは危険だ。徒労に終わる可能性が高い。ドアを出て、屋内を通って出口を探したほうがよさそうだ。トリスタンは厨房の入口のそばに二着の作業着が吊るされているのを見つけ、一着拝借した。それから、流しに行って顔を洗った。できるだけ目立たないようにするつもりだった。といっても、この刑務所では囚人と同じく看守も薄汚れているから、気づかれずに済む可能性はおおいにある。

顔に視線が集まらないようにトリスタンは足を引きずって歩いた。途中ですれ違った二人の看守と看護師は、トリスタンの足もとしか見ていなかった。トリスタンは誰からも見咎められることなく、長い通路を渡りきった。自分の勘が正しければ、方向的には中庭を背にして、城壁のほうを向いて移動しているはずだった。どこの出入口にも見張りはいるだろうが、その中でもきっと警備が緩いところがあるに違いない。

トリスタンは特に警備が手薄になっている場所を探した。

ただやみくもに探していたわけではない。臭いが教えてくれるのを待っていたのだ。

死には三種類の香りがある。

初期はすえた臭いだ。かりそめの臭いだが、におい続けるあいだは、あらゆるものにとり憑く。トリスタンが探しているのはその臭い、死んで間もない死体が発する香気だった。通路の先の階段の踊り場まで来たとき、トリスタンはその臭いが漂ってくるのをはっきりと感じとった。

あとはこの臭いの出どころに向かうだけだ。

切れかかった蛍光灯が点滅している。階段を下りていくうちに、臭いは濃密になってきた。もはや最初に感じた酸っぱい臭いではなく、目に沁みるような刺激臭が執拗に断続的に襲ってくる。

尊厳のすっかり失われた肉体から放たれる臭いだ。

死体置き場はすぐ近くにあった。死臭で喉がいがらっぽくなり、その場に立っているだけで具合が悪くなってくる。トリスタンは息を止めてドアを押した。

室内は二つの区画に分かれていた。一つ目には銃殺死体が置かれている。中には何日も前から埋められるのを待っているものもある。二つ目の区画には飢えや病で死亡した囚人たちが横たわっていた。蒼白化した皮膚が経帷子代わりに痩せこけた体を覆っている。トリスタンは奥に進んだ。場所を空けるためなのか、積み重ねられた死体もあって、放置されたシャーベットのようにそれぞれがドロドロに溶解していた。ここまでくると、臭いも別物と化している。もはやそれは臭いではなく、イメージを喚起させるものだった。ウジの湧く腐乱した肉塊、空を飛びまわる不吉なカラスの群れ……。トリスタンはさすがに及び腰になった。けれども、すぐに気持ちを奮い立たせた。少なくとも、ここに捜索の手が及ぶことはあるまい。以前、ティエロス判事が尋問のときに話していた。処刑された死体は刑務所内のかつて堀だった場所に埋められるという。だが、刑死以外の死体はどうもそうではないようだ。きっと刑務所の外の投棄場所に捨てているに違いない。その証拠にドアの前には収納袋がずらりと並んでいる。

数えると、全部で十一体あった。どれも似たりよったりの麻袋に入れられている。袋は適当に集めてきたような再利用品だ。太い紐の付いた丈夫な布袋ならなんでもいいのだろう。その中の一つなどはコーヒー豆の絵までプリントされている……。死が、麻袋を再生させたということか。

トリスタンはこれらの一時しのぎの死に装束を一つ一つ仔細に観察していった。ちょうどよさそうなのは、七番目の袋だ。この袋からはまだそれほどきつい臭いはしないし、体液も袋の表面に滲み出していない。トリスタンは袋の底の縫い糸をつまんだ。少しずつ引っ張りながらほどいていく。どうしてもこの袋が必要だった。ほどいた袋を覗くと、中の骸は仰向けになっていた。痩せているが、すでに膨張が始まっている。トリスタンは両足首を持って袋から死体を引きずり出すと、先ほどのドロドロになった死体の山まで転がしていった。

よし。これで席が一つ空いた。


夜が明けた。

正午前、しんとした死体置き場に複数の人間の足音が響いた。ドカッドカッと規則正しく床を踏みしだく靴音がトリスタンの背中に伝わってくる。

「今回は何体だ？」

紙をめくる音がする。

「十一だ」

「いつもの場所か？」

「いや、投棄所は満杯らしい。この前、近くの住民が地面から腕がとび出しているのを見たそうだ。地面の下で死体が押し合いへし合いしているような状況だよ。とにかく、ほかの場所を当たらないといけない。近場で人目につかない場所がいいんだが」

「どうせ苦労して穴掘りすることには変わりないんだろ？　もういい加減うんざりだよ。なあ、今日の糞袋は着衣のままか？」

「確かめればいいじゃないか」

麻袋を破る音が聞こえた。

「おっと、すっぽんぽんのアダムさまだ。よかったよ。服は土に還らないからな」

「おまえならどこに捨てる?」

「ティビダボかな」

「山の中か?」

「そうだ。内戦以降、山には一度もハンターが入っていない。獣が繁殖し放題だ。特にイノシシが増えている。あいつら雑食性だから、死体だってなんだって食うさ」

再び麻袋を破る音。続いて、死体がむっくり起き上がるような気配がした。看守たちが慌てふためく。

「うわわっ、ごめんなさい! 嘘です! イノシシなんて嘘です!」

「誰か、判事を呼んで来い」看守の一人が叫ぶ。「死体が動いたんじゃない。脱走者だ」

これで終わった。外の騒ぎを聞いて、トリスタンはそう思った。囚人二名が同時に脱走を企て、二名ともどども失敗したのだ。

「袋を全部調べろ」

ティエロス判事の鋭い声が飛ぶ。通報を受けてすっ飛んできたらしい。

袋を裂くナイフに耳を切られ、トリスタンは呻き声を漏らした。

「おまえを捜していたところだ」判事が嬉々として言った。「いいことを教えてやろう」

トリスタンはふらつきながら立ち上がった。判事はにやりとした。

「おまえは今日死ぬのだ」

九

一九四一年五月
ロンドン
ウェストミンスター地区

地下防空壕を出ると、焼け跡の冷えた灰燼《かいじん》の異臭が喉を刺す。息苦しいくらいに凄まじい臭気。まるで毒ガスだ。イニシャルのCを刺繍したシルクのハンカチで口を覆い、咳きこみながら目を上げると、そこには石造りの建物が無残な姿をさらしている。壮麗な外観を誇っていたヴィクトリア様式の館も正面の壁が大きくえぐられ、真っ黒に焦げていた。その向こうでは、夕焼けを背に巨大な黒煙が何本も立ち上り、生き物のような動きを見せている。黒煙はうねりながら、赤く染まる町を呑みこんでいく。

「ああ、これは……まさに黙示録だ」そう呟く声もかすれ、ひび割れている。

断続的に聞こえる爆発音。サイレンがけたたましく響きわたる。空を見上げると、金属の塊が火を噴きながらものすごいスピードで落ちてくる。ドイツ機ではない。大声で叫びたてたいほどの憤り。だが、乾ききった喉からはもう声が出ない。目の前のロンドンは今や瓦礫と炎の都市と化している。死者の数は計り知れない。

コンクリートの壕のすぐ裏で耳をつんざくような轟音が炸裂する。また爆弾が落ちたのだ。どこからか石が飛んできて、泥だらけの靴の先に着地した。

「首相、中に戻ってください！」傍らでボロボロに汚れた制服を着た陸軍大佐が叫ぶ。

ウィンストン・チャーチルは大佐のほうを向いたが、答える気力もない。抗うこともできず、チャーチルは二人の護衛に引きずられるようにして防空壕に連れ戻された。

もう脳が言うことを聞かないのだ。働かない脳などただのお荷物でしかない。医師に言われて二週間前から朝晩服用している薬のせいだ。薬のせいで気力が失せている。

汚れた地下通路を延々と歩き、作戦司令本部に入る。閣議室でチャーチルは軍幹部たちの憔悴しきった顔と向き合った。

「首相、万事休すです」口髭の伸びた将官が言う。「ドイツ軍はシティと北部を掌握、ピカデリーサーカスまで到達しています」

チャーチルは信じられんと言わんばかりに頭を振った。

「ウェセックスは？　ハイドパークで装甲部隊を展開させているはずだ。すぐに駆けつけてきてくれる！」

幹部たちはためらいがちに顔を見合わせた。

「ウェセックス将軍は戦死、部隊は総崩れです」幹部の一人が答えた。「首相、すぐにお仕度を。安全な場所に避難願います。お急ぎになりませんと……」

　チャーチルの表情が曇った。ひとりでに筋肉が動いたように唇の両端が下がる。チャーチルは震える手を振って拒否を示した。

「駄目だ！　いいか、敵前逃亡するくらいなら、わたしはここで死ぬ。国王陛下はどうされている？」

「国王ご一家はカーディフにおられます。間もなく戦艦ドレッドノートにご搭乗になり、アイルランドへ向かわれます。ドイツ軍に捕らえられるようなことはありません」

　チャーチルは大儀そうに葉巻を捨てると、壁に掛かった肖像画に目をやった。絵の中のジョージ国王がいかめしい表情で見返している。

「わたしは最後まで国王陛下の名誉を守りぬいてみせる」

　先ほど防空壕の外まで付き添った大佐がチャーチルの肩に手を置いた。

「でしたら、スコットランドへおいでください！　まだ時間はあります。ケンジントン公園にランカスター爆撃機を待機させています。首相の合図一つで離陸し、エディンバラへ向かうよう……」

　チャーチルは拳で壁をドンと叩いた。

「相手に要撃されたらどうするのだ！　そんなことも考えられんのか！　市中を引き回され、辱めを受けることになるのだぞ。ドイツの傀儡《かいらい》になるなど真っ平だ。とにかく、わたしには覚悟ができている」

そう言うと、チャーチルはズボンのポケットを探って黒っぽい小さなケースを引っぱり出した。そして蓋を開け、小さなガラスのアンプルを取り出してみせた。アンプルは琥珀色の液体で満たされている。

「末期のカクテル、青酸カリだ。こいつを……」

そのとき、頭上で激しい爆発音がしたかと思うと、壁が倒れ、幹部たちに襲いかかった。室内に埃が煙のように立ちこめた。

どれくらいの時間が経過しただろうか。チャーチルは瓦礫の中からやっとの思いで起き上がって咳きこんだ。地獄から這いずり出してきたような気分だった。

突然、目の前に戦闘服姿の男たちが現れた。全員ガスマスクを装着し、ドイツ軍のヘルメットを被っている。

チャーチルは後ずさりしてコンクリートの壁にへばりついた。

男たちの中の一人が近づいてきて、チャーチルの前でマスクを外した。ブロンドの細面で、端正な目鼻立ちをしている。天使かと見まがうような柔和な顔立ちだが、その青い瞳の奥には怒りの焔《ほむら》が宿り、さながら絵画から抜け出た聖ゲオルギオスのようだった。

相手が聖ゲオルギオスなら、チャーチルは退治される悪魔だろう。チャーチルは身を縮めたが、そんなことをしても無駄だとわかっていた。

男はチャーチルの頭の上に手をかざし、低い声で言った。

「おまえを迎えに来た。イギリスは死ぬ。まずはおまえからだ」

チャーチルは叫び声を上げた。


叫び声を上げて、目が覚めた。夢か……。

心臓が破裂しそうなほどドクドクと激しく打っている。

周囲は静かだった。隣で発電機のブーンという音がするだけで、かえってそれが部屋の静けさを際立たせている。チャーチルは枕もとのランプを点けると、すかさずベッドの枕もとに置いてあるブローニング自動拳銃を摑んだ。ほとんど同時にドアをノックする音が聞こえる。

「首相！　いかがされましたか？」

「ああ、なんでもない、アンドリュー」チャーチルはいつもの不快そうな調子で答えた。

「そうだな……腹が減った。朝食を頼む」

正面の壁の丸い時計を見る。まだ六時だが、寝直すにはもう遅い。チャーチルはベッドに腰かけ、葉巻に火を点けた。まずは一服しながら、自分の寝ていた部屋を眺め回す。

天井は低く、コンクリート打ちっ放しの壁一面にヨーロッパの地図が貼られている。地図のいたるところに鉤十字の小旗のマークがついている。ほかに壁を飾るのは、イギリスの国旗とジョージ五世の肖像画だ。部屋の奥には、ダイニングセットとはとうてい言いがたい鉄製のテーブルと揃いの椅子が四脚。薄紫のヴィクトリア様式のランプシェードとウールゴア商会の洒落たカーペットだけは、およそこの部屋に似つかわしくない。ラジオはコンセントにつないだままだが、たまに電波が悪いときがある。

　陰気臭い。

　最初に浮かんだのはその言葉だった。

　チャーチルは葉巻の先端を灰皿に押しつけて灰を落とし、この日最初の決定をした。よし、今夜は自宅――ダウニング街一〇番地の官邸に帰って寝よう。このネズミの巣穴のような場所にこもっているくらいなら、ドイツ空軍《ルフトヴァッフェ》の爆撃にさらされるほうが何倍も何十倍もましである。〈ウォールーム〉を使うのは会議のときだけでいい。

　十五分後、煉瓦のように赤く日焼けした男が朝食のトレーを持って入ってきた。

「おはようございます、首相。よくおやすみになれましたか」

「最悪だよ。ひどく嫌な夢を見た。ドイツとの勝負に負けて、罰ゲームをやらされている夢だ。もう二度とここで寝たくない。このままでは鬱になる」

　副官がテーブルに朝食を並べると、チャーチルはその前に座った。

　コーヒー、ゆで卵、マルメロのマーマレード、焼き立てのパン、バター、ベーコンにインゲン豆を添えたもの。配給制が敷かれている昨今の食糧事情にあって、かなり贅沢な献立だと言えるが、チャーチルに少しも悪びれる気持ちはない。国を統率する者としての重責を担っているのだ。豪華な朝食くらいいいではないか。葉巻とウィスキーにしても、自分に許したささやかな贅沢なのだ。副官はコンクリートの壁に穴を開けて作りつけたクローゼットの扉を開けた。

「今日はどの服をお召しになりますか？」

「グレーのツイードにしよう。ミュンヘン協定後、海軍省に復帰したときに女房があつらえてくれたものだ。そうだ、今晩はそっちに帰って寝ると女房に伝えておいてくれ」

ドアのあいだから、茶色の髪の三十くらいの女性が顔を出した。

「首相、重要作戦会議の資料をお持ちしました」

「ありがとう、ケイト。そこに置いといてくれ」チャーチルは振り向きもせずに言った。

秘書の女性は飾り気のないグレーの長いスカートを穿いていた。足早に部屋を横切ると、テーブルの端の空いているところに書類を置く。その中には太いゴムで束ねた厚紙のカードがあった。

「会議は一時間半後です」

「ありがとう。二人のお嬢ちゃんたちは元気にしているかね？」

「子どもたちはサリー州の農場にクラスのみんなと疎開しております」

「そうか。それなら、少なくともゲーリングのブタ野郎がまき散らす糞爆弾が頭の上に落ちてくることはないな」

秘書は何も言わず、にっこりと微笑んだ。それを見てチャーチルは胸が痛んだ。わが子と離れ離れになっても、その辛さを見せまいとする母親の笑顔だ。イギリスには今、この秘書のように健気な女性が何千もいるのだ。

秘書がドアを閉めるのを見届けると、チャーチルは副官に向きなおった。副官はコーヒーを飲み干したところだった。

「夢の中で、わたしは自決を考えていた。ウィスキー入りの青酸カリのカプセルなんて、本当にあるものかね？」

「わたしの知る限りないと思いますが、調べておきましょう。もしあれば、ピュアモルトになさいますか？　ピート香は少し強めがよろしいですか？」

絶妙なユーモアで切り返してきたものだ。チャーチルは相手の目を見てにやりとした。それから、薄切りトーストにマーマレードを滴り落ちるほどたっぷりと乗せて頬張ると、椅子にふんぞり返り、憮然とした表情で予定表に目を通した。予定は夜の十時までびっしり埋まっている。

「くそっ！　わたしは戦争で采配を振る立場にある。決断をしなければならないのだ。それが国にどういう影響を及ぼすかは計り知れない。そんなわたしに、ヨークシャーの豚肉屋の代表とも面会しろと言うのかね。悪い冗談としか思えんな」

「秘書がシェルターの食糧補給の必要性を見越して予定に入れたのでしょう。これも戦略上、高次のアポイントメントです」

「後生だからキャンセルしてくれ、アンドリュー。せめて、面会時間を短縮するとか。ゲルマン民族が今日中にドーバーに上陸するとでもいうなら話は別だが、今夜は官邸に戻りたい」

　副官は眉間に皺を寄せながらしばらくスケジュールを睨んだ。副官の万年筆が書類の上を忙しく飛びまわる一方で、チャーチルのトーストを齧る音が続いた。

「いい案配に午後五時からの食肉業者たちとの会合は延期することができそうです。来週、ヨークシャーに行かれたときにお会いになればいいでしょう。それから、午前の執務の最後にＳＯＥのマローリー司令官とのアポイントメントが入っていますが、これを朝食のすぐあとに移動させましょう」

　ＳＯＥと聞いて、チャーチルの表情が明るくなった。特殊作戦執行部——通称ＳＯＥ（Special Operations Executive）は、一九四〇年の夏、フランスがドイツに降伏した直後にチャーチルが設置した[注11]諜報活動や工作を専門とする組織である。いわば自分の子どものような組織だ。ＭＩ６のような歴史のある諜報機関とは活動を別にしており、チャーチルは自分だけに報告を上げさせるようにしていた[注12]。チャーチルがよく口にするように、ヨーロッパを炎上させるのがＳＯＥの狙いであり、〝破壊工作〟、〝暗殺〟、〝情報工作〟、〝卑劣な手口〟を旗印としていて、諜報活動の草分け的機関のMI6からは〈ベイカー街遊撃隊〉などと揶揄されている。チャーチルは頭を掻きながら思い出そうとした。

「マローリー……マローリー……。ああ、そうだ、プロパガンダ・心理作戦局の責任者だったな。よし、すぐに連絡してくれるか?」

「はい、今朝早くからウォールームの防護体制の視察に来ていますので。今はシェルターの西側にいるはずです」

十五分もすると、司令官の制服を着た背の高い男が部屋に入ってきた。四十がらみで、こめかみの辺りが薄く、意志の強そうな顎をしている。マローリーはチャーチルから目を逸らすことなく挨拶した。

「お目にかかれて光栄です、首相」

チャーチルは力を込めて相手の手を握った。

「マローリーくん、よく来てくれた。去年のきみの部局の開設式以来だな。確かきみはオックスフォードを出て、インド駐留の第三連隊にいたのだったね」

マローリーは頷いた。

「なんなりとお申しつけください」

チャーチルは正面の椅子を指さした。

「まあ、かけたまえ。報告は手短に頼む。まだ一日が始まったばかりだが、今夜は官邸に戻りたいのでね」

「承知しました」マローリーはそう答えるなり、鞄を開けて書類の束を取り出し、チャーチルの前に差し出した。

「まず、こちらはご依頼のありました国民の士気についての調査結果の総括です。どうもあまり芳しくないように思われます。次に、ノルマンディーのドイツ軍の動向についてですが、同僚からも詳細な情報が得られました。参謀本部には伝えてあります。それから、コヴェントリーとバーミンガムの軍事工場で起きたドイツ側の破壊活動の件ですが、こちらの報告書をご覧ください。昨日、潜入していたナチスのスパイ三名を確保しました」

「でかしたぞ、マローリーくん。今日最初のグッドニュースだ。まだあるのか？」

マローリーは黒いファイルを取り出した。

「こちらの資料にお目通し願いたいのですが。去年の秋、親衛隊長官のヒムラーがスペインを視察していたのですが、それに関する報告です」

チャーチルはナプキンで口の端をぬぐった。

「スペインか……。それならば、去年、駐マドリッド大使がいろいろと動いてくれたおかげで、ヒトラーがアンダイエの会談でフランコにのらりくらりとかわされ、尻尾を巻いて帰っていったという情報を得ているが。まさか、カウディーリョの気が変わったのではあるまいな？」

「いえ、スペインの参戦はありません。その点はご安心ください。実は、スペインにいるエージェントの一人が奇妙な情報をよこしてきたのです」

「奇妙なとは、どういう情報だ？」

「ヒムラーがやけに力を入れている考古学調査についてです。ヒムラーはカタルーニャ地方に足を延ばし、側近のカール・ヴァイストルト大佐とともにモンセラート修道院を訪問していました。ところが、最近になって、そのヴァイストルトがバルセロナを再訪したらしいのです」

チャーチルは眉根を寄せた。

「そいつは何者なのか」

「アーネンエルベの所長です。一九三八年にチベットへ探検隊を派遣したこともある研究所です。アーネンエルベについてはこちらの報告書にまとめてあります」

「聞いたことのない名前だな」

「アーネンエルベは親衛隊に付属する学術的な研究機関で、考古学や神秘学の研究調査を専門としています。ヒムラーがスペインを訪問した目的はただ一つ、モンセラート修道院に行くことであったに違いないと、わたしは確信しています。なにしろヒムラーはオカルトに心酔している男です。ご存じのとおり、ナチスの多くの指導者たちはオカルトにとり憑かれています。ヒトラー自身、若い頃に……」

チャーチルは片手を挙げて話を遮った。

「奴らの好きにさせておけ。サタンの加護を求めて、ついでに地上から消えてくれればいいさ。なあ、マローリーくん、悪く思わんでくれ。ただ、わたしにはナチスの奇行を気にかけている暇はない。わたしは今、戦争をしているんだ。十五分後には作戦会議が始まる。ほかに大事な話はないか？」

マローリーは眉一つ動かさずに鞄を閉めた。黒いファイルは机に置いたままである。

「いえ、以上です。資料は置いていきます。詳しく調べろとおっしゃるなら……」

チャーチルは立ち上がって、マローリーの腕を摑んだ。

「あとで目を通しておこう。だが、つまらんことで時間を無駄（注13）にするな。まったくヒムラーの気まぐれにはあきれるよ。だが、アラン・クォーターメンの冒険ごっこをやっている場合ではないのだ。わたしにはほかに読まなければならない書類が山ほどある。死活にかかわるようなもっと重要な書類がね。きみも本来の任務に集中したまえ」

マローリーは首相の寝室を後にした。地上は霧が立ちこめており、隣接する駐車エリアで運転手がヒルマン（英国の自動車ブランド）を停めて待っていた。マローリーは車に乗りこむと目を閉じた。マローリーが黙っていても運転手には行き先がわかっていた。運転手はヒルマンを発車させた。防空壕が遠ざかっていく。視界の悪い中、車はＳＯＥ本部を目指した。

マローリーは煙草に火を点け、窓外を見た。ナトリウム灯が歩道を照らす。歩道は霧の中から幽霊のように次々と湧き出してくる人々であふれていた。戦争が始まってから国内ではずっと夏時間が実施されており、夏季にあたる今はさらに一時間、つまり標準時を二時間進めた時刻を使用している。マローリーはフーッと白い煙を吐き出した。煙が渦を巻くように旋回していく。まるで表の霧が車内に流れこんできたかのようだ。マローリーは先ほどの報告を思い返した。自信はあったのだが、首相をこちらのペースに巻きこむことができなかった。あれは完全に失敗だった。

マローリーは唇を噛んだ。しかし、こんなことで引き下がるわけにはいかない。勝負はこれからだ。これは戦いだ。決して負けるわけにはいかない戦いだ。二年前にそう誓ったのだ。あの夜、あの悲劇のベルリンで。

◆　◆　◆

「教授！」

オットー・ノイマンは首の座らない人形のように頭を横に倒した状態で椅子に座っていた。背筋はしゃんとしていたが、それは上半身が背もたれにガッチリと括りつけられていたからだ。シャツはどす黒い血で染まっていた。

「ああ……きみか……待っていたよ……」

マローリーは麻縄をほどこうとしたが、きつく縛られていてなかなか緩めることができない。

「本を……持って、いかれた……。ナチスに……SSに奪われた……。ヴァイストルト、という名の、男だ……」

「病院へ行きましょう。すぐそこに車を停めていますから」

ノイマンは苦しそうに喘ぎながら、しゃくり上げるように呟いた。

「妻を……頼む……」

「いけません！」マローリーは叫んだ。

「机に……手帳が、ある……ボレアリス……」

縄がほどけた。がくんとノイマンの体が椅子に沈みこむ。それでも、目は窓に向けられていた。窓の外ではノイマンの生まれた町が紅蓮《ぐれん》の炎と化していた。

「ノイマン教授、しっかりしてください！」

「いや……お別れだ……この世の地獄とも、おさらばするよ」

◆　◆　◆

再びマローリーはぞろぞろと仕事に向かうロンドン市民の群れを見つめた。あのとき、あと十五分早く着いていれば……。十五分早かったら、状況は違っていただろう。ノイマン教授は死なずに済んだのではないか。例の忌まわしい『トゥーレ・ボレアリスの書』も奪われずに済んだのでは……。あと十五分早かったらという、いかんともしがたい後悔の念に、幾度となくマローリーは苛まれてきた。あの夜、書店の近くまで来たときに、マローリーは歩道で二人のSS将校とすれ違っていた。辺りが炎上し、流血沙汰となっているのに、二人の将校は悠然と歩いていた。そのうちの一人とマローリーは目が合った。顔に傷のある男だった。その男こそ、ドイツ人の旧友の命を奪った張本人に違いないのだ。その男の顔は今でもはっきりと目に焼きついている。

マローリーはヒルマンの窓を下ろし、新鮮な空気を取りこんだ。

友が『トゥーレ・ボレアリスの書』についてしたためた手帳は、今、マローリーの手もとにある。びっしりと文字で埋めつくされたページの中には、丁寧に描かれた中世の城の図があった。

マローリーはこめかみをさすり、亡き友の顔を頭から追いやった。確かにチャーチル首相は頑固一徹だ。だが、自分の信念を決して曲げないことにかけては、マローリーも負けていない。マローリーはとっておきの切り札を使うことにした。究極の切り札だ。その切り札はカジノで手に入るものではない。イギリス最大の強力な組織フリーメイソンの集会所、ロッジで手に入れるのだ。

一〇

一九四一年五月
カタルーニャ

副官がメルセデスのドアを開けたとたん、もわっとした熱気が飛びこんできた。乾燥した熱風が山から平野に吹きおろしてくるらしい。黒い礼服を着こんだヴァイストルトは、乾いた丘の起伏をじっと眺めた。丘は階段のように連なってピレネー山脈まで続き、その東側は急崖をなして海に落ちこんでいる。吹きつける風に松林やコルクガシの森が一斉にギシギシと鳴っていた。唯一、静寂を保っているのは石塀に囲われたオリーブの木々だけだ。正装したスペイン人将校がヴァイストルトのそばに進み寄り、踵を鳴らして敬礼した。

「上級大佐殿、ようこそおいでくださいました。自分はオルサナ大佐であります。お疲れではありませんか」

ヴァイストルトは黙って首を横に振り、冷ややかに相手を一瞥した。まったく、考え事の最中に邪魔が入ることほど不愉快なものはない。そもそも、十五世紀前――フン族のヨーロッパ侵入があった時代にこのイベリア半島を征服したのはゲルマン民族ではなかったか。最初にヴァンダル人が、それから西ゴート人がこの地に王国を築いたのだ。白い肌、金髪に長身の偉大なる勇者たちの王国である。この縮れ毛の浅黒いスペインの小兵《こひょう》などの出る幕ではない。ヴァイストルトは蔑むような笑いを浮かべた。わがドイツ軍はすでにポーランドとフランスを占領しているのだ。スペインにしても、間もなくドイツの占領下におかれることになるだろう。もはやヨーロッパ全土がゲルマン民族の地となる日は遠くないのだ。

オルサナが恐る恐る切り出した。

「本日は歓迎の意を表しまして、あちらの闘牛場で特別な興行のご用意がございます。こちらは闘牛場のオーナー、ドン・モンタルバンでございます」

闘牛と聞いて、ヴァイストルトは進んでスペイン人たちの歓迎を受ける気になった。要するに、闘牛はスペイン人が生み出した唯一の崇高な競技なのだ。闘牛場では人間の闘志や剛気、そして牛の勇猛さをも目の当たりにすることができる。

「牡牛を見せてもらいましょうか」さっそくヴァイストルトはドン・モンタルバンに声をかけた。

「憚《はばか》りながら、閣下、つまりその、上からの要請がありまして、このたび閣下をお迎えするにあたり……」

ドン・モンタルバンは言葉に詰まった。なにしろ今回の要請の内容は、この道四十年のオーナーですら経験したことのないものなのだ。すると、即座に横からオルサナが助けに入った。

「失礼いたします。今回の出し物は、上級大佐殿のために少々趣向を変えた特別なものでして……牛は登場いたしません」

牛の登場しない闘牛……？　ヴァイストルトは怒鳴りだしたい気持ちをぐっとこらえた。このちりちり頭のチビめが。こいつは闘牛の何たるかがわかっていないのだろう。牡牛を屠るという行為のルーツは遠く古代ローマにまで遡るのだ。ローマ軍団においては兵士の戦闘能力の向上のためにおこなわれていた。ミトラ神の名において牡牛を生贄にする儀式は、実際に宗教としてキリスト教と競合するまでになったのだ。

「牛は登場しないのですね？」

「恐縮ですが、闘牛士もおりません。少なくとも通常の闘技ではございませんので。アリーナはすぐそこです。恐れ入りますが、ご足労願えますでしょうか」

腹立たしかったが、ヴァイストルトはオルサナに続いて歩きだした。風に煽られて枝がたわんでしまった生け垣を通り過ぎると、長い白壁が見えてきた。入口の前では、衣装をまとった男たちが汗を滴らせた馬に乗って控えていた。男たちはそれぞれが長い槍を持っており、それを片手でくるくると回している。

「ピカドールです」とドン・モンタルバンが説明する。「牛の肩に槍を打ちこんで頭を下げさせる役目です」

場内の眩い白さとは対照的に、砂地は暗い色をしていた。水が撒かれたばかりなのだろう。ヴァイストルトが座る観覧席に涼しい空気が流れてくる。

「牡牛もマタドールもいないとなると……」

カタンと音がして扉が開き、先ほどのピカドールの一人が入場した。馬を替えてきたようだ。扱いやすい元気な種馬ではなく、今度はがっしりと首の太い馬で、それにまたがるさまはまさにケンタウロスそのものである。ピカドールは中央に進みよると、勿体をつけて一礼し、馬を回転させた。蹄の音を立てて馬が赤い木戸のほうを向く。

「これよりショーが始まります」とオルサナが告げた。


木の仕切扉がゆっくりと開き、奥の暗い通路から裸の男が現れ、おずおずと前に進み出た。その体は痩せて骨ばり、視線は宙をさまよっている。

「ヴィクトル・アブリル。アナーキストです。ジローナの修道院で修道女たちを凌辱した罪で死刑が確定しています」

鞭がひゅうとうなりを上げて男の背に振り下ろされる。男は前方に吹っ飛んで砂の上に倒れこんだ。そして、そのままぐったりと伸びて起き上がろうとしない。

「立て、四つ足め。人間らしく闘ってみろ」鞭を持ったスペイン人の士官が怒声を飛ばす。

その様子を見てヴァイストルトは尋ねた。

「あの男は丸腰というわけですか」

「犯行に使った両手があれば十分でございましょう……」

しびれを切らしたピカドールが動きだした。獲物を狙って空を旋回する猛禽のように、男の周りをぐるぐると回りはじめる。そして、男のそばを通るたびに槍で小突いてみせた。間もなく男の背中からだらだらと血が流れ出した。

「上級大佐殿、闘技が始まる前に地面に水を撒く理由はご存じでしょうか。つまり、それは興を添えるためでして、砂がすぐに血を吸いこまないようにしているのです」

「あれしきの流血であれば、それで十分でしょう」ヴァイストルトは見下したように言った。

オルサナは顔を曇らせたが、すぐさまピカドールに向かって手を挙げ、突き立てた親指を下に向けた。すると、ピカドールは男の周りを回るのをやめた。そして、男の肩甲骨の下に勢いよく槍を打ちこむと、体をひっくり返して仰向けにした。

両腕を真横に広げ血まみれで横たわるアナーキストは、磔にされたキリストを思わせた。

「では、われわれが人間のくずをどのように扱うのかをお目にかけましょう。オンブレ！大切なお客人をお迎えしているのだ。最高の技をお見せしろ！」

ピカドールが速歩《はやあし》の指示を出すと、馬は砂の上に蹄鉄の跡を一つ一つ刻みつけるようにして肢を運んだ。場内に「ザッ、ザッ」と音が響きわたる。輪乗りを続けながらピカドールは徐々に男との距離を詰め、二メートルのところまで近づくと、馬に号令をかけた。

「常歩進《なみあし》め！」

最初の蹄の一撃が振り下ろされ、男のかかとが砕ける。羽虫が舞い飛ぶように血しぶきが上がり、肉片が飛び散った。続いて睾丸が押しつぶされる。

「本来であれば、ピカドール、バンデリジェーロ、マタドールが順に登場しますが、本日は勇猛果敢な牛ではなく卑劣な罪人が相手ですから、ピカドールだけで事足ります」とオルサナが解説する。

男は悶え苦しみながらも、なんとか攻撃から逃れようと必死になっていた。頭をもたげ、それから上半身を起こしかける。そして、残された力をふり絞ろうとした瞬間、馬の肢がドスッと男の腹部にのめりこむ。内臓が花火のごとく噴き上がり、そのあと砂の上に落ちて黒いしみを作った。ヴァイストルトの横ではドン・モンタルバンが前屈みになって、手で口を覆っていた。これまで幾度となくアリーナの中央で牛が膝から崩れ落ち、断末魔の苦しみにあえぐ姿を目の当たりにしてきた。しかし、これほど凄惨な場面には……。闘牛場のオーナーは胃の底からせり上げてくるものを飲み下し、大きく深呼吸をして言い訳をした。

「その、日差しが強すぎて……」

オルサナが額に滲む汗を拭う。その中でヴァイストルトだけが平然と構えていた。ヴァイストルトは砂の上に横たわっている男の顔をじっと見つめた。男の口にはちぎれた腸《はらわた》が引っかかっていた。舞い上がり落ちてきた臓物片によって男の最後の悲鳴は封印されてしまったのだ。そのおぞましい光景にヴァイストルトは喜びを覚えた。なぶりものにされて息絶える。そうだ、それこそが敗者にふさわしいくたばり方ではないか。単に命を奪うだけでは駄目だ。屈辱を与えなければ。敗者は屈辱の中で死んでいくべきなのだ。

「お気に召していただけたでしょうか、上級大佐殿」

オルサナの問いかけにヴァイストルトはただ無言で頷いた。その一方で、頭の中では次々と考えをめぐらしていた。ベルリンに戻ったらさっそく新たな調査チームを設置するつもりだった。歴史学者や文化人類学者も呼び寄せる。古代文明における戦争捕虜の処刑法について調べさせるのだ。このアイディアはヒムラー長官のお心にかなうに違いない。ヴァイストルトはすぐにでもヒムラーに報告を入れたくて気がはやった。すると、オルサナが言葉を継いだ。

「実はもう一人、ほかにも囚人がおります。フランス人で、こちらも修道院に押し入った男です」

ヴァイストルトは俄然興味を示した。

「その男が押し入ったというのはどちらの修道院ですか?」

「モンセラート修道院、わが国が誇る霊験あらたかな聖地です。それでは、間もなく囚人が登場いたします」

うす暗い通路の先は背の低い仕切扉で遮られていた。トリスタンの目に仕切扉の向こうに広がる青空と真っ白な観覧席が映った。上空は風が強いらしく、透き通るほど薄い雲が連なって流れていく。

昨夜のことだった。トリスタンはモンジュイック刑務所の独房から引きずり出され、ほかの囚人らとともに軍用トラックの荷台に乗せられた。トラックはいまだ内戦の爪痕が生々しく残る平野の中を突き進んだ。焼き尽くされた村々、打ち捨てられた田畑、放置されたままの黒焦げの車両。そのどれにも敗戦の匂いがしていた。トリスタンたちはでこぼこの道を何時間かトラックに揺られ、着いた先で治安警察《グアルディア・シビル》の手に引き渡された。そして、囚人たちを乗せてきたトラックがまだ走り去ってもいないうちから、銃殺部隊による処刑が始まった。夜の静寂《しじま》に響く銃声。続いて人の体がドサッと穴の中に転げ落ちる鈍い音が聞こえた。

やがて、トリスタンが最後の一人になった。

そのまま朝を迎えると、今度は一部の隙もない身なりの兵士たちが現れて、トリスタンをこの闘牛場まで連れてきたのだ。こうして今、トリスタンは観衆を前にした剣闘士よろしくアリーナに続く通路の端に立たされている。

アリーナはしんとしていた。すすり泣くように階段席を吹き抜ける風の音が場内の静寂をいっそう際立たせている。突然、頭上に鋭い笛の音が鳴り響いた。振り向くと、ちょうど自分の立つ通路の出口の真上の席に三人の男が座っていた。一人は民間人、あとの二人は軍人だ。軍人の一人は異国の軍服を着ている。

「アリーナの中央まで進め」と指示が飛ぶ。

トリスタンはアリーナの中に足を踏み入れた。気温が高いにもかかわらず、足もとの砂地は湿っているようだった。しかも、辺りには何かが澱んでいるような臭いまで漂っている。臭いの正体はわからないが、沼の底の泥をさらいでもしたかのような悪臭にトリスタンはめまいを覚えた。

「止まれ」

目には見えぬ番人でもそこにいるのか、出口の仕切扉がバタンと音を立てて閉まった。アリーナの中央から見ると、自分が歩いてきた通路は奥深い坑道にも似ていた。

「地獄の扉というわけか」

そう呟くや、トリスタンの耳にリズミカルに響く鈍い音が聞こえてきた。近づく嵐のように音は次第に大きくなってくる。不意に観覧席の軍人の一人が立ち上がった。今度は、その軍服がはっきりと識別できた。襟元に輝くのは、紛れもない、銀の重ね稲妻だ。

そのとき、馬にまたがった男がアリーナ上に姿を現した。地獄の底からやって来たらしい。

ピカドールの右手には長槍が握られていた。中世の騎士さながらに、槍の柄は腋の下でしっかり抱えている。ピカドールは馬を進め、トリスタンから数メートルの距離まで近づくと、すっと槍を下げ、トリスタンの下腹部を狙って突いてきた。

狙いは外れた。

槍をかわすと、トリスタンはやにわに馬の鼻先に躍り出た。馬が驚き、棹立ちになる。その隙にトリスタンは脇に飛びのいた。直後に、馬がドスンと前肢を振り下ろす。トリスタンは勢い余って砂の上を転がった。馬上のピカドールは必死で鞍にしがみつこうとする。弾みで槍が手を離れ、砂地に突き刺さった。次の瞬間、ピカドールの体が宙を舞い、叫び声を上げて落下した。

トリスタンは起き上がり、ピカドールのほうを確かめた。ピカドールは串刺しになっていた。槍の柄が折れて、胸を貫いている。だらんと垂れた両手はなすすべもなく、ピクピクと痙攣していた。

オルサナは憤慨し、玩具を壊された子どものように喚き散らした。その横ではドン・モンタルバンが串刺しにされたピカドールの体を呆然と見つめていた。いったい何がどうしてこうなったのか。確かに、あの悪魔のようなフランス人は馬の前に飛び出していった。サッカーにたとえれば、ディフェンスがペナルティを恐れず相手の進路を妨害するときと同じだった。だが、そのあと何が……。

「魔術だ……魔術を使ったのですよ、あの男は」

ドン・モンタルバンが確認を求めるようにヴァイストルトの顔をうかがった。

「ピカドールの馬には常時ブラインダーが装着されているため、馬の視野は制限されておるのです。ですから、あのフランス人がいきなり前に飛び出しても、馬があんなに驚くはずがない……考えられんことです」

ヴァイストルトは肩をすくめ、薄笑いを浮かべた。

「馬が怯えたのは、あの囚人のせいではありませんよ。あの男はアリーナで馬に太陽の光を見せ、馬は光に驚いたのです。馬に飛びかかってブラインダーを剝ぎ取った。ただそれだけのことです」

あっさり説明がついてしまったことにオルサナは啞然としていたが、恥をかかされたことに気づくと、とたんに逆上した。

「あの野郎、これで済むと思ったら大間違いだ！　オーナー、牡牛を連れてこい。今度こそあいつを血祭りに……」

ヴァイストルトが遮った。

「死をものともしない人間は、そんなことでむざむざ殺されたりはしないでしょう」

「では、どんな手があるとおっしゃるのですか？」

「あの男をわたしに預けてください」

　ヴァイストルトがどうしようとしているのか、オルサナは知るのが恐ろしかった。内戦中にドイツ人の蛮行をさんざん見てきているのだ。ヒトラーは義勇軍を送りこんで、フランコ軍に加勢したはいいが……。その熱狂的なヒトラーの信奉者たちは、容赦なく無差別爆撃をおこなって一つの町をそっくり全滅させてしまったのだ。確かに、今のところドイツ人はスペイン政府の味方ではある。だが、敵人の命などなんとも思わないような連中だ。

「どうなさるおつもりですか？」

　オルサナが尋ねると、ヴァイストルトは身をかがめて顔を近づけてきた。

「よろしいですか、大佐。知らないほうが貴殿の身のためです」

　オルサナは顔を俯けた。ナチスについては異様な噂が出回っている。敵視する相手に対して用意されているという拷問や処刑の数々……それらは想像を絶するものらしい。オルサナとしては、やはりこの先も枕を高くして眠りたかった。

「承知いたしました。あの囚人はお任せいたします」

　すると、ヴァイストルトは礼も言わずに観覧席を降りていった。

アリーナでピカドールの死亡を確かめていたトリスタンは、ザクザクと砂を踏みしめる音を耳にして、顔を上げた。銀の重ね稲妻の男がこちらに近づいてくる。そばまで来ると男は言った。

「悪魔に身を捧げる以外、おまえに生きる道はない」

一一

一九四一年五月
ロンドン

油のようにべとつく雨がコヴェント・ガーデン地区をさっと通り過ぎていった。空襲のあとには決まって焼けた木と湿った石が発する鼻を刺すような異臭が辺りに立ちこめる。もうすっかり慣れっこになっているのか、ロンドン市民は気にも留めていないようだ。

フリーメイソンズ・ホールのある辺りでは、先週の空爆で三つの建物が姿を消していた。付近の建物が被害を被っているなか、フリーメイソンズ・ホールだけが破壊を免れたのはほとんど奇跡とも言えよう。この建物は一見したところ、教会か寺院のように見える。だが、細部までよく見れば、宗教施設にはないような二つの奇妙な点に気づく。その一つがファサードにあるコンパスと直角定規を組み合わせたシンボルマークだ。そして二つ目は《1717》と刻まれた石のプレートである。この数字は近代フリーメイソンリーが発足した年を示している。白亜の王国《アルビオン》において、フリーメイソンたちは堂々と自らの権威を石に刻みつけ、誰から見てもわかるように顕示したのだ。

一世紀近く前に建てられたこのフリーメイソンの集会所《ロッジ》の正面まで来ると、まず古色を帯びた青銅の重厚な扉に行く手を阻まれる。戦艦の装甲よりも分厚い扉だ。中からは物音一つ聞こえてこない。周辺の通りにしてもそうだが、この建物もひっそりとしていて、人気《ひとけ》がないように感じられるのだ。だが、この日の夜、ロッジの中のグランド・テンプル（フリーメイソンズ・ホール の中で最大の集会スペース）はあふれんばかりの熱気に包まれていたのだ。

つまり、この神聖なるイングランド連合グランドロッジ本部では集会が開催されていた。

「親愛なる兄弟《ブラザー》たちよ、このへんで会合を締めくくりたいと思います。さあ、イギリス空軍に従軍しているわれらが同志に思いを馳せようではありませんか。勇猛果敢な兄弟《ブラザー》たちはすばらしい戦いぶりで英独航空決戦を制することでしょう」

ラグビーのグラウンドの半分ほどの広さと大聖堂のような天井の高さを誇るホールで、グランドロッジの第六代グランドマスター、ケント公爵の声は朗々と響きわたった。公爵は玉座を思わせる豪奢な椅子の上から四百人の会員たちを見渡した。会員たちは半円状に並ぶ十列の階段式の座席に座っている。全員が黒の上下を着用し、ネクタイを締め、ベルトの前にフリーメイソンのエプロンをつけていた。ほとんどが動員されることのない高齢者である。若い会員は戦争にとられ、集会には参加していない。

「この戦争がいつまで続くのかはわかりません。ですが、最後には光が闇に勝利するのです。ナチス・ドイツは降伏し、その子らの喉を潤すものはひたすら自らの流す涙のみとなりましょう」

公爵は少し間を置いてからよく響く声で言った。

「神のために。われらが敬愛する国王のために。以上をもって閉会します！」

マローリーは内扉の真横の最上段の席に座り、公爵の口上を真似るように口を動かしていた。演説の内容はすっかり頭に入っていた。それもそのはず、二日前にこの演説の原稿を作成したのは自分だからだ。公爵の演説がすばらしかったので、マローリーは一人悦に入っていた。演説の最後に入れた文句、「ナチス・ドイツの降伏」を本当に信じることができたら、それこそぞくぞくするような喜びを覚えたことだろう。ロッジで流すプロパガンダさえ信じることができたら……。「希望を持て」と言うほうが無理なのだろうか。いや、激しい空襲にさらされ地下に潜って生活しているイギリス国民にとって、希望は必要なもののはずである。

「諸兄には規律ある行動を願います」

公爵が手を三回叩くと、四百人の聴衆が一糸乱れずさっと立ち上がった。全員が杭のように背筋をピシッと伸ばし、手は横に下ろして指先がズボンの縫い目に来る位置に置いている。こうして集会は終わった。魔法をかけられたかのように閉まっていた二重の内扉が開く。すると、会員たちは一列ずつ順番に外に出ていった。

十五分後、ようやくホールには誰もいなくなった。マローリーは最後にホールを出ると、人目を避けて南側の翼棟に続く廊下に向かった。南の翼棟にはグランドロッジの管理部がある。だが、こんなに遅い時刻なら人はいないはずだ。マローリーは足早に歩いた。板張りの壁にはグランドマスターたちの肖像画が並び、こちらにいかめしい眼差しを向けている。歴代のグランドマスターは、故エドワード七世をはじめ王族や貴族が務めていた。イギリスのフリーメイソンリーは常に揺るぎない秩序を支える存在であり、代々王室の庇護を受けてきたのだ。ウィンザー家もまた例にたがわず、現在の国王ジョージ六世は熱心に集会に顔を出している。

マローリーは廊下の先のドアを開け、薄暗い階段を素早く下りると、一分後にはフリーメイソンズ・ホールの横を走るグレート・クイーン通りに出ていた。

一シリング硬貨のような丸い銀色の月が、しんと静まり返った通りの上に浮かんでいる。マローリーは闇に目が慣れるまで待った。ザ・ブリッツ（ロンドン大空襲）が始まって以来、灯火管制の敷かれたロンドンの街は毎晩のように暗闇に包まれる。表を歩くときは星が放つ弱い光に頼らなければならない。マローリーはうんざりして夜空を見上げた。闇の中、十個ほどの防空気球が静かに揺れている。鉄のケーブルで建物の屋上に係留された気球に、マローリーは気圧されそうになった。敵機の低空飛行を妨害してくれるものなのに、街の上で今にも爆発しそうな巨大な昆虫を見るようで、何か空恐ろしさを感じたのだ。

マローリーは先を急ぎ、ロールスロイスのリムジンが二重駐車しているところまで来ると足を止めた。車の横に立つお仕着せ姿の運転手がさっと後部座席のドアを開ける。マローリーは思わず笑みをこぼした。ロールスロイスの所有者セバスチャン・モランは、こんなご時勢でも優雅に運転手に制服を着用させている。銀行家の中でも今ではあまり見かけない正統派のスタイルを貫いている一人であることは間違いない。

マローリーは頭を下げるとスマートな身のこなしで白い革張りのシートに乗りこんだ。向かい側にシートと同じ色の髪の男が座っていた。六十歳くらいのその男は血色がよく、目は生き生きと輝き、額には三本の深い皺が刻まれている。

「セバスチャン、別々に出ようと言われたのは何かわけがあったからですね？」

「どうも詮索好きの連中がいるような気がしてね。兄弟《ブラザー》たちの中には口の軽い者もいる……」セバスチャン・モランはそう答えるだけだった。

モランの言葉にはやや耳障りなアクセントが混じる。サセックス特有の訛りだ。

車が走り出した。エンジン音は静かだが、パワフルで加速がよい。モランが葉巻を勧めたが、マローリーは断った。

「最後のグランドマスターの演説はどう思われましたか？」

「すばらしかった……。すべてにおいてね」

マローリーはしたり顔で頷いた。

「今の時代、われわれは一部の人間から快く思われていない。少なくとも、ヨーロッパ大陸の中ではね。ヒトラーやその友邦はわれわれの兄弟《ブラザー》たちに苦しい生活を強いている。フランスではペタン元帥が行政の場からフリーメイソンを排除する法律を作ったらしい」

「まったく残念な話です。でも、フランスのフリーメイソンの中には、政治色の強い活動をしていた人もいますからね。反ファシズムの大きな代償を払わされているのです」

ロールスロイスは閑散とした幹線道路を走っていた。

「クラブのメンバーへのプレゼンテーションの準備は万端か？」モランが尋ねた。

「はい。首相のときよりもうまく話ができればいいのですが」

「首相を非難するなよ。それに、クラブのメンバーだって聞く耳を持っているとは限らない。といっても、度量の大きなところを見せるときもあるがね」

テムズ川は亡霊たちが漂っているような白い靄がかかっていた。通りの真ん中では何基もの高射砲が砲身を空に向けていて、車はそれをよけるようにして走った。

十分後、ロールスロイスはクレーヴン通りで停まった。すぐ近くには爆撃で半分崩れかかったエンバンクメント駅がある。その真向かいに灰色の石造りの建物の豪華なファサードが見えた。二人は車を降りると、石段を上がって黒っぽい木の扉の前に立った。呼び鈴の上のプレートには〈プロスペローの館〉と彫られている。それを見て、マロリーはおやっと思った。

「プロスペロー……。シェイクスピアの『テンペスト』から採ったのでしょうか？」

「そのとおり」モランは答えた。「プロスペロー大公は弟の姦計により、娘のミランダとともにミラノ公国を追われる。そして、孤島で怪物のキャリバンを奴隷にして暮らすが、魔術を身につけ、弟に復讐しようとする。すばらしい作品だよ」

　モランは銅の呼び鈴を鳴らした。しばらくすると小窓が開き、中からこちらを探るような目が覗いた。

「十一時の回を見に来たのだが」モランが告げた。

　まじないをかけられたように扉が開いた。案内係が現れ、うやうやしく頭を下げた。

「お待ちしておりました」二人から上着を受け取りながら、案内係はもったいぶった調子で言った。

　二人は、深紅のビロードが壁を覆うヴィクトリア様式の豪華なホールの中を進んだ。巨大なシャンデリアからはボヘミアンガーネットの房飾りが滝のように垂れ、きらびやかな光を放っている。案内係はドアを少し開け、銀の鍵をモランに渡すと、脇にしりぞいて二人を中に通した。ドアを抜けると、緩やかな弧を描く通路があって、カーテンで仕切られたボックス席がずらりと並んでいる。まるで劇場の中にいるようだ。マローリーはふと耳をそばだてた。悲鳴とともに、ピシッ、ピシッという音が場内に響く。マローリーはゆっくりと歩いて、カーテンの開いている空席を見つけた。下にこぢんまりした舞台があり、上から鑑賞できるようになっている。

「ちょっと覗いてみてごらん」モランが小声で言う。ボックス席の前まで行ってステージを見下ろしたとたん、マローリーはぎょっとして棒立ちになった。

赤い革のコルセットをつけ、揃いのサイハイ・ブーツを履いた赤毛の女が二人、交互に乗馬鞭を振り上げている。鞭打たれているのは、豊かな口髭を蓄えた禿げ頭の男だ。男は素っ裸で、両手で頭を抱えこんでいる。

「いったい何なんですか、ここは？」不審に思って、マローリーは訊いた。

モランは意味ありげににやりとした。

「国王陛下の諜報員にとって、許しがたい行為にあたるかな？」

「こういった趣味はわたしの専門外にあたります」

舞台では、男が二回うめき声を上げ、合間になんとかセリフを言おうとしていた。二人のうちがっしりしたほうの女が男の腰のくぼみを踵で蹴る。女たちのギラギラとした目が見つめるなか、男は床に倒れこむ。

「生きるべきか、死ぬべきか！」モランが声高に言った。明らかに舞台を楽しんでいるようだ。「ほら、『ハムレット』だよ！　第三幕第一場、ハムレットが運命に突きつけられた究極の選択のあいだで迷い、思い悩むシーンだ」

「それを言うなら……従うべきか、従わざるか、でしょう」マローリーがやり返す。「『ハムレット』にＳＭの演出を施すとは初耳です」

　モランが指を唇に当てた。

「プロスペローの屋敷では、夜の部でシェイクスピア作品をアレンジして上演することがあるんだ。それもエロチックに。見てのとおり、ここにあるボックス席は満杯だ。すべてストラトフォード＝アポン＝エーボンの天才シェイクスピアの愛好家たちで占められている。愛好家といっても、色情狂の傾向が強いがね。ちなみに、観客も舞台に参加できる。あのハムレットはイギリス人で、わたしの同業者だよ。ロンドンでもっとも影響力を持つ人物の一人だ」

「まさかあの『ハムレット』のあとに続けてプレゼンテーションをしろ、なんて言うんじゃないでしょうね？　あの魅力的な女性たちも一緒に？」

「安心したまえ。会合はこの劇場内の別の部屋だ。安全を考慮して、クラブの会合は毎回場所を変えているのだ。この劇場はメンバーの一人が所有していて、今夜はここに集まることになったのだ」

　モランはフリーメイソン直下の小結社の一つゴードンクラブに所属している。マローリーは一刻も早く、このクラブのメンバーに会いたいと願っていた。最後に望みを託すとしたら、もはやこのメンバーしかいなかった。ロンドンに数多ある有力な組織の中で、ゴードンクラブはもっとも影響力を持つ集団の一つとされている。クラブの名はヴィクトリア朝時代の英雄、チャールズ・ゴードン将軍に敬意を表したものだ。ゴードン・パシャの別名を持つこの将軍はスーダンで起きた反英闘争――マフディーの反乱の鎮圧に派遣され、その戦闘のさなかで命を落とした。当時のスーダンはイギリスを後見とするエジプトの支配に苦しんでいた。その中でムハンマド＝アフマドが救世主《マフディー》を名乗って聖戦《ジハード》を目指す狂信的なイスラム教団を形成し、反乱を起こしたのである。人気のあったゴードンの戦死はイギリス中を驚かせた。これに触発された実業家、銀行家、軍部の上層部らが、このような悲劇が二度と繰り返されないように、政府に対して影響力を持つ集団を創り上げた。それがゴードンクラブである。ついでに言えば、チェンバレン首相の後任としてハリファックス卿が最適任者だという声が上がるなか、嫌われ者のチャーチルが首相になったのは、陰でゴードンクラブが動いていたからだなどと、まことしやかな噂まであるくらいなのだ。

「映写機の準備はできていますか？」マローリーは尋ねた。

「もちろんできている。心配ご無用だ。ああ、最後に一つ言っておく。メンバーから邪険にされることがあっても気を悪くしないでくれ。それも避けては通れない道だ」

　しかめ面の仮面が飾られたドアの前に来ると、モランは鍵を取り出した。そっとドアを開け、二人は柔らかな光に包まれたサロンに入っていった。サロンには窓が一つもなかった。天井は低く、規則正しく並ぶドーリア式の柱がそれを支えている。十一人の男と一人の女が楕円形のテーブルを囲んで座っていた。その後ろには映写機が三脚の上に据えられている。リールにはすでにフィルムが半分ほど巻きとられていた。そのほかにスライド映写機も用意されている。

モランはマローリーを連れてメンバーの前に進み出た。

「みなさん、こちらはマローリー司令官です。英国特殊作戦執行部の心理戦部門で指揮を執っています。本日はみなさんにぜひお伝えしなければならないことがあるということで、ご足労いただきました。……ともあれ、突飛な内容ではありますが、どうか真剣にお聞き願います」

マローリーは挨拶をした。出席者の中には顔馴染みが何人かいる。テーブルの右には、国王の個人秘書を務めるアラン・ラッセルズ、王璽尚書《おうじしょうしょ》のクレメント・アトリー、アラン・フランシス・ブルック陸軍総司令官がいた。左手にいる漆黒の髪の六十代くらいの婦人は国内四位の資産家のベルサム卿夫人だ。その横にはカニンガム海軍元帥が座っている。ほかの六人は知らない顔だった。

加えて、ジョージ六世の姿も見える。壁に掲げられた肖像画ではあるものの、国王は穏やかな眼差しで出席者たちを見守っていた。

マローリーが正面の壁に設置された白いスクリーンに向かう一方で、モランは映写機の操作に回った。たちまちサロンの照明が落とされる。ブーンと冷却用のファンが回りだした。白い光がまっすぐに伸びてスクリーンを照らす。マローリーは光を避けてスクリーンの横に立った。

薄暗がりの中、マローリーの低い声が響く。

「今からお話しすることが、この戦争に対するみなさんの認識を変えることになるかもしれません。みなさんが耳にすることは、参謀本部への報告書には一切記載されていませんし、ほかの通達でも触れられていません。もちろん、国民に知られてはならない情報です。仮にこの中から情報が漏れるようなことがあれば、わたしは口を拭います」

暗くてメンバーたちの表情はよくわからなかったが、マローリーはさらに声を張り上げて話を続けた。

「二年前のことです。ナチス親衛隊のヒムラーは、チベットに探検隊を派遣しました。親衛隊の民族学者エルンスト・シェーファーを隊長とする科学調査隊です。チベットで彼らは……」

一二

一九四一年五月
バロセロナ
グランホテル

　ドアには鍵がかけられていたが、窓は自由に開閉できた。しかし、窓から見下ろすと、地面ははるか下にあり、部屋を脱出する気も失せた。モンジュイックの地下牢に何か月もいただけに、トリスタンはこの部屋の快適さに驚いていた。床にはワックスがかかり、シーツは毎日交換される。毎朝、スペイン人のメイドが入ってきて、まるで大事な客をもてなすように、目を伏せて口を結んだままベッドメイキングをしてくれる。見た限り、自分が監禁されているのは町を見晴らせるホテルの一室らしい。世紀が変わる頃に建てられた建造物のようで、戦前はヨーロッパの各国から上流階級の客を迎えていたに違いない。皮肉なことに、現在逗留《とうりゅう》しているのはナチス親衛隊だ。玄関の石段の上では巨大な鉤十字の旗がはためいている。かつてはポーターやエレベーターボーイが忙《せわ》しなく出入りしていただろうに、今では黒い制服の隊員が直立不動の姿勢で警備についている。

トリスタンはもう五日もこの部屋に放置されていた。おかげで壁紙の模様も、化粧漆喰の天井に反射した陽光のゆらめきも、はるか彼方の青い水平線も、すっかりまぶたの裏に焼きついてしまった。だが、本当はこれがただの放置ではないことくらいわかる。そうだ、尋問にかける前に疑念を抱かせたり希望を持たせたりして、じわじわと精神的な動揺を誘っているのだ。ナチスの連中は勝利を引き寄せるためなら時間も惜しくはないのだろう。不安がよぎるたび、トリスタンは余計なことを考えないようにベッドに寝そべって、前に訪れたことのある美術館の数々に思いをめぐらした。記憶の中のルーブル美術館の主なギャラリーを見学するのに二日かけ、マドリードのプラド美術館にはまる一日を費やした（実際に訪れたときは内戦の真っ只中だったため、急ぎ足で見学しなければならなかったが）。昨日からはフィレンツェのウフィツィ美術館を回っている。

パオロ・ウッチェロの『サン・ロマーノの戦い』の細部――たとえば、黒い甲冑の輝きとか――にうっとりとしているときだった。廊下に靴音が響いたかと思うといきなりドアが開いた。ずかずかと見張りの隊員が入ってきて、すぐに部屋を出るように言う。トリスタンは廊下に出ると、隊員に連れられてラウンジに続く広い階段を下りた。

ラウンジには深々としたソファもなければポーカーテーブルもない。代わりに大勢の女性たちが働いていた。どの女性もブロンドである。その姿もヴァルキューレさながらで、一心不乱にタイプを打ったり、甲高い声で電話に答えたりしている。バルセロナの高級ホテルは明らかにドイツの戦略拠点と化していた。トリスタンは周りには目もくれずに部屋を横切った。ナチスが始めた戦争の歯車は狂いもなく順調に動いている。その動きがわずかでも止まるようなことがあってはならないのだ。

「止まれ」

隊員に命じられ、トリスタンは大きなガラス窓の前で足を止めた。そこからはツゲの生垣のある庭園が見えた。日が傾きはじめ、空がややオレンジがかっている。背後では、働きバチさながらにタイピングの音や話し声が飛び交っているが、それと対照をなすように、空は信じられないほど穏やかだ。トリスタンは先ほどの『サン・ロマーノの戦い』を思い返した。前景は敵味方入り乱れての名状しがたい戦闘シーンだ。騎士たちが死闘を繰り広げているその一方で、背景には牧歌的な田園風景が広がり、中央ではウサギをグレーハウンドが追いかけている。どうして画家は戦争の画《え》に平和でのどかな光景を配することができたのか？　以前はそれがまったく理解できなかった。だが、今ではわかる。悪と美が共存することはあるのだ。

トリスタンが空を見ながら物思いにふけっていると、視界の中にすっと人影が入りこんだ。トリスタンはハッとして現実に引き戻された。すぐ目の前に、闘牛場から自分を連れ出した将校――ヴァイストルトが立っていた。今日は恐ろしい黒い制服は着ておらず、旅行中のような洒落た格好をしている。軍服姿でないにもかかわらず、隊員は相手の階級を口にした。

「上級大佐、例の男を連れてまいりました」

ヴァイストルトは無言で頷くと隊員を下がらせた。それからテラスに出て、テーブル席に腰を落ち着けた。トリスタンもあとに続く。階段状の庭園を下った先には曲がりくねった道路がある。道路は町を抜けその先の海まで通じていた。離れたところからだと、バルセロナの町は内戦前とほとんど変わらないようにも見えた。そうはいっても、建物の壁に黒々と残る銃痕だけは内戦の中の内戦となった銃撃戦の激しさを物語っている。ヴァイストルトはぐるりと視線をめぐらして、丘を取り巻くトキワガシの森のほうを眺めた。

「森を見るとインスピレーションが湧く。森を見て、その香りを嗅いで、葉や枝のざわめきを聞くのが好きでね。ドイツの森は闇の王国だ。モミの樹林には光も射しこまず、鬱蒼とした中にいまだ古代の神々が潜んでいる」

ヴァイストルトは庭園のはずれを指さした。そこには木の十字架部分が虫に食われているキリストの磔刑像があった。

「結局は十字架に磔にされてしまうほど愚かな神を、どう信じろというのか？　だが、やがて新しい時代が到来する。間もなく新たな十字架が世界を支配し、秩序と力を行き渡らせるだろう」

「町を廃墟にされたゲルニカの人々が、あなたの言う秩序とやらに共感を示しますかね。

あなたがたの力については、爆撃という形ですでに経験していますから」

「いずれ忘れ去られる歴史の一コマにすぎない」ヴァイストルトはバッサリと切って捨てた。「おまえもそうだ。わたしが命じさえすればね」

ヴァイストルトはテーブルの上で、角の折れた赤い表紙のファイルを開いた。中の資料はタイプ打ちされ、余白はびっしりとメモで埋まっている。

「モンジュイックでおまえに尋問した判事はよく調べ上げている。スペイン人にしては感心だ。なるほど、おまえはドイツ語以外にも何か国語か話せるのか。パリで勉強したようだな？」

「美術史の学士号を取得しました」

「そうらしいな。特に昔の絵画が専門だとある。ほう、パオロ・ウッチェロの研究か。では、代表的な三部作『サン・ロマーノの戦い』が三か所に分散されているのは知っているね？」

「はい。一つはパリにあり、もう一つはロンドン、残りの一つはイタリアにあります」

「間もなくベルリンに世界最大の美術館が開業する。アルベルト・シュペーアの設計だが、三部作すべてが揃ってそこで展示されることは間違いない。要するに、われわれはすでにパリを占領している。次はロンドンを……」

トリスタンは穏やかに話を遮った。

「そうかもしれませんが、お友だちのムッソリーニがフィレンツェに所蔵する絵をそう簡単に手放すとは思えないのですが」

「ドゥーチェ（イタリア語で指導者の意味。ムッソリーニが用いた称号）がか？　われわれの支援がなければギリシャを負かすこともできなかったのだぞ。恥をかかせないようにしてやったのだから、こちらが望む美術品は喜んで差し出すはずだ。間違いない」

「まるで貢がせているようだ」

「そう、貢物だ。こちらもそれ相応の血を流しているのだ。おまえにはとうてい理解できないだろう。卑しくも獲物を嗅ぎまわるように美術品を漁り、金持ちの収集家に法外な値段で売りつける。それがおまえの仕事だからな。どうせ買い手はユダヤ人だろう。そうに決まっている」

「割礼しているか洗礼を受けているかは関係ありません。わたしはただ芸術を愛するかたを相手に商売をしているだけです」

「そして、その相手は気前よく金を払える人間でもある。おまえにとってすべては売買の対象にすぎんからな。実際におまえは美術品ハンターだ。芸術を金儲けの手段ぐらいにしか考えていないのだろう」

「芸術のために尽くして、お金をいただいているのです」トリスタンはやんわりと訂正した。

ヴァイストルトはファイルをぱたんと閉じた。前哨戦はこれで終わりにして、いよいよ本題に入ろうというのだ。

「報酬目当ての人間は、何に対しても対価を求めるものだ。だから、おまえをここに呼んだのだ。どうだ、取引をしないか?」

取引という言葉に驚きはしたものの、トリスタンは相変わらず庭園の遠くを見つめていた。時おり、鈍い靴音に続き、きれいに刈りこまれたツゲの生垣の上に灰色のピケ帽が現れる。穏やかな庭園の中にいても、自分が囚われの身であることがいやでも思い知らされた。

「先日、ハインリッヒ・ヒムラー長官がスペインを公式訪問された。その際にモンセラート修道院を訪ねている」

「親衛隊のトップが、聖地めぐりがお好きだとは知りませんで……」

ヴァイストルトは気にも留めずに続けた。

「そこにはあるものを探しに行ったのだが、目当てのものは見つからず、気分を害された。長官に一歩先んじて、おまえは、いや、おまえにもどうしてもその修道院を訪れる必要があったのではないのか?」

トリスタンは平静を努めて答えた。

「知識を身につける機会があれば、長官のように、わたしもその学びの機会を逃したりはしませんから」

「暗くなってから武装した仲間とともに学べば、より多くの知識が身につくということか。そうだな？」

「物騒なご時世ですので」

「おまえたちが修道司祭を磔にしたのは、きっと観光ガイドとして役に立たなかったからだな。違うか？」

このまま皮肉の応酬を続けていてもしょうがない。勝負には引き際も肝心だ。トリスタンは不毛なやり取りに見切りをつけた。

「モンセラート修道院の財宝のことをおっしゃっているのなら、ご存じでしょうが、内戦で敗北する寸前にすべて共和国軍の手に渡っています。もう何も残っていません」

ヴァイストルトは静かに服の袖の埃を払い、続いてもう一方の埃も払ってから言った。

「いいかね。長官は聖餐杯《せいさんはい》やキリストの十字架像や聖遺物箱を所望されているわけではない。興味を持たれているのは絵画だ。知っていたか？」

ナチスの芸術観については、トリスタンは違和感を覚えていた。ヒトラーが若い頃にウィーンの美術学校の受験に失敗していることは、話に聞いている。画家を志すも挫折したヒトラーは、自分の生まれたあとに制作された絵画や彫刻は堕落した芸術だと勝手に決めつけているらしい。たとえば、モネやピカソは美術館に展示するにふさわしくない退廃芸術家とされている。そうやって親分が近代芸術を非難しているにもかかわらず、ナチスの高官の中には印象派やキュビズムの作品を熱心に収集している者がいる。トリスタンは釈然としなかった。

「ゲーリング元帥のように、他人の所有物ばかりを集めたものすごいコレクションでもお持ちなのですか?」

ヴァイストルトはにやっとした。ゲーリングが占領した各国の美術館の所蔵品をせっせとわがものにしていることはつとに有名である。その貪欲さは親衛隊の中でも不評を買っているのだ。

「ゲーリング元帥とは違って、長官の作品を見る目は確かだ。さしあたってはモンセラート修道院の財宝の中にあった一枚の絵に関心を寄せておられる。それはそうと、あの沈んでいく太陽を見たまえ。森まで赤々と染められている。美しい!　中世の写本の装飾画を見るようだ。今にも円卓の騎士が姿を現わしそうではないか」

トリスタンは礼をもって頷いた。アーサー王伝説は騎士道文学のモチーフとして各地でさまざまな作品が生まれたが、中でも円卓の騎士による聖杯探索の物語は、どこの誰よりも先にフランス人が著したものだ。だが、それはあえて口にしないでおいた。言ったところで、最初の作品はドイツの詩人によるものだと切り捨てられるのがオチである。

「個人的に絵画に関しては」ヴァイストルトが再び口を開いた。「中世の写本画が特に好きでね。率直で悪意の感じられないところがいい。髪を編んだ若い娘、黄金の甲冑の騎士……」

「中世についても学びましたが、どちらかと言えばわたしはルネサンス期の絵画が好きです。たぶん、絵の中の人物が人間らしいからかもしれません」

「人間には、価値のある人間とそうではない人間がいる。優劣がついているのだ。イタリアが誇る偉大な芸術家たちはすべてアーリア人であると、わたしは確信している。もっとも、家系図を遡って確認するべきではあるがね。アーネンエルベで確認してもいいのだが……」

そう言いつつ、ヴァイストルトはふとムッソリーニの顔を思い浮かべた。レオナルド・ダ・ヴィンチやミケランジェロの先祖はゲルマン民族だと聞かされたら、あのつるつる頭の御大はいったいどんな顔をするだろうか……。しかし、ヴァイストルトは話を元に戻した。

「ヒムラー長官は『十字架の道行』の絵に興味をお持ちなのだ。モンセラート修道院にもあると聞いて期待されていた。ところが、どうだ。まさか修道院にはもう残っていないとは。長官がどれほど落胆されたことか……」

「わたしたちが盗ったのは金製品や宝石や象牙細工だけです。『十字架の道行』の連作には手をつけていません。価値がなかったからです。無名の画家の無名の作品です。わたしたちが奪ったと修道院側が言っているのなら、それは違います」

「実際のところは」ヴァイストルトがトリスタンの顔色をうかがうように言った。「修道院側は盗賊たちに奪われたとは言っていない。おまえが懐に入れたと言ったのだ」

トリスタンは黙っていた。形勢が不利なときは、相手の出方を待ったほうがいいこともある。

「修道院長は正確に覚えていたぞ。おまえは一枚の絵を持ち帰った。一枚だけだ。それがおまえの取り分だったのか？　さもなければ、絵に一目惚れでもしたのか？」

「その絵に価値がないことはあなたにもわかるはずです」

「芸術的な価値はない、か。それなら、なぜ持ち帰った？」

「いい絵だなと思って……」

ヴァイストルトは奇妙な笑みを浮かべた。

「モンセラート修道院で何世紀にもわたって集められてきた多くの美術品を前にして、誘惑には勝てず、つい手が出てしまったか？　埃に埋もれたすべての絵画の中から偶然手にした一枚か？」

トリスタンは首を横に振った。

「違います。偶然ではありません。あの『十字架の道行』は十五枚の連作でした。その中からモンセラート山が描かれたものを選んだのです。自分への土産のつもりでした」

ヴァイストルトが手を叩くと、兵士が現れた。

「衛兵に伝えろ。これから地下へ行く」

ヴァイストルトは立ち上がり、庭園の斜面を下りていった。トリスタンも後ろからついていった。

「このホテルが建てられたのはスペインがベル・エポックの狂乱の中にあった頃で、ホテルでは夜な夜な豪華な饗宴が催されていた。ヨーロッパ中から人が集まり、誰もが着飾って楽しんでいた。一財産を築いた実業家や没落貴族、経験豊かな高級娼婦、ギャンブルの中毒者までいた。だが、この豪華なホテルの評判を高めたのは、おまえの国のデカダン派の詩人が言いそうな〈アルコーブに嵌めこまれたベッド〉（エミール・ゾラの『ナナ』にこの表現がある）や豪勢なポーカーテーブルではない。ここの地下室が評判になったのだ」

二人は尖頭型の扉の前までやって来た。戦闘服姿の兵士が二名、見張りについている。

「丘の上にホテルを建てたのは、岩を穿って理想的なワイン蔵を作るためだったと言われている。まあ、見ればわかるだろう」

見張りの一人がドアを開け、松明を手に取る。辺りに樹脂の匂いが広がった。

「前の支配人がこの中に電気の照明を取りつけさせていた。しかし、電気の光はこの地下倉庫にはそぐわない。邪道だよ。もちろん取り外させた。われわれが活動するには暗いほうが都合がいいのだ」

岩を削った天井は完璧な穹窿《きゅうりゅう》形をなしていて、無数の石英が松明の光に反射してキラキラと煌めいている。ヴァイストルトはここを気に入っているようだが、トリスタンにはその理由がわかるような気がした。中世の城の地下を彷彿させるのだ。今にも甲冑をつけた騎士たちが槍を手に馬にまたがって、壁から飛び出してきそうである。

「ワインを探しているのなら……」と言って、ヴァイストルトは壁際に並ぶ空っぽのスチール棚を指した。「期待には添えない。現在ホテルは軍の病院として使われていて、回復期に入った兵士が引き続きこの地下室で養生をすることもある」

靴底に柔らかい砂の感触があり、歩くたびにキシキシと音がする。

「砂はワインの保存とはまったく関係ない。わたしが敷くように命じたのだ。歩くたびに砂の上に足跡が残る。わたしはここに来ると、最後に砂をならしておく。一日に何度も来るときもあるがね。こうしておけば、何者かがここに侵入しても……」

ヴァイストルトから説明を受けながら、トリスタンは背の高いラックを見やった。棚の上にはボトル一本置かれていない。かなり前からそのようだ。ここには盗まれるようなものはない。それなのに、なぜそこまで用心をするのか。

「上質のワインを最適な環境で保存するには、貯蔵室は常にひんやりとした状態に維持されていなければならない。そのためにホテルのオーナーは井戸を掘らせた」

ヴァイストルトは奥のほうを指さした。ガーゴイルのような彫刻が施された高さのある井戸の縁石が見える。訝しく思われて、トリスタンは井戸に近づいてみた。井戸穴は篩《ふるい》状に孔の開いた分厚い石板で塞がれていた。

「知っているかね？　中世では井戸を掘って管理する井戸職人たちは魔術師の疑いをかけられていた。地の底に潜りこめば、必ずその報いを受ける。井戸が地獄へ開かれた扉であるからだ」

見張りは松明を置くと、巻き上げ機を使って井戸を塞いでいる重い石板を持ち上げた。

「いつの世も人間は井戸に恐怖を抱く。井戸が底のほうからこちらをじっと見ているような気がするからね」

「いまさら怖くもありませんよ」

「本当だな？　では見るがいい！」

縁石から覗きこんだとたん、トリスタンはぎょっとして後ずさりした。井戸の中では、内壁の石の突起につかまって、蜘蛛《くも》の巣にかかった蠅《はえ》さながらに男が何人もぶら下がっていた。

「もう叫びもしないよ」ヴァイストルトが言う。「余計な体力は使わないようにしているのだ。足もとに深い闇が待ち構えているからな」

「あの人たちは何者なのです？」

「ドイツ人だ。共和国軍に通じていた裏切り者だ。ほとんどがスペインで手慣らしをしに来た共産主義者だ。ドイツ国内の地下組織を潰すには、連中から聞き出した情報や接触した人物が大きな手掛かりとなる」

男たちの一人はそろそろ限界に来ているようだった。トリスタンは、男の丸刈りの頭に墨で番号が彫られているのに気づいた。

「二十八番」ヴァイストルトが読み上げた。「あの男はすでに二度の尋問を受けている。もう吐き出すだけ吐いただろう」

見張りが巻き上げ機に近づき、徐々に蓋を下ろしはじめた。

「一気に下ろせ」ヴァイストルトが命じる。

蓋が一気に落とされ、地下室に凄まじい音が響きわたった。

井戸の中から叫び声が聞こえた。

先ほどの男がとうとう手を離してしまったらしい。

すると、ヴァイストルトがトリスタンの腕を摑んだ。

「さあ、教えてもらおうか。絵はどこにあるのだ?」

一三

ロンドン
プロスペローの館
ゴードンクラブ

サロンが沈黙に包まれた。ゴードンクラブのメンバーは、スクリーンに次々と浮かび上がる映像にじっと見入った。

あるスライドでは、数人のブロンドのヨーロッパ人が笑顔で地べたに座って、チベット僧とともに低いテーブルを囲んでいる。別のスライドでは、ブロンドの男がにこやかな農家の女性の顔の長さを測定している。そうかと思えば、雪の山頂や、うねうねとした山道を登るキャラバン隊の光景が立て続けに映し出される。

「覚えていますよ」王璽尚書が言った。「シェーファー探検隊……。確か当時は、政治的な判断のもと、ドイツはチベット政府に接触したのではないか、と言われていました。隣のインドがイギリスの植民地ですから、牽制するために」

「おっしゃるとおりですが、それだけではありません」マローリーは答えた。「シェーファーたちが帰っていったあと、チベットの摂政リンポチェからラサに駐在するSOEのエージェントに連絡があったのです。話を聞いたエージェントは驚きました。ナチスが信頼を裏切って、チベットにとってかけがえのない国宝級のお守りを持ち去ったというのです」

スクリーンに新たなスライドが映された。高さのある人を象った彫刻である。その人物はいかにもアジア人らしい顔立ちで、両手で鉤十字を持っている。

「カンギュルのスワスティカです」マローリーは説明した。「世界に安定をもたらし、万事の知識を授けると考えられています。ドイツ人たちは見張りのラマ僧を殺害してこれを盗み、ベルリンへ持ち帰ったのですが、予想外の事態に……」

次のスライドが映る。

「なんてひどい！」ベルサム卿夫人が叫んだ。

病院のベッドに二人の男性が横たわっている。顔が酸で火傷を負ったようにただれていた。皮膚はボロボロで剝がれかけ、髪はすっかり抜け落ちて、むき出しの頭皮はひびだらけだ。目があるべきところには、いびつな噴火口が二つぽっかりと開いている。鼻は完全に溶けていた。

「この写真はわれわれのエージェントが入手しました。ベルリンの陸軍病院で撮影されたものです。チベットから聖なるスワスティカを運んできた親衛隊員五名ですが、全員が得体のしれない病にかかって死亡しています。診断書によれば、内臓に損傷が認められたようです。彼らは安楽死を施され、すぐに火葬されました。ところが、あとからもっと困惑するような内容の報告書が出てきたそうです。それによれば、五名はおそらくスワスティカに含まれるエネルギーに被曝していたらしいのです」

「被曝というと、放射性物質ですか?」陸軍総司令官が訊いた。

「違います、ブルック総司令官」マローリーは答えた。「心して聞いていただきたいのですが、ドイツ人医師団による報告書には《放射性物質よりも何千倍も強力な未知の自然エネルギー》と書かれているのです」

サロンにざわめきが起こった。マローリーは静粛を促すと、先を続けた。

「そのスワスティカはヴェヴェルスブルク城に運びこまれました。ヴェヴェルスブルク城はヒムラー個人の城で、不落の要塞です。ドイツがこのスワスティカを手に入れたのは一九三九年の三月、戦争のきっかけとなったポーランド侵攻の半年前です」

ベルサム卿夫人が改めて沈黙を破った。マローリーの話に興味を覚えはじめたらしい。

「お話の中でわからない点があります。ドイツ人たちはどのようにしてこのスワスティカの存在を知ったのでしょう?」

マローリーの表情が曇った。辛い記憶がよみがえる。マローリーはモランに次のスライドを映すように合図した。スクリーンに髭を生やした中世の王の凄みのある顔が現れた。

「『トゥーレ・ボレアリスの書』という本があります。実在しない伝説の書物だと思われていたのですが、実はベルリンのとある書店に秘匿されていました。それを突きとめた親衛隊は書店から強奪したのです。中世に書かれたその書物は、行方不明になるまでは赤髭王《バルバロッサ》フリードリヒ一世が所有していました。そこには古代ギリシャよりもはるか昔、ピラミッドが造られた時代以前の不思議な歴史が記述されています。曰く、アーリア人種の発祥の地である伝説の大陸ヒュペルボレオスは、氷河期の訪れとともに人が住めないようになりました。この地に住んでいた人々は散り散りになってほかの大陸に移住します。その際、人々を治めていた四人の支配者がおのおのの権力のシンボルを別々の場所に隠しました。それが四つのスワスティカで、それぞれ、水、風、地、火を表しています。そのうちの一つがチベット人の崇めていたスワスティカです。一九三九年にナチスによって奪われたものです」

スクリーンから画が消え、映写機の音が止まった。マローリーは説明を進めた。

「その『トゥーレ・ボレアリスの書』には、スワスティカが隠されている場所が詳しく記述されているそうです」

カニンガム元帥が反論した。

「本気でそんなことを信じているのかね、司令官。話を聞いていると、チベットのスワスティカにはどうも……魔法の力があるということになる。そのせいでヒトラーは戦争を始めたというわけか?」

「魔法とまでは言いませんよ」マローリーは素っ気なく言った。「そんなものは一人でズボンを穿ける年齢になってからは信じていませんから。それでも、あらゆることを想定したうえで対処しなければならない。それがわたしの仕事です。たとえ正気の沙汰とは思えないようなことでも考慮に入れます。ドイツ人が何やら危険をはらむものを手に入れた。そして戦争を始めた。その二つの事実には明らかに相関関係がある。わたしはそう確信しています。問題は、どこかにあるはずの残りの三つのスワスティカです」

カニンガム元帥は眉を上げ、軽蔑したように言った。

「戦前、二度ドイツに行ったことがある。駐独大使の招待でベルリンオリンピックを観覧したときと、その翌年の二国間会議のときにね。ドイツ海軍《クリークスマリーネ》の軍人と会ったし、ドイツ国防軍《ヴェアマハト》の将官たちとも話した。今となっては忌々しいが、彼らはドイツの地にしっかりと足をつけた現実的な人間だったよ。戦車や爆撃機、武器の話をしたものだが、魔術とか訳のわからん本の話題は一切出てなかった」

「失礼ですが、お門違いのお話では……」

「どういう意味かね?」

マローリーは助けを求めてモランを見ると、モランは励ますように笑ってみせた。マローリーは元帥に向きなおった。

「言葉足らずで、申し訳ありませんでした。先ほど申したドイツ人とは、いわゆる国防軍《ヴェアマハト》や一般的なナチスの幹部将校のことではなく、現実的かつ実際的でありながら、先史時代の神話や伝説をまともに信じこんでいる指導者たちのことなのです」

「わかりそうで、わかりませんわね。もっとわかりやすく説明していただけますか」ベルサム卿夫人が言った。

　そうたやすく信じてもらえないことはマローリーも覚悟のうえだった。

「ご要望にお応えするために、まず、ナチスの旗揚げに深く影響を及ぼしている神秘思想の流れについて説明しましょう。スクリーンの絵をよくご覧ください」

　モランに合図を送ると、映写機は再び動きだした。

トゥーレ協会の紋章

「これはトゥーレ協会の紋章です」マローリーは説明しはじめた。「先の戦争でドイツが降伏した翌年の一九一九年にドイツで結成された秘密結社です。短刀の頭の部分のシンボルに注目してください。丸みを帯びた鉤十字、正確に言えばスワスティカが描かれています。トゥーレ協会のメンバーには、貴族、資本家、哲学者、そしてドイツの敗北に深く傷ついた軍人らがいます。彼らは共産主義者、ユダヤ人、フリーメイソンを目の敵にして敗戦の責任を押しつけ、無能なドイツの将軍の責任は一切問いませんでした。これは何もトゥーレ協会に限らず、ゲルマン騎士団と呼ばれる秘密結社をはじめ、当時の国家主義者のあいだではそう考えられていました。しかし、トゥーレ協会がそのほかのフェルキッシュ（ドイツ語で「（ナチ政権下の用語として）国粋的な」の意味）集団と異なっていたのは、徹底的に神秘主義に傾倒していた点です。すべてのメンバーがオカルティズムや神秘思想を信奉し、異教の秘儀を実践していました」

一人が手を挙げた。

「フェルキッシュ集団とおっしゃいますと？」

「十九世紀後半にドイツのあちこちで生まれた国家主義集団のことで、排他的で民族主義的なナショナリズムを主張しています。彼らは、ゲルマン民族こそが優秀な民族であると自覚することではじめて国の統一が図れると考えているのです」

スクリーン上の紋章が別の図に変わった。今度は、斧を手にした金髪の戦士がホッキョクグマと向きあっている。

「トゥーレ協会に話を戻しましょう。彼らによれば、十万年以上前、伝説の極北の大陸ヒュペルボレオスには優秀な人種である白色人種、極北人《ヒュペルボレオイ》が住んでいたというのです。協会のイデオローグは一貫して、白色人種ではない有色人種やユダヤ人は劣等人種であって根絶すべき対象である、と主張してきました。そこには、《人類の歴史は人種間における容赦ない闘争に帰する》という強者の論理があります。《アーリア人は劣等人種を排除してでも世界を支配すべき人種である》というものです。これを聞いておやっと思われませんか？」

「先ほどの話にあった本、ええと、ボレアリスとかいう本の話に繋がりますね」ブルック総司令官が慎重に発言した。

「トゥーレ協会の指導者たちは、この恐ろしい思想を広めるには大衆の支持が必要だと考えました。そこで彼らは体裁を整えるために政党を設立したのです。それがドイツ労働者党です。のちの……」

「国家社会主義ドイツ労働者党ですね？」誰かが言った。

「そうです。そして、そこで表舞台に立つことになるのが、ご存じのとおり、アドルフ・ヒトラーという男です。入党するまでは、無名で孤独な伍長止まりの復員兵でした。敗戦後の荒廃した国で多くのドイツ人と同じく鬱屈した思いを抱えながら、細々と生活していました。画家を目指すも挫折したヒトラーは軍隊に残る道を選び、諜報機関にスカウトされます。そして、一九一九年、扇動者集団のドイツ労働者党にスパイとして送りこまれたのです」

テーブルの右のほうから男性の声が飛んだ。聞き覚えのない声だった。

「それでは、党を創設したのはヒトラーではなかったのですね？」

「そのとおりです。そこでヒトラーはスパイ活動をするどころか、逆に相手に取りこまれてしまいます。党のほうもヒトラーの演説の才能を高く買っていました。半年も経たないうちにヒトラーは諜報機関を離れ、党内でカリスマ的なリーダーの地位へと駆け上がります。と同時にトゥーレ協会の庇護のもとで、危険な思想に洗脳されていったのです。鉤十字、勝利万歳《ジーク・ハイル》のナチス式敬礼、アーリア人種の優越性とその純血へのこだわり……」

「そうやって、ヒトラーは十四年あまりでアマチュアの絵描きから独裁者へと変貌していったのです」モランが言い添えた。「一つのキャリア転換のモデルというわけですな」

説明に納得するような声があちこちで囁かれた。マローリーはここまででポイントを稼いだことを実感した。しかし、これで終わりというわけにはいかなかった。

カニンガム元帥が皮肉っぽく言った。

「では、あの総統のおかしなチョビ髭は……。あれも神秘思想の影響を受けたものなのか？」

一同に笑いのさざなみが広がった。元帥が続ける。

「司令官、あなたの話のとおりなら、ナチズムというのは堕落した神秘思想まがいのものから着想を得たものであり、ヒトラーはいかれた連中に踊らされている操り人形だということかね？　型破りな出世物語をおもしろおかしく聞かされたようにしか思えんが。あなたがＳＯＥの指導的立場にある人間でなければ、とっくに席を立っているところだよ」

「わたしの見解を申し上げますと、ヒトラーが権力の座についたのは、さまざまな要因が絶妙なタイミングで結びついたからです。それについては疑いようがありません。ドイツは一九一八年の敗戦で屈辱を味わい、巨額の賠償金で経済が混乱し、大衆の中には《ドイツは背後から刺されたから負けたのだ》という伝説（ドイツは前線で敗れたのではなく、国内で革命を扇動した共産主義者らやユダヤ人のせいで敗北したとする説）が流布しました。そんななかで、ヒトラーは財界や軍部の支持を取りつけ、民主主義的手法を駆使して選挙によって権力の座についたのです。いえ、ご理解いただきたいのは、ナチズムには本質的に二つの顔があるということです。つまり、政治活動と宗教です。そして、宗教というものがそうであるように、ヒトラーはその信仰に基づいて行動し、幹部らもその非理性的な思考に洗脳されていきました。ヒトラーがナチズムの預言者的存在だとするなら、そのバイブルはあらかじめヒトラー以外の者によって書かれていたのです。わたしは……」

「話を聞いていても、戦争に勝つために、それがなんの役に立つのかが見えてこない。結局どうすればいいのかね？　トゥーレ協会に特殊部隊を送りこんで指導者たちを暗殺するとでも？」

マローリーは再び首を横に振った。

「いいえ。確かにナチ党副総統のルドルフ・ヘスをはじめ、ヒトラーの側近の中にはトゥーレ協会のメンバーがいます。それでも、昇進をすればするほどヒトラーは協会とは距離を置くようになりました。そして、一九三三年に首相に就任したあと、最終的には協会を解散させたのです。さて、ここから話の核心部分に入ります。みなさんご存じの危険人物が登場します」

今度はスクリーンの映像が動きだした。夜間にパレードをするナチスの連隊の様子が映される。膝を曲げず足をぴんと伸ばして行進する黒い制服姿の長い行列。松明の灯が男たちの顔を明々と照らす。親衛隊全国指導者独特の制服を着用し、小さな丸眼鏡をかけた、陰気臭い顔つきの男が行列に向かって満足げに敬礼をしている。映像はいったんそこで静止した。

「ヒトラーに次ぐ実力者で危険な男、ヒムラーです。全ドイツ警察長官であり、親衛隊のトップでもありますが、この男もまたオカルトや魔術、怪しげな秘教の虜になっていました。それについてはみなさんもご存じなかったでしょう。ヒムラーはトゥーレ協会の会員ではありませんが、もっと過激な思想を持っています。親衛隊を完全に独自の組織として、騎士団のように仕立て上げていったのです。騎士の儀礼を叩きこみ、階級を設け、アーリア人の純血性を維持するべく魔術の効力を信じて儀式もおこなっています。ヒムラーもやはりユダヤ人やキリスト教を嫌悪し、ドイツ全土にオカルト的信条を根づかせようとしているのです。ヒトラーやほかのナチスの指導者にしてもそうですが、ヒムラーという男はわれわれの理解の範疇を超えています。ナチズムの二面性そのものを体現しているのがヒムラーです。ダッハウに強制収容所を建設する一方で、第一級の科学者を動員し、自らのオカルト的思想を揺るぎないものとするために先史遺産研究所アーネンエルベを設立しました。昼間は電気を使用した拷問の研究に熱を入れ、夜は夜で、アトランティス大陸がアーリア人の故郷と信じるあまり、伝説の地を求めてカナリア諸島に探検隊を送ることを考えたりしているのです」

「それで、あなたはどうなさりたいのです?」ベルサム卿夫人が尋ねた。「ドイツ人に奪われたというその恐ろしいスワスティカの回収作戦のために、わたくしたちが資金提供をするということかしら?」

カニンガム元帥がとんでもないというように頭を横に振った。マローリーが答えるより先に、モランが口を開いた。

「それは無理でしょうな。スワスティカにはイングランド銀行の地下金庫にある金塊と同じくらい厳重な警備がついていますから」

マローリーは両手をテーブルにつくと、静かに言った。

「新しい情報によると、同じような力を持つ第二のスワスティカが存在するそうです。それがナチスの手に渡るようなことがあってはなりません。もし、ナチスがそれを手にしたら恐ろしいことが起こるでしょう」

「それはどこにあるのですか？ チベットですか？」ブルック総司令官が訊いた。

「いいえ。昨年、ヒムラーはスペインのカタルーニャ地方にあるモンセラート修道院に向かいました。スワスティカを手に入れるためです。目的のものは修道院にはありませんでしたが、そこで新たな手がかりを得たらしく、現在、配下の者たちが南フランスのとある城へ捜索に向かっています。それをなんとしてでも阻止しなければなりません。スワスティカがナチスの手に渡ってしまえば、われわれは自由な世界に別れを告げることになります」

「チベット人から奪ったスワスティカが何からできているのかは、結局わからずじまいということですな」

棘を含んだ口調でカニンガム元帥が言った。

「それは科学者の仕事になります。わたしの仕事は、ドイツ人よりも先にスワスティカを回収することです。それには、一刻も早く特殊部隊を派遣するよう首相を説得しなければなりません。わたしが今日ここに来たのはそのためなのです」

「馬鹿げている……話にならん……」カニンガム元帥が呟いた。

するると、モランが所見を述べた。

「みなさん、このとおり、わたしは誰よりも合理的な人間です。ですが、何事もなおざりにできない性分でもあります。そのおかげで財産を築くこともできました。ここは司令官の味方になって首相を説得し、ゴーサインを引き出しましょう。国が戦争をしていることに比べたら、特殊部隊を派遣することくらい、たかが知れているではありませんか」

それまで口を閉ざしていたメンバーが手を挙げた。国王ジョージ六世の秘書である。

「では、採決を取りましょう」

一四

一九四一年五月
カステリョー・ダンプリアス

嵐の前の黒雲さながらに、大聖堂が町に巨大な影を落としていた。神の家はその石造りの重々しい存在感をもってすべてを威圧する。周囲の家々は信徒のように跪き、一心に祈りを捧げているかに見える。鎧戸が閉ざされているのは暑さをしのぐためだろう。その向こう側では、住人が地下納骨堂やガーゴイルが現れる恐ろしい夢にうなされているに違いない。いずれにしても、通りには人の気配がなかった。その中を軍の装甲車に先導されながら、公用車の車列がゆっくりと進んでいた。装甲車の大砲の黒い鼻先が通りや建物の匂いを一つ一つ嗅ぎながら、危険が潜んでいないかを確かめていく。

実際、マドリードではフランコ将軍が勝利宣言をしていたが、フランコ軍はまだスペイン全土を制圧したわけではないのだ。ピレネー山麓にはいまだにゲリラグループが潜んでいて、あちこちに奇襲をかけている。そのため、ヴァイストルトは軍の車両を警護につけさせ、装備を万全にしてバルセロナを出発した。そして、埃っぽい道を次々と走り抜け、この町に入ってきたのである。やがて、中央広場に装甲車が到着した。黒い砲塔がぐるりと動いてまんべんなく周囲を見まわす。安全確認がとれると、後続の車は順番に大聖堂の近くに停まった。車のドアが開き、しんとした広場にバラバラと兵士たちが降り立つ。兵士たちはすぐに広場に続く道を全面通行止めにした。

「周辺の安全を確保しました、上級大佐殿！」

　私服のままのヴァイストルトは、それまでずっとトランクに閉じこめられていたかのように大きく伸びをした。車内では窮屈な思いをしたが、服は皺になっていない。それでも、ズボンの折り目はきれいか、汚れていないか念入りにチェックした。それが終わると、広場を横切り、市役所の隣の典型的な中世の建造物の前で立ち止まった。

「ゴシック様式の博物館《ミュゼオ・ゴチコ》か」ヴァイストルトは呟いた。

　トリスタンは二番目の車に乗っていた。車から降りると、すぐに二人の兵士が両脇についた。促されるようにして歩きだしたが、うなじに兵士の視線を感じた。直撃されたら、ひとたまりもないはずだ。

「バルセロナが陥落してから隠れていたのがこの博物館だな?」わかりきったことをヴァイストルトが尋ねた。

　トリスタンは建物に近づいて、広場に面した格子窓を指さした。

「ここが事務所です」

「どうしてここで働くようになったのか？」ヴァイストルトは興味深げに訊いた。

「ここに来た日の朝、バルセロナの歴史博物館で学芸員をしていたことを話しました。バルセロナが占領されて、路頭に迷っていたのです。警察が機能していなかったので、町の人たちは博物館が略奪に遭うことを心配していました。食べていけるだけの給料がもらえればよかったので……」

「だが、三か月後にはまともな額が支給され、半年後には倍になった」

「来訪者が少なかったので、全コレクションの目録を作成したのです」

ヴァイストルトは疑わしそうに聞いていた。

「その対価が支払われたのはわかるが、そのあとの昇給は……」

「博物館の中でも特に希少なコレクションは、町の名士たちの先祖から寄付されたものなのです。古文書にその記録が残っています。それで、名士のみなさんに敬意を表して各展示室にみなさんの名前を付けたら、ことのほか喜んでもらえて……」

ヴァイストルトは皮肉な笑みを漏らした。虚栄心をくすぐることほど、スペイン人に有効なものはないようだ。

ヴァイストルトとトリスタンは博物館の正面玄関までやって来た。係員は恐れをなして入館料もとらずにいなくなっていた。館内は硝酸の刺激臭がした。臭いは剝がれた床を通して立ち上ってくる。あたかもこの古い建物が地下に呑みこまれでもしそうな嫌な予感のする臭いだ。

　ヴァイストルトは、ローマ時代や中世の遺物が展示されたガラスケースの前を通り過ぎ、絵画の展示室に入った。幼子イエスに豊満な乳房をふくませる聖母マリアの絵が二点あり、その横にはスペイン黄金期に君臨した絶対君主の肖像画がいくつも並ぶ。いずれも生え際がM字型に後退し、ロウで固めた髭を蓄えた若き日の国王の姿だ。金色の作者のサインは色褪せて、黒ずんだワニスのせいで判読できなかった。さらに部屋の一角には、そこに置き忘れられているかのような風情のショーケースが、ぽつんと置かれている。ケースの中には中途半端な作品がごちゃごちゃと展示されていた。恍惚とした聖人、光の中心で間の抜けた顔をしているキリスト……骨董屋でも引き取らないようなお粗末な宗教画ばかりである。

「これだ！」

　ヴァイストルトが息を呑むほど白い手で一枚の絵を示した。色の褪せた小さな目立たない油絵で、円錐台状の山が描かれていた。山の上には城壁が層をなし、塔がそびえている。空には、白く輝く五芒星が周りに釣り合わないほど大きく誇張して描かれている。

「整理番号ＡＦ１３３、『モンセラートとされる風景、作者、制作年不詳』」トリスタンが言った。

《とされる》という言葉に、ヴァイストルトは「どういうことか」と目で問いかけた。トリスタンは別の壁面から額縁ががたついている版画を外して持ってきた。

「こちらがモンセラートの風景です。おわかりかと思いますが、修道院の建物は山頂ではなく、中腹の窪んだところに建てられています。しかも、ご覧のとおり修道院の周りには城壁がありません」

「つまり？」

「この油絵はモンセラートではなく、別の場所を描いたものだということです。描かれているのは修道院ではありません。城です。ご覧ください。城壁の上に塔がそびえています。塔には銃眼があります。つまり、これは鐘楼ではなく防御塔です」

「いつの時代の城かわかるか？」

トリスタンはショーケースに顔を近づけて細かく調べた。

「中世の歴史はわたしの専門外ですが、城壁の上部には出し狭間《はざま》（城壁や塔から突き出した胸壁（きょうへき）にある穴で、城壁の下にいる敵に向かって石や熱湯などを落とすことができる）がなく、外堡《がいほ》（城や砦の外防備）も脇塔も見当たりません。したがって、高度な防御設備がないということです。これは十二世紀か十三世紀の城邑《じょうゆう》、つまり城塞都市の絵でしょう」

「作者は実際に見た風景を絵に描いたということか？」

トリスタンは首を横に振った。

「いえ、正確な年代まではわかりませんが、画法や色使いから、絵のほうは一五〇〇年以降、おそらくはルネサンス期に作成されたものでしょう」

ヴァイストルトの血が騒いだ。たとえ軍服を着ていようと、研究者は研究者であるべきだ。そこに謎があれば、解明しなくてはならない。ヴァイストルトはトリスタンの言ったことを検証するようにじっと絵を見てから、さらに尋ねた。

「実際に見た風景でないとしたら？」

「これはそれよりも昔に描かれた絵画なり素描なりの複製だと思います。おそらくオリジナルのほうは中世に描かれたものでしょう。それが時の経過とともに劣化したので、複製画を作成したのだと推測できます。そのあとで『十字架の道行』の連作の中に紛れこませたのです。他人の目を欺くために」

ヴァイストルトは用心深く後ろを振り返った。見張りの兵は部屋の入口に立っている。あれなら話は聞かれないはずだ。確認すると、ヴァイストルトはまた絵に戻った。それにしても、このフランス人には驚かされる。美術に精通していることは明らかだ。知識量が半端ではない。有能すぎるほどだ。

「つまり、中世中頃の城を描いた絵があり、何世紀かあとにその複製画が作成され、平凡な『十字架の道行』の中にそれを隠した。そういうことだな？」

トリスタンは頷いた。ヴァイストルトが情報を整理したうえで、もっと何かを知ろうとしているらしいことはトリスタンにもわかった。

「この城を特定できそうか？」

「実際の城と見比べれば、おそらく。ただし、絵のほうは容易に特定できないように描かれています。それどころか、山や城壁や塔など肝心な部分がかなり曖昧になっています」

「それなら『十字架の道行』の中に隠すこともなかったのではないか？」

「さらに詳しく調べる必要があるでしょう」

するとヴァイストルトはケースのガラス戸をそっと開けた。絵の表面のワニスにはすでにひび割れが生じている。ヴァイストルトは絵具が剝がれ落ちないように裏側を持って絵を下ろした。近くで見ると、星が塔の先端の延長線上にあり、城壁には銃眼を表しているらしい黒い線がある。城塞の基礎をなす山の斜面には直接攻めこまれないように石塀がめぐらされ、また、その石塀は城に続く道を守る役割も果たしているようだ。しかし、これらの細かい描写から城の構造を把握することはできても、絵そのものからは何の手がかりも得られない。空は一様に青く塗られ、山は淡いグレーで描かれている。

それでも、トリスタンには気になる箇所があった。上側の額縁の真下にローマ数字が書きこまれている。トリスタンはヴァイストルトにそれを示した。

「XIだ」ヴァイストルトが読み上げた。「『十字架の道行』の第十一留は、キリストが十字架に釘付けにされる場面だ」

「この絵には十字架も、磔にされている人物もいません。福音書には、キリストはゴルゴタ、つまりカルヴァリの山で磔刑にされたと書かれていますから、共通するものといえば、唯一、山ということになります」

「つまり、この山に注目すべきだと？」

「山そのものか、あるいは山という言葉です」トリスタンは言い添えた。「でも、それだけではわかりません。この絵に何か意味があるのなら、別に手掛かりがあるはずです」

　ヴァイストルトは部屋の隅にある、擦り切れた革張り椅子に目を留めた。スペイン黄金時代のものと思われる。ヴァイストルトはショーケースの前に椅子を持ってきて、昔の君主よろしくどっかりと座った。じっくりと考え事をするなら、腰を落ち着けるに限るというのがヴァイストルトの信条でもあるのだ。

「よし、順番に考えよう」ヴァイストルトが言った。「この絵からは城の場所が特定できる。絵の中には手掛かりになる印が隠されている。それを前提に考えるなら、どこに印を隠すことができるか？　額縁の中か？」

　トリスタンは皮肉っぽい笑みを浮かべた。言われるまでもない。この博物館にいたときに、すでに額を外し、額に隠れていた部分に署名がないか確かめているのだ。画商の仕事の基本である。

「にやついているところを見ると、どうやら愚問のようだったな。絵の裏面も確認したのだな？」

「キャンバスは木枠に張られ、緩みは生じていません。見た限り、何の跡も認められませんでした。書き込みも焼き印も印章も何もありません。けれども、簡単な木枠に張られているることがすでに手掛かりとなっているのです。キャンバスを素早く取り外し、丸めて持ち出し……」

「……隠すことができるように」

「ですから、メッセージがあるとすれば、絵の中にあるはずです」

ヴァイストルトは組んでいた足を下ろして、膝に手を置いた。真剣になっている。ヴァイストルトが何も言わないので、トリスタンは話を続けた。

「可能性は二つしかないでしょう。手がかりは作品そのものの中、すなわち塗りこんだ絵具かワニスの下に隠されている。あるいは、絵を構成しているものの中にある。そのどちらかです」

「もっとはっきり説明しろ」

いつ銃口を向けられてもおかしくない状況に置かれているにもかかわらず、トリスタンは自分が夢中になって話していたことに気づいた。未知の芸術作品を前にするたび、時間の経過や人間によって隠された意味を見出したいという欲望が抑えきれなくなるのだ。子どもの頃から持ち前の探求心で、謎解きをするように絵を見てきた。そもそもこの謎への飽くなき探求心があったからこそ、トリスタンは美術業界で評判を得るようになったのである。作品は美しさを鑑賞すればいいだけのものではない。作品からは歴史や物語を知ることもできるのだ。

「この絵が描かれたと推測されるルネサンス期は、芸術家のような知識層のあいだでダブル・ミーニングを仕掛けることがはやっていました。数々の暗号が作られたのもこの時代です。隠れた意味を見つけるには、論理的で矛盾のない通常の思考から外れているものを探す必要があります。見方を変えなければなりません」

「一見したところ、城、城壁、塔ではなさそうだが……。どれも従来の城塞のイメージどおりだ」

「星も同じですね。大きすぎるとしても、五芒星の表現ならこの時代にも見られます」

「あとは山だ。おかしな点はあるか？」

トリスタンは注意深く眺めたが、特に変わったところはなかった。それどころか、山の絵は情けないくらい凡庸だった。画家はどうも急いで仕上げようとしていたらしく、山肌らしく見せるための岩塊や木々の緑はあえて描き入れてない。山頂まで続く幾重にも曲がる道を描くためだけに労力を費やしたようである。度を越している、とトリスタンは思った。

道だけをここまで過剰に描写する必要があるだろうか。それにまた、ひどく不自然な道だ。実際にこんなにくねくねした道を登っていったら、山頂に到達するまでに何時間もかかってしまうだろう。これは完全に……。

トリスタンは考えながら、絵の上下を反転させた。

「あった」

ヴァイストルトが勢いよく立ち上がった。上下逆さに見た道は曲線模様に変わり、乱れた筆記のように見えてくる。

「言葉が隠されています。下のほうを見てください。最初の文字です」

「『s』だな。その次はアクセント記号の付いた『e』だ」

トリスタンは絵の向きを戻してみた。アクセント記号になっていたのは、道沿いの石塀の一部だった。ヴァイストルトが絵を取り上げて解読を続ける。

「三番目は『g』だ」

「その次は『u』ですね」

「『Ségu《セギュ》』……」

「『Ségur《セギュール》』だ」そう言いながら、トリスタンはおやっと思った。そして、再び絵に目を近づけた。

「何かあるのか？」ヴァイストルトが疑わしげに尋ねた。

「『e』にアクセント記号が付いているということは、スペイン語以外の可能性もあります」

今度はヴァイストルトが絵を覗きこんだ。間違いなく『e』の上にはアクセントがある。トリスタンはもしやと思った。

「セギュール……。フランス語風ですね。これ、フランスの地名かもしれません」

「それも中世の城がある場所だな」ヴァイストルトが付け加えた。「円錐台状の山の上にある城だ」

トリスタンははたと手を打った。とたんに入口の衛兵が振り向き、肩から銃を下ろして構えた。

「モンセギュールだ！　フランス南部、ピレネー山脈近くにある城です。ここは有名な場所で、というのも……」

説明はそこで遮られた。

ヴァイストルトの声が館内に響く。即座に兵士が駆け寄った。

「衛兵！」

「拘束しろ」

兵士がトリスタンの手首を縛る。

「地下に閉じこめておけ」

トリスタンが連行されると、すぐにヴァイストルトは親衛隊の主計将校に連絡を入れた。

「緊急だ。長官に直接伝えてくれ。親衛隊の派遣部隊と調査チームをフランス自由地域（ナチス・ドイツによるフランス占領後、フランス政府による自治が認められた地域（フランス南部））にあるモンセギュール城に送ってほしい、と」

一五

ロンドン
特殊作戦執行部本部
ベイカー街

電動鋸の耳障りな音に交じって、執拗に振り下ろされるハンマーの振動が伝わってくる。汚れた天井から埃が落ちてきて、目を通している書類の上に降りかかった。

また始まったか。

マローリーは疲れて赤くなった目をこすると、手の甲で書類の黒い埃を払った。こんな環境ではとうてい仕事に集中できない。ただでさえプロパガンダ・心理作戦局のオフィスとしてあてがわれたこの部屋は建物の袖にあって湿気もひどいのに。そのうえ、騒音まで我慢しろというのか。上の階の改修工事が始まってからもう二週間になる。

マローリーは秘書が控える隣の小部屋に向かって叫んだ。

「ペニー！　後生だから、職人たちにこっちの仕事中は作業を控えるように言ってくれないか」

細く開いていたドアのあいだから陽気な顔が覗いた。

「まあ、そんな無茶をおっしゃって。職人さんたちだって、工事を終わらせなければならないんですよ。ですから、わたしは耳に綿を詰めていますの。司令官もお嫌でなければ、いかがです？」

マローリーはこっそり笑みを漏らした。三人の局長の秘書として仕事をこなしているペニーには、頭を下げて自分の秘書にもなってもらっている。なにしろ、人の緊張を和らげるのがとてもうまいのだ。これはSOE司令部の中においては得難い才能である。マローリーはこわばった体をほぐすように立ち上がると、老朽化した窓枠に肘をついた。窓の下にはベイカー街を行き交う傘の波が見える。噂では、チャーチル首相はシャーロック・ホームズ好きが高じて、個人的な趣味でこの場所を選んだ（注14）などと言われている。外から見ればこの建物も、近隣の洗練された建造物となんら変わるところがない。入口の簡素なプレートに、〈軍統合調査局〉（Inter-Service Research Bureau）という当たり障りのない表向きの名称が記されているだけだ。だが、その瀟洒な外観の内側では恐るべき特殊作戦執行部――SOEが活動を続けている。百人ほどの男性職員のほかに女性職員も多数いて、ひたすらナチス・ドイツが支配するヨーロッパを攪乱するために日夜汗を流しているのだ。

SOEでは妨害工作が練られ、工作員の選抜、銃器や手榴弾の準備といった段取りが考えられていた。暗殺計画も立てられた。純粋なる英国の組織ではあったが、建物の中では外国人エージェントたちが話す癖のある英語も飛び交う。どの外国人もナチス・ドイツに占領されていたヨーロッパ各地で採用された者たちで、ここに雪辱を果たすべく集まってきたのだ。ポーランド軍の機甲部隊にいた者が、廊下でダンケルクの生き残りのフランス人将校とすれ違うこともあった。オランダ人窃盗団やベルギーの王党派やノルウェーの社会主義者らとひんぱんに接触し、特殊任務を終えて戻ってきたばかりのチェコの警官たちの姿もある。祖国から見限られても、武器を取って戦おうとしていた彼らにとって、SOEという過激な軍団はトランジット先のバベルの塔のようなものだった。

マローリーはSOE創設当初からのメンバーだった。開戦時、国家の諜報機関であるMI6の幹部のポストを蹴って、SOEでのプロパガンダ・心理作戦局の設置に心血を注いだのである。心理戦術部門はマローリーの得意とするところだった。SOEナンバー3でもあるマローリーが率いるこの部局は、SOE内でも一番あくどい手を使うとされている。情報操作で相手を攪乱させ、偽のラジオ局を起ち上げ、ナチスの指導者たちの悪行の数々をあぶり出し、巧みな駆け引きで相手に揺さぶりをかけていく……。プロパガンダ・心理作戦局はSOEにはなくてはならない部局となっていた。

秘書がマローリーの目を見て言った。

「がっかりなさらないでください、司令官。セクションFがオーチャード・コートに移れば、部屋が空きます。優先順位から言って次に入居するのはこの局ですから」

「セクションFで思い出したが、あそこのファイルの返却を頼みたいんだが」マローリーは机の上の黄色いファイルの山を指した。「ついでに、あの中からメンバー二名を選んだことをバックマスター大佐に伝えておいてくれ」

「F（注15）の性格からすれば、喜んで自分のスタッフを差し出すわけではないでしょうね。なにしろ、スタッフのことはわが子同然に思っていますから」

「かわいい子には旅をさせよということだ」マローリーは平然と言った。「十五分後に大佐のところに顔を出そう」

「それには及びませんわ。Fは先ほどからずっと電話中です。僭越ながら、すぐにでも会いに行かれたほうがよろしいかと思います、カッコウがツバメの巣に卵を産みつけるくらいの勢いで」

秘書がドアを閉めて部屋に引っこむと、マローリーは知りあいの海軍情報部のフレミングがくれたモーランド（ロンドンの高級煙草店）の巻き煙草に火を点けた。マローリーはモーランドに目がなかった。トルコ産やマケドニア産の密輸入品が巧みにブレンドされているのだ。マローリーはカラメルのような香りを楽しみながら煙を吐き出すと、選抜した二名のエージェントの写真を改めて見つめた。その二名を特殊作戦に同行させようと思っている。

男女それぞれ一名ずつ。

男のほうは三十代。髪はブラウンでオールバックにしている。これといった特徴のない顔に疲れた表情を浮かべ、クマのできた目には生気がない。人から怪しまれないタイプだ、とマローリーは思った。登録カードの名前はシャルル・ブランデル。フランス陸軍第二歩兵隊中隊長とある。一九四〇年八月にロンドンにやって来てSOEに志願している。現在はフランスのロワール・アトランティック県に派遣され、ゼロからレジスタンスの組織網を起ち上げている最中だ。シャルルというのは偽名である。

続けて二枚目の写真を見る。

ジェーン・コルソン。二十七歳。ブザンソン生まれのイギリス系フランス人だ。在印英軍連隊長を父に、フランス人看護師を母に持つ。一家は開戦の二年前にイギリスに渡ってきた。マローリーはモノクロの写真を手に取った。ブロンドのその女はふてくされた顔をして、冷やかすようにこちらを見ている。SOE結成以来、実戦部隊で採用された女性はほんの一握りしかいない。ほとんどの女性は管理や調整部門に配属されている。

マローリーはまだためらっていた。フランスに女性エージェントを送りこむのはいかがなものか。この若い女が卑劣きわまるゲシュタポの拷問を受ける可能性だってある。それを思うと、マローリーは気が変になりそうだった。だが、Fはフランス南西部まで行くには女性を同伴させるように主張していた。男女のカップルのほうが目をつけられにくい。今のところ、女性エージェントがドイツ人に捕まったことはないのだという。

だが、そんなことを言われても、なんの気休めにもならない。Fは部局長という立場からも、この作戦に反対していた。特に今回はマローリー自身も参加するからだ。ＳＯＥの幹部が捕虜になれば由々しい一大事だ。

マローリーは写真を置くと、フーッと煙を吐き出した。窓の向こうでは真っ黒な雲がロンドンの空を覆いはじめている。

今から、自分は前線に向かおうとしている。作戦計画を練るのと、作戦に加わって決行するのは別の問題だ。もう間もなく自分は占領地域のボルドーに乗りこむ。つまり、敵地だ。そこでドイツ側に捕まれば、スパイと見なされる。命が助かる望みはない。屠殺場の牛と同じだ。それどころか、それ以上に苦しい死が待っている。

マローリーは引き出しを開け、誕生日に同僚から贈られた十七年もののオーバンのボトルを取り出した。

グラスに半分ほどついで、殉死したドイツ人の友、オットー・ノイマンに静かに献杯する。続いて、キャビネットの上の壁を飾るチャーチル首相の写真に向かってグラスを掲げる。すべては前日、ダウニング街一〇番地に緊急で呼び出されたときに始まった。

◆　◆　◆

首相の執務室は葉巻の匂いが重く立ちこめていた。チャーチルは壁に貼られたヨーロッパの地図をじっと見つめたまま、振り返ろうともしない。

「マローリー君。こそこそ動き回って、姑息な根回しをしおって」

マローリーはクリケットのバットのように体をこわばらせて立っていた。

「なんのお話でしょう」

チャーチルが振り向いた。憤懣《ふんまん》やるかたないといった様子だ。

「わたしを舐めるのもいい加減にしろ。国王陛下の秘書から電話があって、きみのたわけた報告書を読むように言われた。その……畜生、なんといったか、その……」

「アーネンエルベでしょうか」

「そうだ……きみにははっきりさせておきたいことがある、マローリー。ほかの人間が関与しているのでなければ、即刻きみをクビにしているところだ。わたしは魔術もオカルトも昔の神話も一切信じじん。チベットで見つけたお守りがヒトラーを勝利に導いただと？　いいか、そんな話は端から信じないぞ。絶対に！」

「わたしは決して……」

「人の話を最後まで聞け。どうやらきみはゴードンクラブに話を持ちこんで支持を取りつけたようだな。フリーメイソンの選ばれしメンバーの精神が健全であることは言わずもがなだ。さあ、単刀直入に言いたまえ。きみはどうしたいのかね？」

マローリーは瞬きもせずにチャーチルを見据えた。

「フランス南部へ特殊部隊を派遣する許可をいただきたいのです。敵が欲しがっているもう一つのスワスティカの回収が目的です。SOEのエージェント六名を向かわせ、現地でレジスタンスの協力を得て作戦にあたります」

チャーチルのブルドッグのような顔に狡猾な表情が浮かんだ。

「六名か。これはまた大きく出たな……。馬鹿げた話をそこまで本気で信じているなら、自分の首をつっこむくらいの覚悟はあるんだろうな？　なにしろきみは、もっと別の戦略的なミッションで有用となる人材の命を危険にさらそうとしているんだぞ」

「とおっしゃいますと？」マローリーはとぼけようとした。

「はっきり言ってやろうか。きみは自らその特殊部隊の陣頭指揮を執って、狼の巣穴に飛びこむ覚悟はできているのかね？」

ドキンと心臓がバウンドした。まさか自分が行けと言われるとは想定外だった。数秒が流れ、マローリーは口を開いた。

「ありがたく拝命いたします」

チャーチルが忌々しそうに言った。

「畜生、きみもナチスの奴らと同様、いかれているよ。わたしはきみの覚悟を試そうとしただけだ」

「わたしが行きます」

チャーチルは首を横に振った。

「危険すぎる。きみはSOEのことを知りすぎている」

マローリーは机に両手をついた。

「奥歯に青酸カリのカプセルを仕込んで臨みます。局内の歯医者は優れた技術を持っていますので」

チャーチルは部屋の中を歩きだした。首を傾げ、歯がゆそうに歩き回る。やがて、ぱたりと足を止め、決然とした表情でマローリーを見た。

「よし。許可するとしよう。部隊を派遣したまえ。だが、報告書では本来の目的を伏せ、現実的な目的をでっち上げるのだ。わたしが生きているうちは、戦争の真っ最中にアーサー王伝説の再現を許可したことなど知られたくないからな。戻ってきてから、その……発見したものについて報告を入れろ。報告は口頭のみでいい。何か見つけて、無事帰還したらの話だが。それから、作戦に加えるエージェントについてだが」

「はい、お願いします」

「SOEからは二名のエージェントをつける。二名だけだ。あとの人員は現地のレジスタンスでまかなえ。まあ、作戦の目的を知ったら、レジスタンスのリーダーがどう思うかは知らんがな。詳細はFと詰めろ。それと……」

少し間を置いてから、チャーチルはヒステリックに叫んだ。

「せいぜい地獄を楽しんでこい！」

マローリーは頭を下げると、足早にドアに向かった。部屋を出ようとしたとき、チャーチルの声が響いた。

「司令官、わたしは人から強制されるのが大嫌いだ。たとえ相手が国王本人であったとしてもだ。もうこれきりにしてくれ。今度同じような真似をしたら、貴様の首をロンドン塔のてっぺんから吊るしてやるからな」

◆　　◆　　◆

釘を打つ音がやみ、今度はハンマードリルの甲高い音が繰り返し聞こえる。自分も耳に綿を詰めようとしたとき、ドアが騒々しい音を立てて開き、Ｆが中に入ってきた。背が高く、ブロンドの髪はまばらで、細面の青白い顔をしている。Ｆはマローリーの机の前に立つと、冷やかに言った。

「選んだか？」

マローリーは二枚の写真を差し出した。

Ｆの顔が陰った。

「シャルルは無理だ！　今、レジスタンスのネットワーク作りに奔走している。彼のような人材ならほかに十人はいるぞ」

マローリーはかぶりを振った。

「この男以外に考えられません。高校時代までアリエージュ県で暮らしているんです。彼が住んでいたラヴェラネは目標から十キロ圏内の場所にあります。彼なら周辺の地理には詳しいはずです。地理に明るいメンバーがいれば心強いでしょう、バックマスター大佐？」

バックマスター大佐は猛然と迫った。

「目標と言ったな？　そうだ、それについて教えてくれ。俺はフランス・セクションの責任者だぞ。このミッションについて、なぜ首相サイドが箝口令《かんこう》を敷いているのかがわからない。おい、まさかおまえ、俺のポストを狙っているんじゃないだろうな？」

マローリーは目を丸くした。

「何を根拠にそんなことを言うのです？」

大佐は書類を押しのけると、机の上に腰かけた。

「悪知恵を働かせようとするなよ。うちのスタッフの協力を必要とする作戦の内容が俺に知らされないのは、セクションFの開設以来はじめてだ。おまえ自身がそこに向かうくらいだから、きっと重大なミッションなのだろう。ということは、作戦が成功しても俺たちの手柄になることはない。そうだろう？」

マローリーは笑った。

「結果の成否にかかわらず、このミッションがSOEの内部でも明かされることはないでしょう。大佐はどうぞ枕を高くしてお休みください。あなたのポストを横取りするつもりはありませんし、その器でもありません。なんでしたら、誓約文でも書いて署名しましょうか」

大佐はマローリーの顔をじっと見ていたが、やがてケースから煙草を一本取り出した。

「おまえは変わった男だな、マローリー。本当に変わっているよ。なるほど、心理作戦部門を任されるわけだ……。よし、わかった。どういう手順か、教えてくれ」

マローリーは、フランス南部の地図を広げると、丸まらないように端を本で押さえた。

「一週間後にジェーンと出発します。とんとん拍子に行けばの話ですが。まず、シャルル・グランデルの待つペサックに入り、ジロンド県のレジスタンス組織のリーダーと顔を合わせます」

ペサックとトゥールーズのあいだに黄色い線が二本引かれている。

「ジェーンとわたしの組はボルドーで列車に乗り、県境を越えてトゥールーズを目指す。妨害が入ったときのことを考えて、シャルルとリーダーの組にはトラックで向かわせる。そして、トゥールーズで再び合流するという流れです」

マローリーの人差し指が、赤ペンでなぞった曲がりくねった道をたどっていき、ある地点で止まった。大佐は老眼鏡をかけ、顔を地図に近づけた。

「モンセギュール……聞いたことがないな。こんな辺鄙《へんぴ》な場所で、重大な作戦が展開されるというわけか」

大佐は自分の評判を落とすようなことは一切避けてきた人間だ。マローリーは努めて平静を装って答えた。

「続けます。ミッションを遂行したらコリウールに向かいます。地中海に面した小さな港です。そこで潜水艦がわれわれを待っています」

「潜水艦か……通常なら、うちのスタッフはスペイン・ポルトガル経由で帰還するか、航空機に迎えに来てもらうのだが。やはり、作戦の内容については教えてはもらえないのか？」

「申し訳ありません、大佐。どうか悲観しないでください。もし、わたしが戻らないようなことがあれば、後任者選びに助言をくだされば幸いです。わたしのような変人でないほうがきっと……」

大佐は眼鏡を外して鼻根をつまんだ。

「いや、むしろ俺はおまえのことを認めているぞ。おまえは必ずこのミッションを成功させる。そして、うちのスタッフ二名を無事に連れ帰ってくるのだ。そう思っている」

「全力を尽くします」

「俺たちの仕事は全力を尽くすのが前提だよ。幸運を祈る」

大佐が出ていったドアをじっと見ながら、マローリーは物思いにふけった。はなむけの言葉としては、首相が最後に放った言葉よりもずっとありがたかった。

マローリーは引き出しから別のファイルを出して開くと、中から一枚の写真を抜いた。髑髏《トーテンコップ》の徽章をつけた黒い制帽に冷やかな微笑。頬に走る傷跡。笑みを浮かべてはいても、その顔には傲慢さがうかがわれた。写真にはラベルが貼られ、細い筆記で《カール・ヴァイストルト上級大佐《オーベルフューラー》》とある。この男とは一度だけ、あの水晶の夜《クリスタル・ナハト》に会っている。あの夜あの場所で二人を引き合わせたのは、亡き友だった。救うことができなかった友、ノイマン教授。

マローリーは粗悪なプリントに指先を走らせた。

ヴァイストルト……今度はすれ違うだけでは済まないぞ。

一六

一九四一年五月
カステリョー・ダンプリアス

三日後――。

トリスタンは二人の兵士からどやされ、追い立てられるようにして博物館の地下室を出た。

トリスタンの姿が表に現れると、大聖堂の前に駐車していた車が一台、急発進して石畳の広場を突っ切り、タイヤをきしませながら博物館の前に急停止した。先ほどから付近の住民らが鎧戸の隙間から恐る恐る広場の様子をうかがっていた。トリスタンが地面を引きずられていく。あの学芸員はいったいどうなってしまうのか？　あの夜の闇のような黒服の兵士たちはどこからやって来たのだろう？　兵士たちのがなりたてる声が建物の壁に反響する。兵士たちは乱暴にトリスタンを立たせると、エンジンをうならせている車の中に押しこんだ。窓から見ていた女たちは十字を切り、男たちは拳を握りしめてわが無力を呪い、すでに死者のための祈りを呟きはじめていた。

再び車が発進した。長い車体が家々の壁に怪物のような影を投げながら走り去っていく。その姿はあたかも次の獲物を追っているかに見えた。広場に静けさが戻ると、ヴァイストルトが博物館の玄関に姿を見せた。頭には麦わら帽をひょいと乗せ、すっかり旅行者を気取っている。住民たちはもはや訳がわからなくなってしまっていた。今しがた目の前で起きたことはいったいなんだったのか？　とはいえ、内戦中にさんざん恐ろしい目に遭ってきたので、悪夢のような出来事にも驚くことはなかった。

ヴァイストルトの手の中には例の絵があった。明日すぐにこの絵を外交小荷物でベルリン経由アーネンエルベ宛てに送る。絵はそこで細部に至るまで詳しく調べられることになる。本来の色彩を取り戻すべくワニスの汚れをきれいに落としてから、筆のタッチや絵具の艶まで一つ一つじっくりと観察する。そうやって絵はすっかりまる裸にされるだろうが、きっと何も見つからずに終わるだろう。ヴァイストルトはそう確信していた。だが、絵に隠されたメッセージは、トリスタンがすでに見つけている。時の彼方より発信されたドイツ帝国を頂点に導くメッセージを。

ヴァイストルトは広場を横切った。後方では装甲車がスタンバイしている。間もなく、自分たちは来たときと同じように正体を知られることなく姿を消す。ここカステリョー・ダンプリアスで、戦争の行方を決定づける発見があったことは決して誰にも気づかれないだろう。

だが、調査団をモンセギュールに送るにしても、その前にあのフランス人を片づける必要がある。

町の海寄りに、外敵の侵略に耐え、破壊から免れたローマ時代の市壁が残っている。大きな黄土石を積み上げたこの遺構は古代の濠端《ほりばた》に造られていた。濠の底はじめじめしている。兵士たちは行き当たりばったりでここを選んだわけではない。銃殺隊にとっては願ってもないような場所である。体を貫通した銃弾は壁に埋まり、死体が転がり落ちる濠の底は穴も掘りやすい。この濠が被刑者の終《つい》の棲家《すみか》となるわけだ。ヴァイストルトは、処刑前の銃殺隊の習慣をじっと観察した。はじめて目にする光景である。ことさらそれが死を予示するものであるだけに、隊の一連の行動はヴァイストルトの興味を引いた。

伍長が兵士を一列に並ばせて、射撃手になる者を指名する。射撃手は全部で五名。五名は前に出ると、持っている小銃を差し出す。伍長は銃を集め、その場を離れる。弾を抜いて装填しなおすのは伍長の役目だ。再装填が終わると伍長は銃を地面に置いた。名前を呼ばれた者が前に進み出て、任意に銃を選ぶ。五丁のうち一丁には空包が装填されていて、それが誰の手に渡るのかはわからない。そうした手法をとることで射撃手の心理的負担を軽くしているのだ。

ヴァイストルトは肩をすくめた。こんな茶番は馬鹿げている。ドイツ帝国の兵士にあるまじき行動だ。ナチス・ドイツの一員たる者、恐れも悔悟《かいご》もあってはならない。意志と力、ドイツ人が優れているという揺るぎない信念。ただそれだけに従えばいいのだ。良心とか人間性とやらは、そのうちにただの記憶、廃れた過去の遺物にすぎなくなる。ベルリンからワルシャワにかけて残されたシナゴーグの黒焦げの壁のように。

トリスタンはまだ車の中にいた。運転席の背もたれに顔を押しつけられて、息がまともにできない。心臓が胸から飛び出さんばかりに激しく鼓動を打っている。危険に瀕した体から逃げようとしているかのようだ。不意に表で大声がして、トリスタンは車から降ろされた。太陽の光に目が眩む。喉がからからだった。すると伍長が近づいてきて、いきなり上着を剝ぎ取った。邪魔になるチェーンやメダルをつけていないかを調べられ、それから両手を縛られて、壁の前まで連れていかれた。

トリスタンは背中にでこぼこした石の壁を感じた。射撃手たちは、立て銃の姿勢ですでに位置についている。ある春の日にマドリードの美術館でゴヤの『マドリード、一八〇八年五月三日』を見たときのことが思い出された。そこには銃殺刑に処され折り重なって倒れている死体が描かれていた。絵の中で死んでいるのはスペイン人で、撃ったのはフランス人だが、時代を超えても、変わらずに口を閉ざして感情を見せないというのが銃殺隊なのだろう。トリスタンは灰のような色の濠を見た。自分が地面にうつ伏せて死ぬことになるとは。伍長が踵を鳴らし、黒い目隠しの布を広げた。トリスタンは拒んだ。命は奪われても、死は奪われまい。この目で自分の死を見届けたかった。伍長は軍事パレードのように回れ右をすると、射撃隊のほうへ行った。

最初の号令がかけられた。

射撃隊が肩に銃を当てて構える。

第二の号令が響きわたったが、トリスタンにはもう聞こえなかった。

トリスタンの体は壁に跳ね、濠の中に落ちていった。

誰かがシャツを脱がせようとする。トリスタンはハッと目覚め、とたんに悲鳴を上げた。着弾で焦げたシャツが皮膚にめり込んで癒着していた。

「おまえはイエスの焼印《スティグマータ》を受けたのだ」ヴァイストルトの皮肉めいた声がした。

トリスタンは反射的に胸に手を置いた。顔にドサッと土がかかる。咳きこんで、目を開けると、傍らで兵士が穴を掘っている。

「安心しろ。おまえが入る穴ではない」

シャツが剝ぎ取られ、靴もさっさと脱がされた。銃殺隊を統率していた伍長の姿が見える。

「何をしている」トリスタンは呟いた。

「おまえは抹殺されたのだ」ヴァイストルトが静かに答えた。「今のところ、おまえは死んだものと思われている。射撃手にも、銃声を聞いた住民にもだ。だが、それで十分とは言えない。ズボンを脱げ」

訳がわからないまま、トリスタンはズボンを脱いだ。たちまち痛みが襲ってくる。胸には丸く四つの穴が開いている。

「演習用の弾だ。装填は伍長がやった。火傷をするし、出血もする。化膿する場合もあるが、死には至らない」

吐き気がこみ上げてきた。耐え難い臭気が辺りに漂う。自分は生きているはずがない。忌まわしい銃弾に体を貫かれ、体内ではすでに腐敗が始まっているに違いない。

「確かににおいはじめているな」ヴァイストルトが言った。「少なくとも二時間はトランクに寝かされていたからな」

ヴァイストルトは気がふれてしまったのだろうか。

「自分の上を見ろ」

濠の縁から人の手がだらりと垂れ下がっていた。その周りを蠅の群れがブンブン飛び交っている。

「道に転がされていた。処刑後に適当に捨てられたのだろう。おまえぐらいの年頃で、背丈も髪の色も近く、心臓に二発食らっている。あと二発撃ちこんでおけば問題ない」

すでに伍長がトリスタンの服を死体に着せているところだった。

「靴の紐を結び忘れるなよ」

トリスタンは起き上がり、濠の壁にもたれた。頭がくらくらした。横では親衛隊員がわき目もふらず、せっせと力仕事にいそしんでいる。穴は墓穴らしくなり、死体もどうやらトリスタンらしくなってきた。ヴァイストルトが伍長に偽の身分証明書を渡す。血で写真の部分が黒ずんでいる。

「死体のポケットにこの証明書を入れれば、完了だ」

伍長は後ろに下がると銃を構え、死体の胸に二発撃ちこんだ。

「これでもうおまえは死んだ」ヴァイストルトが告げた。

唖然呆然として、トリスタンはふらつく足で立っていた。

「このあとどうなるか教えてやろう。一、二時間もすれば、住民どもがここに駆けつけてくる。そして、濠から死体を引き上げて、ポケットの中味を調べる。外国人だとわかれば、恐れをなしてすぐに治安警察《グアルディア・シビル》に知らせるだろう」

トリスタンにはその続きが予測できた。処刑されたことが確認され、マドリードのフランス大使館に知らせが行く。そして、遅くとも一か月以内には役所で死亡届が受理されるだろう。それで死亡は確定だ。

「おまえはもうこの世には存在しない。おまえは別の人間になるのだ」ヴァイストルトが言った。

親衛隊員が手早く穴を埋めた。そして背嚢《はいのう》を開け、フィールドグレーの制服を取り出した。またもや返す言葉もなかった。トリスタンは差し出された制服を受け取り、袖に腕を通した。粗い布目が傷口に触れ、トリスタンは思わずうめいた。痛みと無力感が交錯する。死者の中で息を吹き返したとはいえ、結局地獄を生きるしかないのだ。

土埃を被った茂みの陰に車が停められていた。伍長がドアを開けに行く。伍長はサービスピストルをベルトのバックルの後ろに差していた。咄嗟に抜けるよう、銃床を右に向けている。ヴァイストルトに促され、トリスタンは車に向かった。

「すぐに出発するぞ。国境までまだだいぶあるからな」

車のボンネットの両脇にはそれぞれ鉤十字の小旗が飾られていた。ちょうどヘッドライトの真上のいやでも目につく場所である。トリスタンは後部座席に座らされていた。隣に座る伍長はトリスタンから目を離そうともしない。道中ところどころで検問が敷かれていたが、ナチスのシンボルのおかげでモーセの奇蹟を見るかのように難なく通り抜けることができた。スペイン人将校の中にはへつらうように、あるいはうやうやしくナチス式敬礼をする者もいたが、ヴァイストルトは適当に片手を挙げてそれに応えていた。ジローナに入ると、宣伝用の新聞から切り取ったヒトラーの写真を差し出す者まで現れた。断るわけにもいかず、ヴァイストルトは聖遺物に触れるように写真を受け取った。

「この国ではカトリック教会が多大な影響力を持っている。教会はこの国の愚か者たちに盲目的な信仰や狂信的な行為を強いてきた。トリスタン、おまえは神を信じるか?」

「今は信じていません」

ヴァイストルトは高笑いをした。

「信じたほうがいいぞ。死からよみがったではないか? しかもドイツ兵として生まれ変わろうとしている。まさにステージが上がったのだ」

「なぜ殺さなかったのですか?」

「知性に対する敬意だ。おまえのその知性なら、偉大なるドイツ帝国の大義のために活かせそうだからな」

トリスタンは黙ってそれを聞いていた。

一行がある町に差しかかったときだった。いきなり車が停止した。オーバーヒートを起こしたのだ。町には隘路《あいろ》が縦横に走り、道の両側の家が今にも接触しそうなくらいに迫っていた。日陰にあっても、息苦しいほどの暑さである。運転手はボンネットを開けてエンジンルームに風を入れ、水を探しに行った。不意に住宅のドアが開く音がして、脇にヤナギの籠を抱えた若い娘が出てきた。どうやら洗濯に行くらしい。石畳を踏むエスパドリーユののどかな音が近づいてくる。娘はうだるようなこの暑さも、路上で立往生する兵士たちのことも、まったく気にかけていない様子である。その姿はようやく鼓動を打ちはじめたこの町の心臓そのものだった。娘が車のすぐ横を通り過ぎた。衣服が車体と擦れあう柔らかな音がする。トリスタンは目を閉じて、娘の体が奏でる心地よい調べにうっとりとした。

しばらく女の夢も見ていない。夢に見なくなって、もうどれくらい経つだろう？　エスパドリーユの刻む快いリズムは遠ざかっていったが、心に希望が芽生えてきた。これまで自分はまったく別の世界で生きていた。死体が道端にうち捨てられ、囚人が叩きのめされ、うめき声を上げているような世界だ。自分はそこで希望を持つことなどすっかり忘れてしまっていた。突然、トリスタンは目の前が明るくなったような気がした。そうだ。自分には将来がある。望みがある。そこには美しい花々も咲き乱れている。花たちとは恋もする。そして、軽やかに咲いていた花は、いずれずっしりとした実を結ぶのだ。

不意にボンネットを開け閉めする音が響き、トリスタンはハッとして現実に引きもどされた。エンジンルームからはまだわずかに煙が上がっている。だが、だいぶ熱は引いてきたようだった。トリスタンは、たった今自分が思い描いていた世界を思い返した。あれはたわけた夢なのか。ひと時の幻に過ぎないのだろうか。薄れゆく白煙の中に、トリスタンの女神たちも消えゆこうとしていた。ヴァイストルトが苛々したように声を上げた。

「もう出発できそうか？」

運転手は踵を鳴らして答えた。

「すぐに出発します」

車は再び発進した。町を抜けるとすぐ、薄く青みがかったピレネーの山並みが姿を現した。階段状に連なるオリーブ畑を後にすると、標高が上がるにつれて、丘の斜面が小石だらけになっていく。マツ林に侵食された灰色の断崖も見える。フランスとの国境が近づいているのだ。

「税関まであとどれくらいだ？」

伍長が地図を広げ、森を示す緑の部分から国境の赤い点線までの曲がりくねった道を指で追った。

「二時間です、上級大佐」

ヴァイストルトがトリスタンのほうを向いた。一瞬その横顔が猛禽のように見え、トリスタンはぎょっとした。

「国境の手前まで来たら、ドイツ軍の身分証を渡す。それがおまえの名前と階級だ。何か質問されたら、代わりにわたしが答える。まあ、ドイツ語が話せるのだから、あとは適当に切り抜けろ。さあ、これで準備万端だ……。いざ、モンセギュールへ！」

第二部

《わたしは、ミュンスターで統治権力を握った、クニッパードリンク率いる再洗礼派《アナバプテスト》集団に思いを馳せた。この集団では第三帝国と同じく、絵空事のような救済思想、残虐性、狂信的な愛他精神が異様な言動に結びついている。この共同体では、忠誠心と暴力がもつれあい、信仰的な熱狂や盲従が絡みあいながら宗教改革運動が展開された。十六世紀、ヴェストファーレン地方の一都市は破綻へと導かれていった。そして、二十世紀、世界はカオスへと突入していく》

——アルベルト・シュペーア（ナチ党主任建築家、ドイツ帝国軍需大臣）

《Propos sur le nazisme》, L'empire SS, Robert Laffont. 1981（「SS帝国」から「ナチズムについて」）より

一七

一九四一年五月
ヴェストファーレン
ヴェヴェルスブルク城

辺りが宵闇に覆われるなか、黒々とした城のシルエットがぼんやりと浮かんでいた。北側から見たそのシルエットが威圧するようにそびえる円塔であることだけはわかる。鋸壁《きょへき》（城壁や城の最上部に設けられた凸凹状の防御壁）のある塔の最上部が暗い空におぼろげに見えている。肌寒い夜だった。星は姿を見せず、寂しげな東の空へ雲が勢いよく流れていく。騒々しいエンジン音やヘッドライトの白い光がなければ、武者修行中の騎士や飢えた狼がうろついていた時代に迷いこんだかと勘違いしてしまうところだ。間もなく車は脇道に入った。堀沿いを走っていると、ヘッドライトが照らし出す先に、列をなして歩く男たちの姿が浮かび上がった。気温が低いにもかかわらず、男たちはシャツ一枚で黙々と歩いている。彼らを護送しているのだろう、馬に乗った看守らしき人物の姿もある。助手席の将校が振り返って説明した。

「あれは囚人たちです。現在建設中のニーダーハーゲン強制収容所から作業員をこちらに回してもらって、城の改修工事にあたらせているのです。ヒムラー長官から作業を急ぐように命じられていましてね」

エリカ・フォン・エスリンクは足を組み両手を膝に置いたまま、黙って聞いていた。囚人たちは虚ろな目をして夢遊病者のように歩いている。

「あのように」将校は熱弁を振るった。「思想犯や劣等人種の者たちにも参加をさせ、われわれの偉大なる帝国の建設に総力を挙げて取り組んでいるわけです」

そう語りながら、将校はエリカをしげしげと見つめた。そのかっちりしたグレーのスーツの下に隠された肉体はどんな曲線を描いているのだろうか。将校は銀のSSルーンの刺繡を見せつけるように襟を伸ばしてみせたが、どうやら相手には響かなかったようだ。出発してから、道中エリカはほぼ無言だった。

「あとどれくらいですか？」

「もう数分で到着します」

将校は早く城の入口が見えてこないかと前方に目を凝らした。城に着けば、親衛隊の仲間がいる。仲間といれば、いつもの自分が取りもどせる。とにかく、この任務についてからというもの……どうにも……そう、この考古学者の女といることが気詰まりでならなかった。将校にはポーランドやフランスの前線で戦ってきたという誇りがある。だが、実際、女はこちらに目をくれようともしない。将校は自分が取るに足らない人間に思えてならなかった。この女にとっては自分など、いてもいなくてもいいような存在なのだ。先祖は代々、名もなき農民である。先祖同様、自分も貴族の所領で細々と畑を耕すのに向いているということか。それに引き換え、女は領主の家系だ。十世紀からフォン・エスリンク家はヨーロッパ中の戦場にその名を轟かせ、今やドイツ産業をリードするようになっている。

「到着しました」将校はほっとしたように告げた。

エリカは窓に顔を近づけた。広場と正門を結ぶ橋の両脇にずらりと篝火が並んでいる。車は速度を落とし、橋を渡ろうとした。

「停めてくださる？　ここからは歩きます」

運転手が車を停めると、将校が急いで降りてドアを開けに来る。エリカは将校がドアを開けながらいかがわしい目つきで自分の脚を見ていることに気づいた。新たなドイツのエリートだかなんだか知らないが、結局、親衛隊には品位というものがない。派手やかな黒の制服や顔が映るくらいぴかぴかのブーツを身につけていようが、品格が感じられないことには変わりない。

「ええと、その、考古学者になられたわけを伺ってもよろしいでしょうか」将校が尋ねた。

エリカは薄笑いを浮かべた。まったく、これまでに何度同じ質問を受けてきたことか。

遺跡を調べ、発掘物の一覧を作り、レポートを発表する。それは男性の独壇場であって、女が足を踏み入れるような世界ではない。それがおおかたの見解だ。ガチョウ足行進や競技場で上げる軍隊式の雄叫びなどで男らしさを見せつけるこのご時世においてはなおのこと、女性の考古学者は珍しいと見える。

考古学者になった理由ね……。

結婚できる年齢になったとき、エリカは歴史研究の道に進む決心をした。それには旅行好きの叔父の影響があったのかもしれない。子どもの頃、叔父は寝る前にわくわくするような話をいくつも聞かせてくれた。トロイア発掘、エジプトのピラミッド、マヤ文明の遺跡……その魅力的な物語の数々は、今もエリカの脳裏に深く刻みこまれている。

ケルン大学で考古学を学んでいた女子学生はエリカ一人きりだった。エリカはずば抜けて優秀な成績を収め、傲岸不遜《ごうがんふそん》になっていた。

「お答えいただけないようですね」将校に言われ、エリカはハッとわれに返った。

二人は正門を抜け、石が敷きつめられた城郭の中庭に出た。無数にある窓から光が漏れて、壁面の中世風の彫刻を照らし出している。

「考古学者の仕事がどんなものか、教えてさしあげましょうか。上を向いてください。角にあるあの彫刻が見えますか?」

「はい、狩りの場面ですね。弓を持った騎士がイノシシを追っています」

「窓の形を見ればわかりますが、この城は十七世紀の建築だと思われます。しかし、弓矢で狩りをしていたのはそれよりもだいぶ前の時代です」

「とおっしゃいますと……」

「先ほど城は改修中だと言われましたね？　ヒムラー長官は中世の世界に強い憧れをお持ちのようですから、時代考証を無視してでもこの城を中世の城郭のようにしようとしているのでしょう」

「長官は教養豊かなかたでおられます。そのようなことはありえないかと……」

「弓を見れば一目瞭然です」

将校は驚いて上を見上げた。

「あれでは弦の張りが強すぎて、まともに矢を放つこともできないでしょう。獲物をしとめるのは無理ですね。中世の彫刻が、あのようないい加減な描写であるわけがありません。あの彫刻はまがい物です」

二人は上の階に通じる階段までやって来た。

「どうしてそんなことがわかるのですか」

「最初に鹿をしとめたのは十五歳のときでしたわ。矢は一本あれば十分でしたけど」

この城はある司教によって築城されたものだった。周辺の貴族や農民たちを警戒し、恐怖心を持たせるのが狙いだったという。外郭《がいかく》に灰色の威圧的な三つの塔を配し、内部は果てのない回廊や、冷え冷えとした部屋、闇に紛れてしまうような薄暗い階段からなっている。城の一部はすでに改修が終わり、親衛隊の幹部用の講義室として使用されていた。廊下を行き交うのは黒の制服に黒のブーツを合わせた金髪の隊員ばかりで、誰もが一定の速度を崩すことなく歩いている。隊員たちは蟻のようにせわしなく動きながらも統制がとれており、それがこの閉鎖的な空間をさらに息苦しいものにしていた。

「ここでは、血統に問題のない純血人種で正しい思想を持ったドイツの将来を担うエリートを養成しています。騎士団の最上位にある幹部たちが、優秀なゲルマン人たちに真のアイデンティティについての教えを授けるのです」

「騎士団ですって?」エリカは驚いて訊き返した。

「そう、われわれは本物の騎士団です。われわれ以前にドイツ騎士団や円卓の騎士が存在していましたが、それと同じです」

エリカは頭を横に振った。

「アーサー王の円卓の騎士たちは伝説の人物でしょう? たとえば、フランスの詩人がその伝説をもとに物語を作ったりしていますけど、ご存じですよね。史実として確認されてもいないことを……」

将校はエリカを講義室の一つに案内した。そこではアドルフ・ヒトラーの肖像写真の下で研修生たちがノートをとっていた。

「ここには文学や歴史の優秀な専門家が揃っています。アーサー王が実在の人物であり、ゲルマン民族の血を引いていることは、きっと彼らが証明してくれるはずです」

エリカは言い返すのをやめた。いずれにしても、将校が時間稼ぎをしているようにしか思えなかった。

「わたしはヒムラー長官に呼ばれているのです。この……ええと、ここに着いてから、もう三十分は経っていますけど。長官をお待たせするのもどうかと……」

将校は腕時計を見た。

「ヒムラー長官が中をご案内するようにとお命じになったのです。親衛隊の将来を担う若者たちをあなたご自身の目でお確かめいただきたいということで。この若者たちは……」

突然、廊下のドアが開いた。両脇から二人の兵士にガッチリと掴まれた男が出てきた。男は口から血を滴らせながら、外国語で何やらもごもご言っている。その服装を見て、エリカは来るときに車から見かけた強制労働者の一人だと気づいた。

「逃げようとする愚かな者がいるのです。といっても、ご心配には及びません。このような場合はどうするべきか、隊員たちは十分に心得ていますので」

そう言うと、将校は兵士たちに命じた。

「その男を地下に連れていけ」

それから、将校はエリカに笑顔を向けた。

「あの囚人の処刑に立ち会っていただければ、長官もきっとお喜びになると思います」

一八

一九四一年五月
フランス
ルシヨン

　国境検問所はまるで避暑地の別荘のようだった。窓辺にはゼラニウムが飾られ、鎧戸は最近緑色に塗り替えられたばかりらしい。入口のドアの脇で――いい案配に庇が日陰を作っている――職員が一人煙草をふかしていた。一方で、もう一人の職員は材木を積んだ荷馬車をのんびりと調べている。一九四〇年六月の惨めな敗北の影はどこにもうかがえない。スペイン内戦末期に大勢の共和国派の難民が国境に押し寄せたことすら夢の跡である。フランス人の職員たちは日向ぼっこをする猫のように泰然としていた。ヨーロッパの多くの国々がナチスの血で汚れた軍靴に踏みにじられ、あえぐなか、フランスは結局のところ、ロワール川から地中海までの南部はドイツの占領を免れて、ヴィシー政府（ナチス・ドイツによるフランス占領後のフランス政府）による自治が認められていた。

　いっこうに進まない入国審査に業を煮やし、運転手はクラクションを鳴らしたが、作業を急ぐような気配は見られない。職員はドイツの車だと見てとると、気づかぬふりをしてわざと待たせているようだ。きっと胸の内でほくそ笑んでいるのに違いない。トリスタンもまた腹の底で嗤《わら》っていた。職員たちはささやかな抵抗をしているのだ。

「許せません」運転手が声を上げた。「奴らはわれわれを馬鹿にしているのです」

煙草を吸い終えた職員がわざとらしくゆっくりと近づいてきた。そして、黙って手をつき出し、書類を要求した。運転手は頭から湯気を立てて怒った。

「敬礼もなければ、詫びの一言もないのか。舐めた真似をしやがって！」

運転手が激しくなじると、職員はポケットからルーペを取り出した。そして、唖然とする運転手をよそに、書類を一枚ずつチェックしはじめた。思わず笑いがこみ上げて、トリスタンは慌てて下を向いた。ヴァイストルトだけが平然としている。目の前で起きていることは自分とは一切関係のないことだと言わんばかりだ。

「これは公務である！　さっさと済ませろ。わかったか?」運転手が怒鳴った。

職員は耳に手を当て、わからないというジェスチャーをした。どうやら、わからないふりではなく、本当に言葉が通じていないらしい。そして、書類の見落としを確認するかのように、二ページ前まで戻った。それから、何も言わずに書類をよこし、踵を返して遮断機を上げた。車は猛然と走りだし、一路モンセギュールへと向かった。

「気になっていたのですが」トリスタンが切り出した。「どうやってモンセラートにあった絵にたどり着いたのですか？」

　ヴァイストルトは頬の傷を撫でてから答えた。

「おまえはもう死んだことになっているから、教えてやってもいいだろう。開戦前、われわれは『トゥーレ・ボレアリスの書』という驚くべき書物を手に入れた。伝説では、赤髭王《バルバロッサ》フリードリヒ一世が著したものと言われていて、その中におまえの盗んだ絵についての記載があった。在りかを示すモンセグ（Montseg）という地名も」

「こんな面倒に巻きこまれることがわかっていたら、あの絵ではなく、仲間と同じものをもらっておけばよかった。聖体器とか聖遺物箱とか」トリスタンは皮肉をこぼした。

「いや、むしろおまえは自分の直観に感謝すべきだ。そうでなければ、おまえは闘牛場で死の淵から助け出されることはなかった……」

　国境を越えてから、景色がすっかり変わっていた。車はトキワガシにびっしりと覆われた丘を抜け、ちぎれた雲がたなびく灰色の山頂を横目に走った。

「カタリ派の里に入ったぞ」ヴァイストルトが告げた。「ところで、おまえはモンセギュールについてどの程度の知識があるのか？」

「モンセギュールは中世の異端のカタリ派が拠点とした城塞です。城塞は北方から遠征してきた十字軍に攻囲され、占拠されました。虐殺や火あぶりの憂き目に遭い、カタリ派は消滅しました。ほかにも中世の多くの異端者たちが同じような目に遭っています。徹底的に迫害されて」

「それは違うな」ヴァイストルトが言った。「カタリ派はカトリック教会にとって大きな脅威だった」

「なぜですか？」

「カタリ派の考え方は、俗物の司祭や金にまみれた司教を通してではなく、個人が直接神と接するというものだからだ。カタリ派は聖職者の権威を否定し、教会が取り立てる税金やミサへの参列、告解、聖体拝領を拒否していた。カタリ派にとって、教会は人間と神のあいだに立ちふさがる障害でしかない。排除すべき障害だったのだ」

「思想が相容れないだけでは済まなかったのですね」

「そのとおり。モンペリエからバイヨンヌへ、ピレネーからドルドーニュへとカタリ派が活動の場をじわじわと広げていったことも原因だった。教会が徴収する税に苦しんでいた農民にも、無知で意地汚い聖職者と衝突を繰り返していた領主たちにも、カタリ派の思想は浸透していった。十二世紀初頭には、フランスの南部はすっかり異端に転向していた」

「それでカトリック教会はどんな対応を？」

「最初は聖ベルナールや聖ドミニコといったカトリックの顔とも言える説教師を派遣して、カトリック教会への復帰を呼びかけた。だが、ほとんどが徒労に終わっている。やがて異端審問が実施されるようになると、一二四二年には、モンセギュールの騎士の部隊が問答無用とばかりに異端審問官を暗殺するという事件が発生した。そして、その数か月後、モンセギュールは攻囲された」

「しかし、なぜモンセギュールばかりが？　カタリ派に肩入れしていた城主はほかにもいたはずですよね？」

「実際、城はほかにもあった。ペイルペルテューズのようなもっと規模の大きな城や、ケリビュスのように防御力に勝る城などが……。だが、カタリ派の長老たちはモンセギュールに立てこもることにしたのだ。おそらく、何か秘密の理由があったのだろう。それは今も謎のままだ」

「包囲戦は長く続いたのですか？」

「十か月だ。これは異例の長さとも言える。この城が千二百メートル以上の山頂にあったために攻めあぐねていたのだ。攻め落とすのに六千人もの兵が動員された。当時としてはかなりの大軍だ。そのうえ……」

　車は起伏の多い高地に差しかかった。谷あいにひっそりと佇む村の黄土色の家並みが見える。だが、トリスタンの注意を引いたのは地面を覆う影だった。短い草の生い茂る野原や石のゴロゴロ転がる道に、巨大な影が落ちている。見上げると、槍の穂先を天に向けるように山がそそり立っていた。ちぎれた雲の合間に見える山頂には、壊れた王冠を戴くように城壁がそびえている。

ヴァイストルトの声が車内に響いた。

「モンセギュールだ！」

一九

一九四一年五月
ヴェストファーレン
ヴェヴェルスブルク城

囚人は看守に連行されていった。床に血の跡が点々と蛇行するように続いている。将校は一言で片づけた。

「清掃係に任せましょう。では、ご案内します」

互いに口をつぐんだまま、エリカと将校は廊下を進んでいった。講義室の並びを通り過ぎると、今度は中世風に装飾を施された広い居室が続く。各室のドア窓からは、ゴシック様式の暖炉やら、ロウ引きされた木製の椅子やら、ピカピカ光る板金の甲冑のコレクションやらが見えた。だが、なんといっても強い印象を受けたのは、それら中世を感じさせる調度品に交じって、親衛隊の紋章としても使われている髑髏があちこちに置かれていたことだった。

「ここを祖先の博物館のようにしようというのは、長官ご自身のお考えです。長官はヴェヴェルスブルク城に、古代ゲルマンから脈々と続いてきたわれわれの長い歴史と優位性を示す証拠を集めるべく腐心されているのです」

ゲルマン人がまだ森の奥に引っこんで木造の掘立小屋で生活していた頃、古代ローマではすでに集会場や神殿、共同浴場が造られていたのではなかったか。だが、エリカはもう余計なことを考えるのはやめることにした。将校は新たな扉の前で立ち止まると、神妙な面持ちで腰をかがめ、エリカを中に通した。そこは城の礼拝堂だった場所に違いない。だが、礼拝で使われるものは一切取り除かれている。聖水盤や祭壇の代わりに背の高いガラスのショーケースが並び、明るい照明で照らされていた。そこに陳列されているものに、エリカは思わず目を奪われた。

「ここに展示されているものはすべて、親衛隊の先史研究機関であるアーネンエルベがチベットからイラクまで、あるいは、スカンジナビア半島からカナリア諸島まで、世界各地で発掘してきたものです」

「これは、どうも。エリカ・フォン・エスリンク博士」妙に金属的な声が響いた。「カナリア諸島では、実にすばらしいものが見つかったのですよ」

エリカは入口を振り返った。戸口に細身の男が立っていた。ハインリッヒ・ヒムラー本人である。肩幅は狭く、足はひょろ長く、自身が洋服掛けになっているようなそんな体型だ。

「一九三九年のことです」ヒムラーはそう続けながら、エリカの腕を取った。「アーネンエルベからカナリア諸島に調査団を派遣したのですが、上々の成果が得られました。島の中でルーン文字の碑文が見つかったのです。これで北方系ゲルマン人であるバイキングの文明が存在したことが証明されたのです」

「それは、思いがけない発見でしたこと」エリカは慎重に言葉を選んだ。

「発見ではありません。確認ですよ、フォン・エスリンク博士。カナリア諸島の住民が純粋なアーリア人であることは確信していましたから」

「確信するに至った経緯は？」

ヒムラーは銀縁の丸眼鏡の奥で微笑んだ。

「お気づきでしょうが、実際のところ、カナリア諸島は大西洋に山が浮かんでいるようなものです」

「ええ……」

「その険しい山の上に逃れたことで、史上最大の洪水から生き残った人々がいるのです」

「史上最大とおっしゃいますと？」

「アトランティス大陸を沈めた洪水ですよ」

突然、追いつめられた獣のような悲鳴が聞こえた。先ほどの囚人だ、とエリカは確信した。しかし、ヒムラーは何事もなかったかのように話を続けた。

「ほかにも伝説になっている大陸があります。さらに北上したところにあるヒュペルボレオスです。アーリア人のふるさとです。われわれは比類なき文明を復活させようとしているのです。さてと、それでは北の塔に行きましょうか」

エリカは初対面だったが、両親はヒムラーと懇意にしていた。エリカの父は早くから、ヒトラーの側近の中でも特にヒムラーに目を付けていた。ヒムラーはゲーリングと同じく、上流社会に迎え入れられたことを喜び、これまでフォン・エスリンク家に対して何かと便宜を図ってきた。そのため、エリカはヒムラーがその見返りを要求してくるのではないかと心配していた。

「あなたは著名な考古学者だ、フォン・エスリンク博士。あなたの発掘調査の報告書をいくつか読ませてもらいました。あなたの導き出した結論が、必ずしもわれわれが固持する思想と合致するわけではない。それでも、あなたがすばらしい知見をお持ちであることは確かです」

「考古学は政治の道具に使うものではありませんから」

「歴史に照らして解釈した時点で、政治をおこなっていることになりますよ。ですが、今はその話はやめておきましょう。お見せしたいものがあります。どうぞ、お入りください」

エリカは大きな円柱が周歩廊《しゅうほろう》（聖堂内陣の周辺を一巡できるように設けられた回廊）のように並ぶ円形の部屋に足を踏み入れた。松明が辺りを照らし、丸天井に歪んだ影を投げている。その空間は、まさに闇の儀式のために用意された秘密の洞窟そのものといった感があった。

「中世が専門とのことですが、このような建築を見たことは？」

エリカは頷いた。

「ええ。特に古い礼拝堂では、これに似たような祭壇の周りをめぐる回廊が見られます。教会の神聖な内陣に聖職者以外の人間を立ち入らせないように設けられているのですが」

眼鏡の奥でヒムラーの目がキラリと光った。

「さすがにご専門のことにはお詳しい。では、この様式の起源についてはご存じですか？」

エリカは身震いした。寒くなっただけではない。先ほど聞いた叫び声が頭から離れないのだ。

「考古学上では、いくつかの仮説があります。たとえば、先史時代の洞窟の中にこのような環状の聖なる遺跡が見られます」

ヒムラーが頭を左右に振り、話を遮った。

「アーネンエルベにとって、考えうる起源はただ一つ。ケルト民族のストーンサークルです。たとえばストーンヘンジのような、石を円陣状に並べ、大地と空の融合から生まれる生命のエネルギーを崇め奉るモニュメントです」

それを言うなら、ストーンヘンジは、ケルト人がブリテン島に渡ってきたときにはすでに建造されていた。しかも、その何世紀も前に。だが、それについては触れないほうがよさそうだ。エリカは賢明にもそう考えた。

「さあ、床を見てください」

床の中央には、緑色の大理石で形づくられた奇妙な文様が嵌めこまれていた。エリカも見たことのないような文様だった。中央部分は判然としないが、その中心点から稲妻が何本も飛び出して放射状に広がっているように見える。あるいは、地中の闇から抜け出した草木の根といったところだろうか……。いずれにせよ、そのシンボルは何か不思議な強さを湛えていた。

「力があってこその象徴です。力を持たせなければ、象徴など無きに等しい」ヒムラーが言う。「今日、われわれの鉤十字はヨーロッパに君臨しています。そのために、これまで死者の血をたっぷりと浴びせてやる必要がありました。あなたもいずれわかるでしょう」

ヒムラーは部屋を横切り、壁にぽっかりと開いたとば口に向かった。その向こうに螺旋階段が見える。エリカはヒムラーのあとに続いて階段を下りた。次に案内されたのは天井の高い部屋だった。聖火台のようなものの上で、燃え盛る炎が内部を明るく照らしている。

「この火が絶やされることはありません。これは親衛隊の力の象徴です。世界を浄化する紅蓮の炎なのです」

焰がちろちろと盛んに舌を伸ばし、ヒムラーの顔を赫々と染める。ヒムラーは地獄の底から現れ出た亡霊のようだった。そうだ、あのゲーリングでさえこの男のことを恐れていた。エリカはその理由が突然わかった気がした。

「火を絶やさないためには、常に燃やすものが必要となります。それを補給してやらなければなりません」

それまで不動の姿勢で部屋の隅に控えていた看守たちがさっと出ていった。かと思うと、すぐに囚人を伴って戻ってきた。恐怖で囚人は白目を剝いていた。

「ポーランド人です」ヒムラーが言い添えた。「無駄に作られた人間です。しかし、こうすれば、少しは役に立つ。よし、やれ」

エリカは即座に目をつむった。ジュウジュウと生身の焼ける音、脂の焦げるその異臭。こんなおぞましい場面に立ち会わされたことに、エリカは心底嫌悪を覚えた。しかし、それを表情に出すようなことはしなかった。

「さて、上に戻るとしますか」ヒムラーが声をかけた。「炎はやがてこの男の救済を全うするでしょう」


上の階に戻ると、ヒムラーはエリカの腕を取って部屋の中央に導いた。

「いいですか。力を得るには、死よりもさらに有効なものがあります。何世紀にもわたって、人間の苦痛を糧にしてきたものが存在するのです」

エリカは当惑してヒムラーを見つめた。殉教した聖人たちの遺物や遺骨、キリストの磔刑に使われた十字架の木片。ヒムラーは、それらに宿る力について滔々と語りはじめた。

エリカはまるで中世の修道士を前にしているような錯覚にとらわれた。

「そう、ある特定の聖地では、熱情と苦悶とが、純然たる力を秘めたものへと変化したのです」

ヒムラーは床のシンボルに視線を落とした。

「これは親衛隊の黒い太陽です。磁気エネルギーも、地球が持つさまざまな力も集結させることができます。しかし、それを保つには火と血のレリックが必要なのです」

エリカは魅せられたようにその異様なシンボルを見つめていた。その網目状の血管のような緑の文様が、今では蛇たちの蠢く巣のように思えた。

「……というわけで、あなたにはそれを見つけてもらいたい、わたしのために」

親衛隊の黒い太陽のシンボル

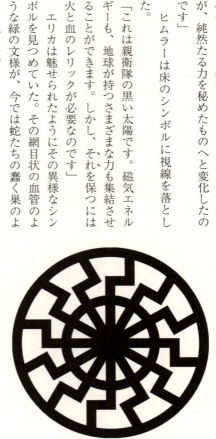

二〇

一九四一年五月
フランス
モンセギュール

　日が陰りはじめていた。天空の頂点にあった太陽は地平線に近づきつつある。谷底にはもう光が射しこまず、夕靄《ゆうもや》が立ち、おぼろにかすんでいる。時おり、ひんやりと湿った風が吹き抜け、地面から生えた手に踝を摑まれるような感覚に襲われる。軍服の下でトリスタンは震え上がった。山が好きだと思ったことは一度もない。山肌を覆う岩石は寒々しいくらい灰色だった。足もとの草からは水滴が滴っている。トリスタンは、それらが属する世界から自分が締め出しを食らっているように思えてならなかった。車を停めた場所は地ならしをされたばかりらしく、平らになっていた。二人は車を離れた。人の足で踏み固められた道が草地の中を通り、山に向かって続いている。

「ここが〈火刑の原〉だ」ヴァイストルトが説明する。カステリョー・ダンプリアスでトリスタンが拘留されているあいだに、ヴァイストルトはさまざまな資料をあたっていた。

一二四四年三月十六日、カトリックの軍隊が城を制圧する。改宗を受け入れたカタリ派の信徒は命が助かったが、その数はごくわずかに過ぎない。そのほとんどが、何か月にもわたる籠城で疲れ果て、地獄のような状況から早く抜け出したいと考えていた者たちだった。

「ほかの信徒たちは?」

「信仰を捨てるのを拒んだのだ。教会がここで火刑に処した信徒は二百人以上に上る。包囲軍は杭で囲いを作り、その中に柴の束を積み上げて信徒たちを閉じこめ、火を放った。耐え難い異臭がしたと言われている」

ふたりは草地のはずれに来た。斜面をびっしりと覆う背の高いツゲの木が道の両脇に迫ってくる。狭い道が岩を縫って蛇行していた。この道を行くしかないのだ。湿った土の上でたびたび足を滑らせ、露出した石灰岩につまずきそうになる。

「考えてもみろ。教皇が送りこんだ十字軍の兵士たちは鎖帷子《くさりかたびら》の下で汗をかき、面頬《めんぼお》付きの兜で視界もままならないなか、あの石の城塞を襲撃すべく山を登っていったのだ。城から弓か石弓で攻撃されれば、ひとたまりもないだろう」

トリスタンは息を切らしながら頂上を仰いだ。常に城が見えているわけではない。道は難儀で、先ほどから顔や体はツゲの枝にしたたかに打たれてばかりいる。滑り落ちないように、摑めるものは何でも摑んで体を支えるしかない。ごつごつした枝も棘のあるイバラも摑まざるを得ず、両手には血が滲んでいた。

「難攻不落の城なら、どうやって落とすことができたのですか？」

「麓を見るがいい」

　そこからはピレネーの支脈まで続く景観が見晴らせた。暗い谷や鬱蒼とした森や草原がどこまでも迷路のように入り組んで広がっている。

「十字軍は何度か攻略を試みたあとで、城を包囲することにした。兵糧攻めにし、援軍の侵入ルートを絶つためだ。だが、十字軍による包囲網はザル同然で、四方に抜け穴があることがすぐに発覚したため、籠城軍が飢えや渇きに苦しむことはなかった。包囲戦だけなら、何年も続いていたかもしれない」

　灌木《かんぼく》が生い茂る中を抜けると、ごつごつした岩石の山肌が剝き出した斜面になり、それが城まで続いていた。トリスタンは城の姿を見て驚き、思わず足を止めた。絵の中で見た城とはまったく様子が違っている。

「絵にあるとおり、最初の防御線を探しているのなら、ここにはないぞ。防壁も外塁《がいるい》(注1)も何もない」ヴァイストルトが言った。

「ないと言うより、残っていないということですね」トリスタンは指摘した。「実際に七百年が経過しているわけですから、この急斜面から考えれば、構造物の大部分は崩れ落ちてなくなっていてもおかしくありません。下のツゲが生い茂っているところを調べて、石積みや切り出された石や漆喰の残骸がないか探したほうがいいでしょう。そうすれば、絵と一致するか確認できます」

「どうやら進んでわれわれに協力する気になったようだな」

「そうするしかないでしょう?」

「そのとおりだ」

「モンセギュールがどうして落城したかは、まだ聞かせてもらっていませんが」

ヴァイストルトは立ち止まって一息つくと、城の右手に落ちこんでいる切り立った断崖を指さした。

「あの崖の一角に最初の防衛線となる堡塁《ほるい》があったのだが、籠城軍はそこの警備を強化していなかった。それというのも、堡塁の下は三方が絶壁の崖だったからだ。攻めこまれる危険がないと判断したのだろう。だが、包囲軍はバスク人傭兵を雇った。絶壁などものともしない山岳兵たちだ。傭兵たちは夜のうちに岩壁をよじ登って堡塁を占拠し、投石機(注2)が運びこまれるのを待ったのだ」

トリスタンはそのときの城内の光景を想像した。絶え間なく石のつぶてが飛んできて、壁が壊され、塔が崩れ落ちていく……。

「籠城軍は三か月のあいだ持ちこたえたが、ついに降伏した」

城が目前に迫りつつあった。南側の城壁の中央に大きな開口部が見える。手前には木のデッキがあり、そのうえで二人のドイツ兵が双眼鏡で辺りを監視していた。

「ここは自由地域ですよ」トリスタンは抗議した。「ドイツ軍がこんなところで何をしているのです?」

「われわれはヴィシー政府と協力協定を結んでいる。科学や考古学など調査研究における協力だ。したがって、ドイツ人研究者はカルナックやレゼジーで遺跡調査をおこなってもいいことになっている」

ということは、つまり、ドイツ人はクロマニョン人の洞窟もブルターニュの巨石群も調べているということか……。トリスタンは怪訝に思った。では、あの兵士たちはいったい何を調べているのだろうか?

「モンセギュールは特別調査地区に分類されている。軍から秘かに部隊を派遣して、地区の保護にあたらせているのだ。明日には考古学者のチームが到着する」

最後の勾配は特にきつかった。何か月にも及ぶ拘留で、トリスタンはすっかり体力が衰えていた。足に力が入らないし、精神的にも苦しかった。モンセラートで押しこみ強盗を働いたときから、自分の人生がコントロールできなくなっている。他人に決められた運命から抜け出せないのだ。横では、ヴァイストルトが軽快な足取りで斜面を登っていた。口もとに笑みまで浮かべて。自分はこの男に生かされている。自分で生きているのではない。そう、悪魔に操られた影法師に過ぎないのだ。

二人は城の中庭に入った。崩れた壁の破片が散らばり、あちこちにイバラが自生している。トリスタンは墓穴の中にいるような気がした。内側から見てはじめて知ったのだが、中庭を取り囲む城壁は棺桶のような形をしていた。まさに露天の墓といったところだ。壁に目をやると、張り出した石段が続いている。城壁の上に出る階段として使われていたようだ。埋葬されているような感覚に辟易して、トリスタンはぐらつく石段を上った。城壁の上に立ち、中庭の突端の望楼の残骸と向きあう。望楼は方形で銃眼があった。壁の高さはだいたい揃っているが、胸壁（城壁の最上部の凸凹の部分。敵の攻撃から守るためのもの）も出し狭間もなければ、屋根の名残もない。特に絵と異なるのが、望楼が城の先端にあることだ。絵では、城の中央に塔があったはずだ。

「おかしいな。あの絵に描かれていた城塞とは全然違う」トリスタンは驚きを隠さなかった。

「確かに」ヴァイストルトが応じる。「だが、そもそも城というのはその歴史において破壊と再建を繰り返しているものだ。この建造物が一二四四年の包囲戦を経験した城だという証拠はどこにもない」

　兵士の一団が箱や工具を持ってどやどやと中庭に入ってきた。トリスタンはぐらつく階段を下りた。疲労で相変わらず全身に力が入らない。だが、それまでの苦悶は一気に消し飛んで、とにかく生き延びようという気概が湧いてきた。一度は死んだ身だ。これ以上悪くなることもないだろう。どのみちほかに選択肢はないのだ。ここは協力しておこう。自分なりに……。


　兵士たちは地面を平らにならし、テントを張っていた。トリスタンはそばに寄った。すでに発掘の道具を整理している者がいれば、ベッドや調理台を組み立てている者もいる。やや離れた壁際に小さなテントが張られていた。中には、地図やリストが積まれた折り畳み式テーブルが置かれている。テントの入口では、衛兵が見張りについていた。

　トリスタンは誰とも話さないようにした。背中にヴァイストルトの視線を感じていたが、監視されていようが、自由に考えることはできる。数えるとベッドは十一台あり、さらにヴァイストルト用と思われるテントにもう一台あった。つまり、このピレネー山麓の人里離れた城の廃墟には、現在十二名の人間がいるのだ。しかも、兵士たちは、道路や橋の建設を専門とする工兵の袖章を付けている。モンセギュールのほんのわずかな一角を十人がかりで掘り返すというわけなのだ。そう、すべてはあの素朴な絵のせいだ……。

「東側の岩場の堡塁まで来てくれ。モンセギュールの運命を決した場所だ」

　ヴァイストルトは手に城の図面を持っていた。左側には側面に銃眼のある方形の望楼、螺旋階段を示す円形が認められ、その奥に部屋がある。トリスタンはこの部屋を貯水槽ではないかと推測していた。モンセギュールには井戸も泉も見当たらないから、籠城軍はおそらく雨水を当てにするしかなかったはずだ。そのため貯水槽は必要だったと思われる。

城壁はつぶれた台形のような形をしていた。当時の建築技師は、狭くて岩がごつごつと突き出た場所であることを考慮に入れて設計したに違いない。しかし、図面を見ると、城塞は屍を待ち受けている中世の石棺を思い起こさせた。望楼があるほうを上にして、頭を横向きに置き、胎児のような姿勢をとらせれば、死体はこの囲いの中にすっぽりと納まる。

最初に城壁の中に足を踏み入れたとき、トリスタンは直観的に死を連想したが、やはりそうだった。この城には死を感じるのだ。

二人は南側の開口部から外に出ると、左手に回り、城壁をガッチリと押さえこんでいるかに見える岩場を渡った。数メートル先で城壁はいきなり左に折れ、足場が一気に狭まった。歩を進めるのが次第に困難になってくる。ここは脇に逸れて斜めに進む必要がある。二人は斜めにルートをとりながら、城壁の東面にぐるりと沿うように歩いた。

「この一角が要塞の弱点だ。城壁の足もとの地形が足場になり得るからな」と言いながら、ヴァイストルトは指で図面の一点を示した。「そこで、この場所にさらに防壁を築いて砦にしたのだ」

二人は崩れ落ちた石の脇を通った。藪に覆われていたが、地面に建物の基礎の跡が残っている。トリスタンには砦全体のイメージが摑めなかった。この岩場にある堡塁は城の東端の最初の防衛拠点として設置されたものらしい。だが、どんな建物が併設されていたのだろうか。住居のような施設だったのか、それとも物見やぐらのようなものか。

「あそこだ」ヴァイストルトが指さした。

塔の一部のようにも見える壁の陰に、ほとんど何も残っていないスペースがあった。

ヴァイストルトは話をしながら、堡塁に近づいた。

「ここに、バスク兵たちが乗りこんだのだ。まず、この塔を包囲して、守備部隊の者たちを殺した。おそらくこの辺りには壕があったはずだ。その壕の遮蔽壁の陰に潜んで……」

突然女の声がした。

「後ろを見ればわかるでしょ」

夕映えの中に若い女が立っていた。栗色の登山服を着て、斜めにかぶったベレー帽の中に髪をまとめて入れている。まるで密猟者のような出で立ちだ。女はグレーの鋭い眼差しで二人を睨《ね》めつけていた。その目に恐怖の色はみじんも見えない。

「その藪の中に防衛線があるの。石が崩れて塀は倒れてしまったけれど、まだその跡が残っているわ」

ヴァイストルトは制帽を取って頭を下げると、踵を鳴らして姿勢を正した。

「親衛隊のヴァイストルト上級大佐です。見事なドイツ語をお話しですが、どちらで学ばれたのでしょう？」

グレーの瞳が怒りに燃え上がった。

「ここで覚えたのよ。だけど、訊きたいのはこっちのほうよ。とりあえず、一つ訊くけど、あなたがた、わたしの庭で何をしているの？」

二一

一九四一年五月
ジロンド県

マローリーは農場の中庭で腕立て伏せを終えた。立ち上がって汗をぬぐえば、朝の冷気が肺に沁みわたり、喉がぴりぴりする。マローリーは周辺の森沿いに続く畑を見つめた。五月だというのに一面真っ白だ。雪ではないが、見渡す限りうっすらと霜の絨毯が広がっている。サリー州やウェールズの片田舎のようだ。マローリーの中で、フランスが寒いところだというイメージはなかった。戦争前、イギリス海峡を渡り、パリやコートダジュールに行ったことがある。だが、ジロンド県のこんな僻地に来たのははじめてだ。マローリーにとって、フランスは明るくて陽の光や緑に満ちている国のはずだった。しかし、そのフランスは今では灰色と土色をした絶望の二色に塗りこめられている。ドイツの占領によってレマン湖からピレネーの支脈までを結ぶ線を境に南北に引き裂かれているのだ。

ついにフランスに来た。

マローリーは大きく息を吐いた。これまでのすべての努力が報われた。まあ嘘はついてしまったが。頑なな首相の首を縦に振らせるには、ゴードンクラブのメンバーの後押しがぜひとも必要だった。それで、メンバーを説得するために嘘をでっち上げたのだ。スワスティカの得体の知れぬエネルギーを浴びて病院のベッドに横たわる親衛隊員の写真。あれはSOEの偽造専門のラボで合成したものだった。しかし、あの写真はなかなかよくできていたと思う。オリジナルはベルギーの戦いで火傷を負った者や野戦病院に収容された兵士の写真で、担当者が細工を施し、被曝したように見せかけたのだ。とても胸を張って言えることではないが、あの偽造写真を含む資料を用いたことで、メンバーから同意を引き出すことができたのは事実だ。

どうであれ、こうしてフランスの土を踏みしめている。今は任務のことだけに集中すればいいのだ。とにかく、あのスワスティカに恐ろしい力があることは間違いない。肝心なのはその点だ。マローリーは手に息を吹きかけて温めた。そろそろ日が昇る。もうすぐ出発する時間だ。

マローリーは農場周辺の道を幾度となくうかがった。すでにこの地にもドイツ軍が入りこんでいるのではないか。その不安は到着したときからずっとあった。しかし、辺りは穏やかに静まり返っている。ひょっとして嵐の前の静けさなのかもしれない。

マローリーは踵を返し、食堂に通じるオーク材の重いドアを押した。まだ完全には消えていない薪の匂いが低い天井や分厚い壁を覆っている。SOEのメンバー二人はすでに食卓についていた。大柄の農場主が愉快そうに茶碗を配りはじめる。茶碗の中では黒くてどろりとした怪しげな液体が湯気を立てていた。

　農場主のジャン・ヴェルコールは気取ったところのない素朴な男だ。しかし、その大きな体を支えていたのは確固たる信念である。ジャンは第一次大戦で戦ったドイツ人を毛嫌いしていた。ヴェルダンの戦いで叙勲を受け、一九三九年の開戦の前に退役していたが、ドイツに侵略されながらも自分の所属する予備隊が手出しできずにいることを、おおいに憤っていた。そこで、組織されて間もない小さなレジスタンスのグループに入ったのだ。活動に参加してからまだ三か月ほどだが、ジャンの農場は中継地点となり、すでに十人ほどのパラシュート部隊が降り立って、そこからフランス各地へと散っている。ジャンは弟のブレーズとともに農場を切り盛りしつつ、運び屋の仕事をしているのだ。

「カンゾウ、チコリにコニャックをちょっぴりな」ジャンは溌剌とした声で言った。「コーヒー代わりだ。血流をよくするならこれに勝るものはない。死人も目を覚ますぞ！」

　マローリーは中央の席に座り、奇妙な飲み物を一口飲んだ。顔をしかめはしなかったが、茶碗をそっと脇に押しやった。テーブルにはフランスの地図が広げてある。マローリーはスプーンでテーブルをコツンと叩いた。

「よし。もう一度確認しておこう。周知のとおり目的は一つ。トゥールーズで合流することだ」

「もう十回はやっています」SOEの最年長、シャルルがうんざりしたように言った。黒い髪を後ろに撫でつけ、顔には険しい表情を浮かべている。

「そうだ。これで十一回目だ」マローリーは平然と答えた。「これだけさらっておけば、ゲシュタポの前でヘマはしないだろう」

前日、はじめて顔を合わせてから、二人は心が通じあえずにいた。マローリーはシャルルがなんとなく反感を抱いているのを感じ、シャルルを選んだことを後悔しはじめていた。

マローリーはジェーンのほうを向いた。ジェーンは三十手前でまだ若い。ブロンドで顔は卵形だ。色気のない眼鏡の奥から潤んだ穏やかな瞳がこちらを見ている。

「では、ジェーンから」

「わたしはアンリ・ダルクール夫人。あなたの献身的な妻です。二人でボルドー駅に向かい、トゥールーズ行きの列車に乗ります。途中で検閲が二回あります。一回目はサン・ジャン駅です。二回目は車内で、非占領地域に入るときです」

ジャンが自分の席に着いた。

「気をつけろよ。サン・ジャンではドイツ人どもが憲兵隊にも協力を要請しているんだ。私服のゲシュタポもうようよしているだろう。野良犬の頭にたかるダニみたいにな」

マローリーは頷くと、シャルルを見つめた。シャルルは苛立ちを隠せない様子で、歯切れの悪い、くぐもった声で言った。

「自分は缶詰のセールスマンです。養豚業者のブレーズと一緒にトラックでリブルヌに向けて出発します。ありがたいことに可愛い豚たちが旅の道連れです。非占領地域に入ったら、ミランド駅でトラックを降り、トゥールーズ行きの急行に乗りこむ……」

　マローリーは地図を折りたたみ、質問を続けた。

「トゥールーズでの指定場所、時間、合言葉は？」

「ブキエール通りのレストラン、〈陽気な豚《コション・ジョヴィアル》〉」憮然としてシャルルが答える。「時間は二十時から二十一時のあいだ。男が店の奥にいて、テーブルにはグレーのフェルトリボンを巻いた黒い帽子が置いてある。合言葉は、『帽子はいつもいいものを被りたいですな』」

　ジェーンがまじめな声で付け加えた。

「仲介人は『春でも』と返事をするはずです。違う答えが返ってきたら、店から逃げて、あとは全能の神に祈ることね」

　はじめてシャルルが頰を緩ませた。マローリーは表情を変えなかった。

「笑い事ではないぞ。それは、相手がドイツの工作員かヴィシー側の反共メンバーであることを意味する。店の出口では仲間が待ち構えていて、あなたは拘束され、間違いなく占領地域へ送り返されてしまう」

　シャルルは手で髪を撫でつけた。

「失礼ですが、このミッションに参加するように指示されたとき、自分は重要なネットワーク作りの最中でした。それを中断してまで優先すべき作戦とはなんですか？　ミッションの目的を教えてもらえませんか？」

マローリーは冷ややかに答えた。

「それはできない。ゲシュタポに逮捕されたら、向こうはあなたの口を割らせようとするだろう。作戦を相手に知られるわけにはいかないのだ。トゥールーズで合流したら、新たな指示を出す。ほかに質問は？」

全員の顔がこわばった。マローリーの有無を言わせない口調に空気が緊迫する。ジャンが立ち上がって言った。

「さあ、出発だ。ダルクール夫妻は俺がサン・ジャン駅まで送ろう。缶詰のセールスマンはブレーズに任せたぞ」

ジロンド県の街道

幌付きのトラックは曲がりくねった県道をランゴン方面へゆっくりと走っていた。荷台では、運搬用の檻の中に十頭ほどの豚が詰めこまれ、必死で金切り声を上げている。ひどい悪臭が運転席にまで漂ってくる。シャルルは横でハンドルを握るブレーズをちらりと見た。ブレーズは禿げた頭にハンチングを被っている。

「強烈ににおいますね。参りますよ」シャルルはよそよそしい調子で言った。

ブレーズはにやりと笑った。

「ドイツ人どもも、検閲でそれと同じことを言うさ。なんせ組織のために弾薬を運んでいるんだ。隠してあるものが見つからないようにするための手だよ」

危険な仕事を担っているにもかかわらず、ブレーズには緊張が見られない。

シャルルはゴロワーズを取り出して、箱ごとブレーズに差し出した。

「いや、結構。煙草は吸わないいんでね」ブレーズが言った。「非占領地域との境界線まであと三十分だ」

「運び屋をやっている人は大勢いるんですかね？」シャルルが尋ねた。

ブレーズは苦笑いをした。

「まあ、運び屋といってもいろんな奴がいるさ。俺は信念を持ってこの仕事をしている。金になるからやっている奴もいるよ。物資の運搬は一回で二万フラン入ってくるからな。ドイツ人のところへ客を連れていけば、もう一万フラン入る」

「えっ？」

「俺は違う。安心しろ。だが、中には下衆な奴がいるんだ。金物屋のアメデって野郎は、ユダヤ人の二組の家族から金をもらっておきながら、彼らをペサックのドイツ軍司令部の前で降ろしやがった。だがよ、結局、野郎には罰が当たった。二日後、自分の作業場の鉄床に頭をぶつけて死んじまったんだ。馬鹿な奴だ」

「事故?」

「そう言われてはいるけどな……」

シャルルは煙草に火を点け、生い茂った下草とブドウの木が交互に列をなしている畑を見つめた。

「戦前、サン=テミリオンのワインを飲んだことがあったなあ。一九二七年のものでした。カーンのレストランで飲んだのですが、あれは忘れられません。すばらしい味でした」

それを聞いてブレーズはかすかに微笑んだ。

「うらやましいなあ。俺には高くて手が出ないよ。いずれにしても、いいワインは全部ドイツ人どもが徴発しちまったよ。ワインに関しては、野郎どもは舌が肥えている」

「いつか回収して、ケースごと送りますよ」

するとブレーズはハンドルを握る手に力を入れた。

「やあ、そいつは嬉しいね。とにかく、俺たちの生活はドイツの野郎どもにぶっ壊されちまった。フランス軍はもういないし、ヴィシーの老いぼれ元帥だって、いつくたばってもおかしくない」

「イギリスがついていますよ。ド・ゴールだっているじゃないですか。六月十八日の呼びかけ（一九四〇年六月十八日、亡命中のド・ゴールがイギリスのBBCラジオを通して、フランスのドイツに対する抵抗はなおも続くことを訴えた演説）で訴えていたじゃありませんか」

トラックは速度を落としてヘアピンカーブを曲がり、下り坂で加速した。豚たちが再び鳴きたてて、不満を訴える。ブレーズはシャルルに目配せした。

「イギリス人に文句はないさ。よく持ちこたえているよ。だが、ド・ゴールは駄目だ！ 去年なんて、ヴィシー側についたセネガルでダカールを攻略しようとして、しくじりやがった。目も当てられんよ」ブレーズはせせら笑った。「ド・ゴールは戦場よりも電波に乗っているほうがいいんじゃないか。俺に言わせりゃ、あいつにたいした未来はない」

「ならば、どうしてレジスタンス活動を？」

「ドイツ人どもが嫌いだからさ。それだけだよ。それに……」

突然、前方の茂みから鹿が飛び出してくるのが視界に入った。鹿は道の真ん中まで来ると、こちらを向いて立ち止まった。銅像のように動かない。首をすっくと伸ばし、目を大きく見開いて、鼻孔をひくひくさせている。

「まずい！」

ブレーズはブレーキを踏みこんだ。右にハンドルを切る。車体の右側にどん、という鈍い衝撃があった。豚たちがいっそう激しく騒ぎたてる。助手席のシャルルは前につんのめりそうになりながら、必死でドアの取っ手を掴んで踏ん張った。コナラの木々が次々と窓や幌に爪を立てていく。轍にはまり、ようやくトラックは停止した。

しばらくして、二人はわれに返った。ブレーズは運転席を降り、被害状況を確認した。トラックは、沼の中で脱力しているカバさながらだった。後輪が泥水のたまった深い窪みにのめりこんでいる。背後で豚の鳴き声がした。振り向くと、三頭がブドウ畑へ逃げていく。幌に穴が開いていた。シャルルが穴を塞ごうとしている一方で、残りの豚たちはわれもわれもとばかりに喚きながら逃げ出そうとする。

「畜生！」ブレーズが口走った。「幸先の悪いスタートだな」

二二

一九四一年五月
モンセギュール

玄関の扉を開閉する音がした。まるで古い邸内に五月のそよ風が駆けこんできたかのようだ。ホールの石のタイルに足音が慌ただしく響く。ジャン・デスティヤックは、娘が帰ってきたことを知った。日が傾いて気温が下がってきたにもかかわらず、城に行ってくると言って出ていったのだ。どうやら家を出たときの怒りは収まっていないらしい。ジャンは黒い革張りの深々とした肘掛け椅子に腰を下ろした。椅子はイギリスで教鞭を執っていた頃に手に入れたものである。値は張ったが、この椅子の助けを借りて、これまでに幾度となく愛娘の激しい気性を正面から受け止めてきたのだ。ジャンはゆったりと椅子に背中を預けた。突進するハンガリーの騎兵さながらの勢いで足音が大広間を渡ってくる。屋敷が揺れないのが不思議なくらいだった。

ロールは無性に腹が立っていた。

あの冷ややかで慇懃無礼《いんぎんぶれい》なドイツ人将校め。勝ち誇ったようにこちらのことを見下して。ああ、もう癪に障ってたまらない。

この城は研究調査のため、特別地区としてドイツ帝国が徴発する。ヴィシー政府の許可も下りている――いとも簡単に、あの将校はそう説明した。城の所有権は向こうの意のままに移されてしまったのだ。「お望みであれば、もちろん、登記書類の写しを取り寄せてもよろしいのですよ」将校はそんなことまで言い放った。ロールは黙って引き下がるしかなかった。何もできない自分が腹立たしくてならない。

ふん、『ヴィシー政府の許可も下りています』だって？　だから何だと言うのだ！　温泉の町でぬくぬくしているあの老いぼれペタンは、すっかりドイツの言いなりだ。第三共和政を引っくり返すだけでは飽き足らず、フランスの遺産まで売り渡している。何世紀にもわたって、一族が所有し、守ってきた遺産を。

図書室に続く廊下を渡るとき、父が掛けたペタン元帥の肖像画が目に入った。こんな幽霊ごときがどうしてフランスの国家元首の座に就いたのか……。もうたくさん。ロールは肖像画を摑むと、上下逆さにしてやった。老いぼれ元帥はケピ帽もろとも逆さ吊りの刑にされた。ロール・デスティヤックに逆らうとこうなるのだ。


「パパ！」

ロールが大声で駆け寄ってくる。その剣幕に驚いて、書庫の古書まで身を震わせた。表紙から何世紀分かの埃が落ち、ページのあいだで何年も眠りについていた虫たちが恐ろしい夢でも見たかのように飛び起きる。肘掛け椅子にしっかりと支えられながら、ジャンは嵐の到来を待ち受けていた。ロールが憤然とジャンの前に立つ。髪はほどけ、暗い目をして、怒りを嚙みしめた唇は赤みがさしている。もちろん、娘の言い分は通らなかったに違いない。

「ドイツ人たちが陣取っていたわ。中庭にはもうテントが張ってあった。入口には見張りを立てているし。砦で二人の将校に会ったけど、もう最悪よ」

ロールの顔は忌々しげに歪んでいた。

「親衛隊だったのよ。ヴァイストルトという男が話しかけてきて……」

とりあえず、ジャンは娘を落ち着かせようとした。

「彼らからは、仏独二国間の協定のもとで考古学の調査に来たと説明があったのだろう？」

「一人はしゃべっていたけど、もう一人はこっちを見ていただけ。でも、どうしてパパがそんなこと……」

「知事から通達があったんだ」

「なぜわたしに黙っていたの？」

「家の中で嵐を起こされたらかなわんからな。おまえが罵倒《ばとう》するのを壁にまで聞かせたくないよ」

「ドイツ人なんて大嫌い！」

「フランスは戦争に負けたんだ。占領軍に監視されていることを忘れてはいけない。憎悪をあからさまに口にするのは控えてほしい」

「子どもの頃に遊んでいた城を、制服に髑髏マークを付けた兵士が占領しているのよ。それでも黙っていろっていうの？」

「とにかく城には行くな。何週間か、あるいは何か月かしたら、彼らはいなくなる。荒れ果てた城を調査したいというのなら、好きにやらせておけばいいじゃないか」

絶望したとばかりに、ロールは四方の壁を天井まで埋め尽くしている書物を指した。

「パパったら、ヨーロッパ中の異端者の歴史を教えてきたくせに。カタリ派の研究に人生をかけてきたくせに。カタリ派最後の砦、最後の聖域を汚されても構わないわけ？」

「あそこはただの廃墟だ。山頂で風雨にさらされてきた石の壁に過ぎない。廃墟だよ。カタリ派のシンボルなどではない」

「とにかくヴィシー政府が結んだ協定にパパが羊みたいにおとなしく従っているっていうだけでうんざりだわ」

「群れが狼に脅かされているときには、群れを導く羊飼いの存在が必要なんだ」

「羊飼いって、廊下にぶら下がっているもうろく爺《じじい》のこと？」

ジャンはかっとなった。老元帥を非難するのは許せない。ペタンはヴェルダンの戦いでフランスに勝利をもたらし、一九四〇年六月の休戦協定によってフランスを最悪の事態から救った英雄なのだ。

「この家で、フランス国民を守るために献身してきた人間を否定するようなことは口にするな」

「ヴィシー政府のラジオ局みたいな言いぐさね」

「あれは理性の声であり、忍耐や努力の声でもある。今、国民が進むことのできる唯一の道を示しているんだ」

「道ならほかにもあるわ」

ロールは霧で濡れた登山服を脱いで、暖炉に近寄った。

「ロンドンに逃れた将軍のことか。不服従と抗戦を呼びかけた亡命者だ」

「ちゃんとド・ゴールっていう名前があるわよ、パパ」

「わが家でその名前は聞きたくないね」

暖炉では火がパチパチと燃えている。外は闇に包まれようとしていた。モンセギュールが兵士に占拠されるなど、この何世紀かに限れば、はじめてのことではないだろうか。そう思うと、ロールは虫唾が走った。しかし、あの男たちは天と地の狭間でどんな夢を見るのだろう？　ロール自身は城で寝泊まりしたことはないし、これからもそのつもりはない。あの兵士たちは、まるであそこで何か秘密でも盗もうとしているかのようだった。

「うちの一族があの城を所有してからどれくらい経つの？」

「二世紀ぐらいだ」

「一族でカタリ派に興味を持っているのは、どうしてパパだけなの？」

「記憶は失われていくものだからね。十字軍による征伐も、籠城したことも忘れ去られている。ましてや火刑に思いを馳せる人間などいるだろうか。モンセギュールを生き返らせたのは十九世紀末の碩儒《せきじゅ》たちだ。古文書を紐解き、論文を書き、本を出版し、歴史に埋もれた過去に日の目を見せてやったのだ」

ロールは堡塁で出会ったナチスの将校のことを考えた。あの将校は、十字軍が投石機を据えた場所を探していた。

「ねえ、どうしてドイツ人はモンセギュールに興味があるのかしら？」

ジャンは肩をすくめた。

「何も今に始まったことじゃない。一九三〇年代初頭に、オットー・ラーン(注3)という若い研究者がモンセギュールに聖杯が隠されていると考えて、調査に来たんだ」

「だって、調べようがないじゃない。城が岩山の上に建っているだけでしょ。地下室もないし、井戸もないわ。あの人たち、壁まで壊したりしないかしら……」

ジャンは苦笑いした。ロールには直情的なところがある。たまに無茶苦茶なことを思いついたりもするのだが、本人にはその自覚がないらしい。

「モンセギュールについてもっと知る必要があるな。おまえはさっき、十字軍が投石機を据えた堡塁に行ったね。あそこには藪に隠れてしまっているが、洞穴がある。洞穴は一つだけではない。山《ポグ(注4)》にはたくさんの裂け目があるんだ」

「探検とか調査はしたの？」

「コウモリたちが調査してくれているよ」とジャンはふざけた。「だが、それとは別に謎がある。カタリ派は一二〇〇年頃に城に住みついて、四十年以上そこで暮らした。二世代にわたって、数百人の男女が居住していたわけだ……」

「だから？」

「当然、多くの人間がそこで人生を終えている。だったら、墓が必要だろう？　居住者たちはどこかに埋葬されているはずだ。ところが、人骨は発見されていない」

「共同墓地があるかもしれないってことね？」

「おそらくはね。ほかにも気になることがある。一二四四年三月、籠城軍は降伏に応じる条件として、城を明け渡す前に二週間の休戦期間を設けるよう申し入れたんだ」

「十字軍はそれを受け入れたの？」

「ああ。彼らにしても戦わずして城を手に入れたほうがいいと考えたはずだ。それ以上の人的被害は出したくないだろうからね」

「でも、何のために降伏を二週間先延ばしにしたのかしら。その間、カタリ派は何をしていたの？」

「何もわかっていないんだ。だが、砲撃や最終的な応戦でかなりの数の死者が出たことは間違いない。少なくとも数十名はいたと思われる。その死体の行方はどうなってしまったのだろうね？」

ロールは心地よい暖炉のそばを離れると、ジャンの足もとに来て座った。子どもの頃に戻ったような気がした。昔は、毎晩のように父が物語を聞かせてくれたものだった。いつも、早く続きを聞かせてくれとせがんでいたことを思い出す。

「じゃあ、その二週間のあいだに、カタリ派の人たちは死者をこっそりどこかに埋葬した可能性があるのね」

「おそらく洞穴の中に葬って、瓦礫で入口を塞いだんだろうな。投石で破壊された壁の破片が大量にあるから、材料には事欠かなかったはずだ」

ロールは感心して父親を見つめた。歴史の考察ではこんなに優れた洞察力を発揮するのに、どうして政治の本質は見抜けないのだろう？　教会権力が暴力で異端者たちをねじ伏せようとしたことを必死になって暴いてきたのに、なぜヴィシー政権のようなファシスト的体制を支持できるのだろうか？

「もし共同墓地があれば、ドイツ人が見つけるかもしれないわね？」

「適切な方法と専門家の知識があればね。いずれにしても、墓地が隠されたのは七百年前のことだからな……」

ロールは立ち上がった。

「もう疲れたわ。急斜面を登って城に行ってきてくたくたになっているところに、歴史の講義……さすがにもうお腹がいっぱいよ。部屋で休むわ」

ジャンはロールの背中を目で追った。そして、階段を上っていったのを確認すると、おもむろに図書室に向かった。そこには多数の稀覯本が背表紙を連ねていた。ジャンはその中の一つの書棚の両脇の縦木を握って引き下ろした。すると、小さな作業台が現れた。そのオーク材の台の上にはモールス通信の送信機が置かれていた。人目に触れることのないように普段はこうして隠してあるのだ。ジャンはすぐに電鍵《でんけん》を操作して通信を始めた。

〝WEISTORT VIENT D'ARRIVER À MONTSÉGUR.〟《ヴァイストルト、モンセギュール到着》

二三

一九四一年五月
ボルドー
サン・ジャン駅

グレーのシトロエンは駅の貨物置場沿いの狭い通りに停まった。亀裂の走る石壁にしがみつくように、朝靄がうっすらと残っている。

「神のご加護があらんことを」運転席のジャン・ヴェルコールが、窓を下ろしてマローリーに手を差し出した。

「神の介入があるかどうかはさておき、ご協力を感謝します」

ジャンはためらいがちにマローリーの顔を見た。

「実は頼みがあるんだが……」

「なんでしょう？」

「ほら……あんたたちには、もしもの場合のカプセルが配られているんだろう？ あんたの仲間から聞いたんだ」

「それで？」

「そいつを弟の分と合わせて二人分、融通してくれないか？」

マローリーは心情を察したようにジャンを見つめた。ジャンが続けた。

「もしドイツ人に捕まっても、あんたたちが俺たちを裏切るとは思っちゃいないよ。だが、拷問を受けたら……」

「残念ながら、一人につき一つしか支給されていないのです。このミッションの目的をドイツ人に知られるわけにはいきません。ですが、次に空輸されてくるパラシュート部隊に届けさせましょう」

ジャンは悲しそうに笑った。

「俺はいいんだ。でも、弟のブレーズは……。あいつはまだ若い。あいつが血も涙もないドイツ人どもの手にかかって苦しむかと思うと、たまらないんだ。すまない、嫌な話をしたね……」

そばでやり取りを聞いていたジェーンは二人のあいだにすっと入ると、ジャンに小さな金属の箱を差し出した。

「どうぞ。わたしの分を使ってください」

ジャンが箱を開け、中から琥珀色の小さなガラスカプセルを取り出しているあいだ、マローリーは冷やかに見守っていた。

「歯でカプセルを嚙みくだくだけです。すぐに効果が表れます」ジェーンが言った。

ジャンは感激してジェーンの手を握った。

「不思議な気分だよ。あんたから受け取ったのは……死ということか」

「この戦争では、死ぬことより生きていることのほうが不思議になってしまいました」

ジェーンが静かな声で言った。「あなたと弟さんの勇気に感謝します」

別れを告げ、シトロエンは靄の中を遠ざかっていった。マローリーはジェーンのほうを向いた。

「きみはカプセルを渡すべきではなかった。ルール違反だ」

ジェーンはスーツケースを持つと、穏やかな表情でマローリーを見返した。

「この戦争が始まってから、わたしは逆らってばかりです。フランス人の母はわたしが看護師として病院で働くことを望みました。しかし、わたしは逆らってSOEに入りました。わたしにはイギリス人の父が決めた飛行士の許婚がいました。でも、逆らって結婚しませんでした。そして、たった今、あなたにも逆らいました。わたしは自分の信念に従って行動します。それがわたしです。お気に召さなければ、どうぞこの場で離縁してください。さあ、まいりましょう」

マローリーの返事を待たず、ジェーンは先に歩き出した。向こうのほうがどうやら一枚上手のようだった。マローリーは頰が緩みそうになるのをこらえた。聞かされていたとおり、エージェントたちは一癖も二癖もある。ジェーンは鋼の女だ。マローリーは大股で歩いてジェーンに追いついた。それから間もなく、二人は駅の正面までやって来た。灰色の石造りの駅舎で、屋根はスレート葺きである。十九世紀末、地方都市に建てられた駅舎の多くに見られる建築スタイルだ。見上げると、時計は十時四十分を指していた。列車が出発する時刻までまだ一時間ほどある。

入口の前には大勢の人だかりができていた。戦時下でも人が旅をやめることはないのだ。行き交う人々を眺めながら、マローリーは不思議な感情にとらわれていた。平時と違うのは出入口で検問があることだけだ。フランスの憲兵とドイツ兵が乗客の長い列の両側で目を光らせている。

二人は目立たぬように列に加わった。マローリーは上着のポケットから二通の身分証《アウスヴァイス》を取り出した。

「オーチャード通りのメンバーの腕を信じよう」

ジェーンが壁を向き、目を押さえた。再び顔を上げたとき、ジェーンの両目はひと晩中泣いていたかのように充血していた。

「コショウを使いました」

十五分ほど経っただろうか、二人はようやく検問のところまで進んだ。ケピ帽をやや前に傾けたフランスの憲兵二名が前面に立ち、その左右にはベージュのコートの男が二人控えている。男たちはコートのポケットに手を入れたまま、無愛想に乗客を見つめていた。

その後方に、二人の幼い子どもを連れた夫婦が壁に背をつけてしゃがみこんでいるのが見えた。一家をドイツの憲兵たちが取り囲んでいる。母親は小さな娘を抱きかかえ、助けを求めるかのようにおびえた目で周囲を見回していた。

あの気の毒な一家はどうなってしまうのか。マローリーはつい足を止めずにはいられなかった。占領地域から逃げようとするユダヤ人は、ああやって必ず取り押さえられてしまうに違いない。ロンドンでは、外交筋からヨーロッパの方々でユダヤ人の虐殺が起きているという報告を受けている。だが、それはポーランドかルーマニアでの話だった。フランスが加担しているとは容易に信じられない。

ジェーンがマローリーに小声で囁いた。

「そろそろです」

マローリーはわれに返った。

「ああ、失敬」

ついに順番が来た。マローリーは、コートの男たちの視線が自分に注がれるのを感じた。おそらく彼らはゲシュタポだろう。目を合わせないようにする。胃が引き絞られるようにきりきりした。激しい不安が襲う。何も聞こえない。何も目に入らない。いかんともしがたい恐怖。ゲシュタポがスパイに対して何をするかは知っている。

憲兵が二人の身分証明を手に取り、注意深く調べる。マローリーは心臓が胸から飛び出しそうだった。どんな種類の訓練も、実地で対面する危険には及ばない。ジェーンが頰に伝う涙を拭う。見事なものだ。マローリーは怖気づいている自分を恥じた。

憲兵が身分証《アウスヴァイス》を見ながら確認をする。

「ムッシュ・エ・マダム・ダルクール。トゥールーズ在住」

憲兵はジェーンをちらっと見やってから、マローリーを見た。

「お若いようだが、こちらが奥さんですか？」

マローリーは財布から書類を取り出しながら、完璧なフランス語で説明した。

「ラカノーで妻の母親の葬儀に参列してきたのです」

ＳＯＥの担当者が秘書の母親の写真を使用して、死亡証明書を偽造したのは、先週のことだ。

憲兵はなるほどというように頷いたが、書類は返そうとしない。マローリーは先ほどの家族に再び目をやった。それに気づいた憲兵が見せまいとすると、マローリーは気になっていたことを質問した。

「あの家族は？」

「非占領地域に行こうとしていたユダヤ人です。身分証の偽造業者に一杯食わされたんでしょう。あんないい加減な身分証《アウスヴァイス》じゃ、うちの十二歳の息子だって騙されやしませんよ」

「彼らはどうなるのですか？」

憲兵は肩をすくめた。

「さあね。まあ、ドイツ人が強制労働収容所送りにするんでしょう」

「子どもまで？」

「なぜそんなことを訊くんです？　養子にでもするつもりですか？　まあ、商売上手なユダ公のことだから、子どもはおまけしてくれるかもしれませんな。ハハハハ……。はい、もう結構ですよ」

憲兵はもう一人の仲間とともに大笑いをして、身分証を返した。

マローリーは相手の顔に一発食らわしてやりたかったが、こらえて笑顔でごまかした。そんな自分を恥ずかしく思いながら、身分証を受け取り、ニコリともしないコートの二人組の前を通り過ぎた。マローリーはほっとした。男たちはもうこちらに注意を払うこともなく、次の乗客に目を向けている。

マローリーはジェーンに小声で言った。

「第一関門突破だ。駅で一杯飲もう」

二人はコンコースに向かった。コンコースはやや混みあっていて、こびへつらうフランス人とご機嫌なドイツ兵が行き交う異様な光景が見られた。構内の標識には一様にドイツ語が併記されている。天井のガラスから淡い光が射しこんで列車の停まるホームを照らしていた。

壁には同じ映画のポスターが何枚も貼られていた。フェルナンデル（フランスの喜劇俳優（一九〇三～一九七一年））とレミュ（フランスの俳優（一八八三～一九四六年））の二大映画スターが示し合わせたように笑っている。

「あら」ジェーンが声を上げた。「『井戸掘りの娘』（一九四〇年に公開されたフランス映画。日本未公開）だわ。トゥールーズに着いたら、映画を観に行きませんか」

「冗談を言うな」苦言を呈しながら、マローリーはできるだけ憲兵から離れようと足を速めた。

「ええ、冗談は言っていません。でも、わたしはやはりパニョル（マルセル・パニョル（一八九五～一九七四年）。フランスの映画監督、小説家）の作品が好きだわ」

二人は出発案内の掲示板の前に来た。トゥールーズ行きの一四三二番列車は二番ホームから発車するようだ。発車時刻までゆうに三十分はある。マローリーは喉を潤したくなった。そこで、構内にあるビストロのカウンターに行き、景気づけに安いボルドーのグラスワインを注文した。ジェーンはホットミルクを頼んだ。

「朝っぱらから、ワインをあおっているなんて、とてもプロとは思えませんけど」ジェーンがチクリと刺した。

「すまない、我慢できなくてね。怒っているのかい、ハニー？」

ジェーンは笑った。

「いいえ。むしろそのほうが人間らしくて結構です。旦那さま」

マローリーは一気にワインを飲み干した。

「わたしは杓子定規な人間だと思われていたのかな?」

「物差しほどではありませんけど。あ、気を悪くなさらないでくださいね」

不意にマローリーは、肩に手が置かれるのを感じた。ずっしりと重い手だ。背後から声がした。声はフランス語で話しかけてきた。

「警察です。ご同行願えますか」

マローリーは振り返った。相手の顔を見てすぐにわかった。検問のところにいたベージュのコートの男だ。


(下巻へ続く)

巻末脚注

INTRODUCTION

（1）フランス5のドキュメンタリー番組

『La mémoire volée des francs-maçons（フリーメイソンの盗まれた記憶）』（ディレクター：ジャン＝ピエール・ドゥヴィエ／制作：Adltv／放送：フランス5（フランスの公共放送局フランス・テレヴィジオンが運営するテレビチャンネル）、ＲＴＢＦ（ベルギーの公共放送局）ほか）。

（2）倉庫に隠していたらしい

プラハ・ポスト紙によれば、プラハ国立図書館の倉庫に隠されていたという。

PROLOGUE

（1）ドイツ大使館員暗殺事件

一九三八年十一月七日、パリのドイツ大使館で三等書記官エルンスト・フォム・ラートがユダヤ系ポーランド人の青年ヘルシェル・グリュンシュパンによって暗殺された。

第一部

（1）『レーベンスヴンダー』

十九世紀の生物学の発達に貢献したドイツの動物学者エルンスト・ヘッケル（一八三四〜一九一九年）による自然哲学的著述。「宇宙の謎」と題された一元哲学に関する研究の補遺として、生命の認識、形態、活動、歴史について記されている。翻訳版『生命の不可思議』は岩波文庫より刊行（上下巻／後藤格次訳／一九二八年）。

（2）ポタラ宮

歴代ダライ・ラマの宮殿。一六四二年に成立したチベット政府「ガンデンポタン」の本拠地として、マルポリの丘の上に建設された。チベット仏教の中心をなし、数多くの壁画、霊塔、彫刻、塑像を有するチベット芸術の宝庫でもあり、（単体としては）世界最大級の建造物。

（3）ゼーレーヴェ作戦

ドイツによるイギリス本土上陸作戦の呼称。アシカ作戦（シーライオン作戦）とも呼ばれる。

（4）**国防軍最高司令部総長**
国防軍最高司令部（ＯＫＭ）は、陸海空の国防三軍を統括し指揮する組織。最高司令官はヒトラーである。

（5）**レニ・リーフェンシュタール**
ナチス政権下で映画監督を務めた女性。一九三六年に開催されたベルリン五輪を記録した映画『オリンピア』（一九三八年）を撮影したことで知られている。

（6）**おべっか使いのラカイテル**
ドイツ語で「追従者、従僕」を意味する「ラカイ」にカイテルをかけた言葉遊び。

（7）**ゲルマニア**
アドルフ・ヒトラーがグランド・デザインを考案し、建築家アルベルト・シュペーアが具体化設計・建設総指揮を担った都市改造構想。ドイツの首都ベルリンをロンドンやパリをしのぐ〝世界の首都〟にふさわしい外観と規模にするため、戦時下であっても土地収用や工事が行われた。敗戦の影響もあり、未完に終わっている。

(8)ルーン文字

北方ゲルマン民族の使用した、いにしえの文字体系。一世紀頃、ギリシャ文字やラテン文字、北イタリア文字などをゲルマン語の発音体系に合わせて改変し、成立したものと推測される。ナチスでは神聖視され、親衛隊のマークはイニシャルのSSを表すルーン文字のジーク・ルーンを二つ並べたものである。

(9)黒シャツ隊

ムッソリーニによって組織された国家ファシスト党の民兵組織。

(10)明日の朝、あなたはダッハウの収容所に移送されることになっています。そこは、祖国に楯突いた神父や牧師が次々と送りこまれている場所です

ダッハウにはおよそ三千人のカトリック司祭――大半はポーランド人で、ほかにドイツ人やフランス人がいた――が収監されていた。第二次大戦中、この収容所はヨーロッパ最大のカトリックの聖職者の墓場として捉えられていた。

(11)MI6

英国情報局秘密情報部。国外での情報活動が主な任務。

（12）**チャーチルは自分だけに報告を上げさせるようにしていた**
チャーチルはＳＯＥの各部門の責任者と必ず毎週面会して報告を受けていた。

（13）**アラン・クォーターメン**
ヘンリー・ライダー・ハガードの有名な冒険小説『ソロモン王の洞窟』の主人公。

（14）**チャーチル首相はシャーロック・ホームズ好きが高じて、個人的な趣味でこの場所を選んだ**
コナン・ドイルのシャーロック・ホームズ・シリーズでは、名探偵ホームズはベイカー街二二一Ｂに住んでいたとされる。

（15）**F**
保安上の理由からＳＯＥの各部局のトップは部局名のイニシャルで呼ばれることがあった。

第二部

（1）外塁

外敵を防ぐために本塁《ほんるい》（本拠となる城・砦）の外側に築かれた外防備となる構造物。

（2）投石機

投石器とも表記される。木材や獣毛や腱・植物製の綱などの弾力と、てこの原理を利用して石を投擲し、城壁などを破壊する兵器を指す。石や砂利の詰まった袋を飛ばして敵陣を攻撃するほか、火薬や火を点けた藁を飛ばして火災を起こしたり、汚物や死骸を投擲して疫病を誘発させたりするなど、さまざまな使われ方をした。

（3）オットー・ラーン

一八〇四～一九三九年。ナチスの考古学探検隊を率いた親衛隊士官。『聖杯の物語』をもとにした叙事詩『パルチヴァール』を、聖杯の守護者であるカタリ派の歴史記録であると考え探求をおこなった。その研究成果は『聖杯十字軍：カタリ派の悲劇』（高橋健訳／無頼出版）と『La Cour de Lucifer（ルシファーの従僕たち）』（日本語未訳）の二冊の著書にまとめられている。

（4）**ポグ**
オック語（スペイン語、イタリア語、フランス語同様、俗ラテン語から派生したロマンス語の一つ）でモンセギュール城のある「山」を意味する。

ナチスの聖杯　上

LE CYCLE DU SOLEIL NOIR　Volume 1
Le triomphe des ténèbres

2019年6月27日　初版第一刷発行

著者…… エリック・ジャコメッティ ＆ ジャック・ラヴェンヌ
監訳……大林 薫
翻訳……郷奈緒子／練合薫子
翻訳コーディネート……高野 優
カバーイラスト……久保周史
デザイン……坂野公一（welle design）
本文組版……株式会社エストール

発行人……後藤明信
発行所……株式会社竹書房
〒102-0072　東京都千代田区飯田橋2-7-3
電話　03-3264-1576（代表）
03-3234-6301（編集）
http://www.takeshobo.co.jp
印刷所……中央精版印刷株式会社

本書掲載の写真、イラスト、記事の無断転載を禁じます。
乱丁・落丁本の場合は、小社までご連絡ください。
本書は品質保持のため、予告なく変更や訂正を加える場合があります。
定価はカバーに表示してあります。
Printed in JAPAN
ISBN978-4-8019-1921-1 C0197